Kosmische Intrigen 2
Codename : Troja

Science Fiction Abenteuer

von
Toby Winter

Copyright © 2019

Vorwort:

Meine Bücher werden lektoriert und korrigiert. Leider ist ein superprofessionelles Lektorat teuer, und so kann es trotz großer Sorgfalt passieren, dass einige Rechtschreibfehler durchrutschen. Dafür entschuldige ich mich schon einmal im Voraus.

Ich hoffe, dass sie beim Lesen genauso viel Spaß haben wie ich es beim Schreiben hatte.
Sollte das der Fall sein, würde ich mich freuen, wenn sie mir eine hoffentlich positive Rezession schreiben. Damit würden Sie meine Arbeit würdigen und anderen Lesern helfen, sich in dem Meer von Büchern die guten Perlen herausfischen zu können

Für Anregungen, Kritik oder Verbesserungsvorschläge empfehle ich Ihnen, mir eine E-Mail zu schreiben, da ich immer darauf bedacht bin, Ihnen ein bestmögliches Lesevergnügen zu bieten, ist es sehr wertvoll für mich, wenn ich von Ihnen konstruktives Feedback erhalte. Ich freue mich über jede Mail, da sie mir hilft, meinen Schreibstil zu optimieren und das beste Buch zu schreiben, das ich und Sie sich wünschen.

TobyWinter@diwa-marketing.de

Ihr
Toby Winter

Zum Inhalt des Buches:

Sämtliche Personen und Orte in diesem Buch sind frei erfunden.
Sollte es dennoch Parallelen zur Wirklichkeit geben, handelt es sich um reinen Zufall.

Das Werk, einschließlich aller Teile, ist urheberrechtlich geschützt. Jede Verwertung, auch in Teilen, ist ohne Zustimmung des Autors unzulässig. Dies gilt insbesondere für Vervielfältigung jeder Art, Übersetzungen und die Einspeicherung in elektronische Systeme.

Inhalt

Codename : Troja ········ 10

1 - Entdeckt ········ 11

2 - Tribut ········ 40

3 - Gegenschlag ········ 57

4 - Auf dem Basss Weltenschiff ······ 91

5 - Signale ········ 97

6 - Die Suche ········ 124

7 - Flug zur Erde ········ 144

8 - Spurensuche ········ 167

9 - Erkenntnis ········ 173

10 - Showdown ········ 177

11 - Entscheidungen ········ 195

12 - Der Plan ········ 206

13 - Die Erde ········ 219

14 - Die Falle	236
15 - Das Wotan-Schiff	242
16 - Enterkommando	257
17 - Das Schiff	271
18 - Verrat	283
19 - Versteck	289
20 - Das Signal	299
21 - Vergangenheit	307
Lexikon	**340**
Holo-Schirm	340
Daten Scheibe	341
Ionenantrieb	342
Comband	343
KI-Band	344
AE	345
Lichtjahre	346
Hyperraum	347
Hyperraumantrieb	349
Phaser	350
WEU	351
Asiatischer Pakt	352
Bylerium und Carollerz	353
Holoren-Quarze	354
Singlariton Garr Go	355

Völker 356
  Basss 356
  Xelaner 357
  Nog ar Isto 358
  Usambekken 359
  Alderaner 360
  Wotans 361
  Tauronen 362
  Finn Gossa 363

What's App Newsletter 364

Empfehlungen 367

Kosmische Intrigen 368
  Das Weltenschiff 368
  Die Marsstation 371

Tief im Westen: Ein Ruhrpottkrimi aus Dortmund 374
  Der Kodex 374

Entführt : Chromosom 21 377

Die Bestie in mir 379
  Erwacht 380
  Zwiespalt 382
  Jagdzeit - Erkenntnis 386

Nachwort 389

Über den Autor 390

Impressum ································ 392

Codename : Troja

1 - Entdeckt

Verwirrt schaute Jesus sich um. Durch einen chemischen Impuls war er frühzeitig aus seiner Stasis erwacht. Er atmete tief aus und versuchte, wieder Kontrolle über seinen Körper zu erlangen. Das Erwachen aus einer Stasiskammer war immer wieder aufs Neue ein körperlicher und seelischer Kraftakt. Der menschliche Geist brauchte nach einem so langen, intensiven Schlaf einfach seine Zeit. In Jesus´ Kopf strömten gleichzeitig so viele Gedanken auf ihn ein, dass sein Geist überfordert seinen Dienst quittierte. Logisches Denken war jetzt noch gar nicht möglich. Sein Gehirn fühlte sich wie ein Haufen zu Brei vergorener Molekülklumpen an. Nur langsam gelang es ihm, einzelne Gedankenfetzen zusammenzuführen. Er wusste nicht, wie viel Zeit vergangen war und wer ihn gewaltsam aufgeweckt hatte. Waren erst Stunden vergangen oder gar Jahre? Sein Geist besaß keine Anhaltspunkte, an denen er sich hätte orientieren können. Er brauchte Informationen und etwas zu Essen, wie ihm sein knurrender Magen verriet. Zwar wurde man in einer Stase-Kapsel mit dem Nötigsten versorgt, aber beim Aufwachen meldete sich zu der Desorientierung zuallererst immer ein großes Hunger- und Durstgefühl.

 Es war nicht das erste Mal, dass Jesus aus einer Stase erwachte. Von daher kannte er sich mit den Symptomen aus und wusste, wie er sich zu verhalten hatte. Er zwang seinen Geist, sich auf das Wesentliche zu konzentrieren. Er musste erfahren, wie lange er geschlafen hatte und warum man ihn gewaltsam geweckt hatte.

Erneut atmete er langsam tief ein und aus. Mit der Zeit ging es ihm etwas besser und er konnte dem Computer seine dringendsten Fragen stellen.

»Wally, bist du da?«, flüsterte er schwerfällig.

»Ja, Jesus, ich höre dich!«

Jesus atmete erleichtert auf, als er die vertraute Stimme der KI hörte. »Wie lautet das Datum von heute? Wie lange habe ich geschlafen?«

»Wir haben den 14. August 2«, lautete die emotionslose Antwort.

Jesus brauchte einen Augenblick, um die gehörten Daten verarbeiten zu können. Noch lief sein Gehirn auf Sparflamme und benötigte einfach seine Zeit. »Warum hast du mich geweckt, nach so kurzer Zeit? Ich sollte doch mindestens zwei Jahre schlafen?«

»Das ist richtig, Jesus Carter. Es sind Ereignisse eingetreten, die deine Anwesenheit erfordern. Von daher war es alternativlos, dich zu wecken.«

Es musste etwas Schwerwiegendes geschehen sein, wenn ihn die KI nach nur acht Monaten Schlaf weckte. Ursprünglich hatte er zwei Jahre in den Alkoven verbringen sollen. Wenn er Wally richtig verstanden hatte, sollte sein Gehirn dahingehend umprogrammiert werden, dass es die Technik der Wotans besser kontrollieren konnte. Zwar war er wie einige andere

Menschen in der Lage, Wotan-Technologie zu verarbeiten, aber zu einhundert Prozent gelang ihm das nicht. Wally hoffte, in dem Alkoven die Gehirne der Menschen so zu verändern, dass es ihnen leichter fiel, die Wotan-Technologie benutzen zu können. Ob das wirklich funktionierte, konnte niemand mit Sicherheit sagen, aber zumindest war es ein Versuch wert, wie Jesus fand. Deswegen hatte er sich gerne als Versuchskaninchen zur Verfügung gestellt und auch deswegen, weil es im Moment nicht viel zu tun gab. Die Menschheit war immer noch dabei, den Wotan-Planeten zu erschließen. Neue Raumschiffe, die zum Teil mit Wotan-Technologie funktionierten, waren in Planung bzw. im Bau. Neue Gebäude waren errichtet und Computer gestützte Fabrikanlagen auf den beiden Monden des Planeten entstanden. Es gab viel zu tun, aber nicht wirklich etwas, zu dem er hätte beitragen können. Sein Befehl, dass kein menschliches Raumschiff das System verlassen dürfte, bestand noch immer. Zum Schutz der letzten Menschen mussten sie möglichst unsichtbar bleiben. Niemand in der Milchstraße durfte erfahren, dass einige von ihnen überlebt hatten. Nur so, war sich Jesus sicher, konnte er die Menschheit vor der völligen Vernichtung bewahren. Die Basss und ihre Schergen würden gnadenlos Jagd auf sie machen, wenn sie von ihrer Existenz erfahren sollten. Die Führung der Menschheit hatte er in die Hände von frei gewählten Volksvertretern gelegt. Kat wachte mit ihrer kleinen Flotte über die noch junge Kolonie und Jesus fühlte sich nutzlos und irgendwie fehl am Platz. Daher war ihm die Entscheidung nicht schwergefallen, als Wally ihm von dem Experiment erzählte. Zwar war Jesus durch seine Taten in der jüngsten Vergangenheit der heimliche Führer der verbliebenen Menschen, aber er zog es vor, die Leitung und den Aufbau der Kolonie einem vom Volk gewählten Führungsstab zu überlassen. Ihm reichte es völlig, der Oberbefehlshaber der Flotte zu sein. Sie hatten gemeinsam beschlossen, eine neue Zeitrechnung zu starten. Als Datum hatte man den Tag gewählt, an dem das Weltenschiff zerstört worden war. Ein Tag auf diesem Planeten besaß, genau wie auf der Erde, 24 Stunden, a 60 Minuten. Die Tage und Monatsschreibweise hatte man daher beibehalten können, sich aber entschlossen, dass alle Monate aus jeweils nur 30 Tagen bestanden. Den Planeten hatten sie New Eden getauft, da er der Erde so ähnlich war.

»Was ist passiert, dass du mich weckst?«, fragte er mit leiser Stimme. Gebannt lauschte er auf die Antwort der KI.

»Eine unserer Langstreckensonden hat ein fremdes Schiff geortet.«

»Und deswegen weckst du mich frühzeitig?«, fragte er irritiert.

»Ich beobachte es seit einigen Wochen. Ich bin mir nun sicher, dass es nach euch sucht.«

Jesus´ Gedanken überschlugen sich. Noch immer fiel es ihm schwer, logische Gedanken fassen zu können. »Wie kommst du darauf, Wally? Es wurden doch immer wieder mal Schiffe in unserer Nähe geortet.«

»Das ist richtig, dieses Schiff ist aber anders. Es tastet mit seinen Sensoren systematisch ein Planetensystem nach dem anderen ab. Dabei verwendet es Tyhchiron-Strahlen. Das würde man nur machen, wenn man nach versteckten Stationen der Wotan sucht. Wenn dieses Schiff unser System erreicht, wird es mich entdecken. Das steht zu einhundert Prozent fest.«

»Wann werden sie unser System erreichen?«

»Laut meinen Berechnungen in 56 Tagen, Jesus.«

»Aber vielleicht suchen sie ja gar nicht nach uns. Es könnte doch auch ein dummer Zufall sein, dass sie die Planeten mit Tyhchironen-Strahlen durchleuchten. Vielleicht suchen sie nach etwas ganz anderem und wir sind gar nicht wirklich in Gefahr.«

»Ich wüsste keinen anderen Grund, warum sie die Planeten mit Tyhchironen-Strahlen beschießen sollten. Das würde man nur machen, wenn man nach versteckter Wotan-Technologie sucht.«

»Das kannst du nicht wissen, Wally. Sicher gibt es einen einfachen Grund, warum die Fremden das machen.«

»Den könnte es vielleicht geben, wenn ich die Fremden nicht kennen würde«, erklärte die KI nüchtern.

»Wer sind die Fremden? Sind es die Basss?«

»Nein, es ist kein Basss-Schiff. Das Schiff gehört zur Rasse der Tauronen. Sie sind den Basss seit Tausenden von Jahren hörig. Sie erledigen kleinere, unliebsame Aufträge für sie und sind nicht viel mehr als bessere Sklaven für die Basss. Die Basss überlassen ihnen nur allzu gerne langweilige und unproduktive Arbeiten. Im Gegenzug werden die Tauronen von ihnen in Ruhe gelassen und können ein relativ sorgenfreies Leben im Schutz der Basss führen. Sie sind eine minder intelligente Rasse und ohne die Basss hätten sie wahrscheinlich noch nicht einmal die Raumfahrt entwickelt. Es sind schwache Individuen, die zum Kampf nicht taugen. Allerdings haben sie sich den Umständen entsprechend perfekt angepasst. Sie erledigen die Arbeiten, die die Basss nicht machen möchten. Wenn man so will, eine perfekte Symbiose.«

»Das sagt aber immer noch nichts darüber aus, ob sie wirklich nach uns suchen.«

»Das ist richtig, ich habe aber ihren Funkverkehr abgehört. Sie suchen definitiv nach den Menschen, das haben ihre Funksprüche mit den Basss Weltenschiffen eindeutig bewiesen.«

Jesus hatte genug gehört. Er stemmte sich seufzend aus dem Alkoven, griff dankend nach dem Handtuch, das ihm ein hilfsbereiter Roboter reichte und schlang es um seinen nackten Körper. Schwerfällig stolperte er in Richtung der Duschen. Nur mit viel warmem

Wasser, so wusste er, würde er den hartnäckigen Stase-Schleim loswerden.

Jesus betrat, frisch geduscht und gesättigt, den Konferenzraum. Kat, eine Handvoll Wissenschaftler und einige Politiker warteten schon auf ihn. Er schlurfte zu dem freien Sessel neben Kat und nickte ihr kurz zu, bevor er sich anschickte, sich schwerfällig in den bequemen Konturensessel fallen zu lassen. Interessiert blickte er wie alle anderen nach vorne, wo Wally in seinem altbekannten, ovalen Avatar stand.

»Da wir nun vollständig sind, können wir ja mit unserer Konferenz beginnen. Das Schiff der Tauronen stellt eine nicht zu verachtende Gefahr für unsere kleine Kolonie dar. Wie ich Ihnen schon mitgeteilt habe, müssen wir dieses Problem schnellstmöglich lösen, wenn wir von den Basss nicht entdeckt werden wollen«, erklärte Wally mit nüchterner Stimme.

»Können wir das Schiff nicht einfach vernichten?«, erkundigte sich ein kleiner Mann mit einer runden Brille, die seine Augen unnatürlich groß erscheinen ließen. Jesus blickte ihn neugierig an. Er kannte den Mann nicht. Das musste aber nichts heißen, da er in letzter Zeit keinen allzu großen Wert darauf gelegt hatte, wen die Bevölkerung zu ihren Vertretern wählte.

»Minister Kalkmeier, ich verstehe Ihre Frage, aber leider ist das nicht zielführend. Wenn wir das Schiff vernichten, werden die Basss einfach ein neues schicken und das Problem würde sich nur verzögern. Im schlimmsten Fall könnten sie Verdacht schöpfen und einige Kriegsschiffe mitschicken.«

»Vielleicht könnten wir das ganze als Unfall tarnen«, rief eine kleine Frau mit kurzen schwarzen Haaren in den Raum.

Wally drehte sich in ihre Richtung. »Ich befürchte, für diesen Vorschlag gilt das Gleiche wie für den Letzten. Es verlagert das Problem nur nach hinten, löst es aber nicht. Meine Sonden haben den Funkverkehr des Tauronen-Schiffs einige Wochen lang abgefangen. Klar ist, sie suchen nach uns. Die Basss haben den Vorfall mit dem Weltenschiff eingehend untersucht und dabei einige Unregelmäßigkeiten entdeckt. Sicherlich haben sie keine Beweise, aber zumindest einen Anfangsverdacht, dass wir sie getäuscht haben. Sie sind auf der Suche nach den Menschen. Sie wissen nur noch nicht, wo sie nach uns suchen sollen. Das muss auf jeden Fall so bleiben, sonst ist unsere Zuflucht hier bald kein Geheimnis mehr.«

Ein allgemeines Raunen schwappte durch den Raum. Deutlich konnte Jesus die Angst in den Augen der Menschen sehen. Sie hatten Angst, Angst erneut kämpfen zu müssen. Dazu waren die meisten längst noch nicht bereit. Was blieb ihnen aber außer Flucht sonst übrig?

»Was schlägst du vor, Wally? Sollen wir erneut flüchten und unsere Heimat wieder einmal aufgeben? Ist es das, was du uns rätst?«, fragte ihn Kat mit zitternder Stimme.

Wally sah die Menschen mit seinem gesichtslosen Avatar an. »Laut meinen Berechnungen würde uns das nicht viel helfen. Die Gebäude und Fabrikanlagen könnten wir niemals in so kurzer Zeit zurückbauen, ohne dass die Tauronen es sofort entdecken würden. Dann wäre das Überleben der Menschheit kein Geheimnis mehr. Die Basss würden euch jagen und sehr bald schon vernichten. Nein, es muss eine andere Lösung geben. Eine, in der die Menschheit das Geheimnis ihrer Existenz weiter verbergen kann.«

»Und wie sollte das aussehen? Wenn wir das Schiff weder zerstören, noch von hier verschwinden können?«, rief jemand mit aufgeregter Stimme.

»Das ist das Problem, das wir heute lösen müssen. Wüsste ich eine vielversprechende Antwort, müssten wir uns hier nicht mehr beraten.«

Jesus blickte sich im Raum um. Immer noch funktionierte sein Gehirn nicht richtig. Das würde sicher noch ein paar Stunden so bleiben, wie er aus vorherigen Stase-Besuchen wusste. Sein Magen knurrte immer lauter, da er immer noch keine Zeit gehabt hatte, etwas Richtiges zu essen. Die paar Energieproteinriegel, die er sich auf dem Weg eingeworfen hatte, reichten dafür nicht aus. Er kannte Wally gut genug, um zu wissen, dass er sie nicht zu diesem Treffen gebeten hätte, wenn er nicht zumindest einen möglichen Ansatz zur Lösung ihres Problems besaß. Wie es die Angewohnheit der KI war, sollten die Menschen selber auf eine Lösung kommen. Wallys Programmierung erlaubte es ihm nicht, den Menschen alle Geheimnisse der Wotan mitzuteilen. Immer noch sah er sie nur als Meister zweiten Grades an. Zwar fügte er sich ihren Wünschen und half ihnen, wo er nur konnte, aber nur in einem eng begrenzten Rahmen. Jesus schätzte, dass er ihnen einen Großteil an Informationen vorenthielt. Bisher war das kein Problem gewesen, aber bei dieser Problematik, die vor ihnen lag, war es nicht sonderlich hilfreich.

»Wally, wäre es möglich, deine Station vor den Tyhchironen-Strahlen zu verbergen?«

Kat sah Jesus verwundert an. »Worauf willst du hinaus, Jesus?«, fragte sie ihn ungläubig. »Selbst wenn die Tauronen die Wotan-Station nicht entdecken, auf unsere Gebäude und Fabriken würden sie auf jeden Fall stoßen.«

Jesus sah Kat gedankenverloren an. »Ja, das ist schon richtig, aber würde man die Gebäude zwangsläufig der Menschheit zuordnen, wenn man hier keine Menschen vorfinden würde?«

»Das, ... das weiß ich nicht«, stotterte sie verwirrt. »Woran denkst du?«

»Nun, wenn wir die Energiesignaturen von Wally verstecken, dann würde man unsere Siedlungen vielleicht einer anderen Spezies zuordnen. Wir müssten nur dafür sorgen, dass die Tauronen uns nicht als

Menschen erkennen. Wir könnten uns tarnen und uns quasi als jemand anderes ausgeben.«

Erneut brannte ein Gemurmel durch den Raum, als alle anfingen, wild durcheinanderzureden.

»Ruhe bitte!«, rief Kat laut. »Lasst Jesus uns seine Gedanken erklären«, sie sah ihn auffordernd an.

»Ich dachte daran, einen Großteil der Bevölkerung auf die uns verbliebenen Schiffe zu verteilen. Dann verstecken wir die Schiffe in der Nähe und warten, bis die Tauronen wieder abziehen. Das wird sicher nicht allzu lange dauern. Einen kleinen Teil von uns müssten wir genetisch soweit verändern, dass man sie nicht mehr als Menschen erkennen kann. Wir könnten sie mit einer unterentwickelten Technik ausstatten, sodass die Tauronen sie nicht als Bedrohung ansehen. Am besten wäre sicherlich eine Spezies, die im Universum nicht gänzlich unbekannt ist. Sie sollte uns im Körperbau und Größe weitestgehend ähneln. Wir könnten einen Schiffsabsturz simulieren und so unsere Anwesenheit auf diesem Planeten glaubwürdig untermauern. Das sollte die Fragen der Tauronen auf ein Minimum reduzieren.«

»An wie viele Menschen hast du gedacht, die auf dem Planeten verbleiben sollen?«, erkundigte sich Kat.

»Das weiß ich noch nicht. Ein paar Tausend sollten es schon sein, ansonsten würde die große Zahl an Gebäuden auffallen.«

»Und der Rest soll solange auf den Schiffen leben? Wir sprechen hier von einigen hunderttausend Menschen. Wissen Sie, wie eng das werden wird? Wenn überhaupt alle auf ihnen Platz finden sollten«, mahnte einer der Wissenschaftler grübelnd.

Jesus drehte sich in Richtung des Zurufer. Er erkannte Walter O´Donald, einen der gewählten Vertreter und ausgesprochenen Pessimisten, wie Jesus nur allzu gut aus vielen gemeinsamen Gesprächen wusste. Walter O´Donald suchte immer zuerst das Haar in der Suppe. Jesus konnte mit solchen Menschen wenig anfangen und zeigte ihnen das auch gerne.

»Sicher haben Sie recht Walter. Wenn Sie einen besseren Vorschlag haben, dann gerne raus damit.« Er sah den Mann einladend an. Schweiß bildete sich auf seiner Stirn, während er unruhig auf seinem Sessel zu rutschen begann.

»Nun, was ist Walter, wir warten.« Jesus Augen waren zu schmalen Schlitzen geschlossen. Ihm war klar, dass Walter O´Donald keinen anderen Vorschlag für sie haben würde. Er musste ihn dennoch vor den anderen vorführen, damit weitere unsinnige Bemerkungen im Keim erstickt würden. »Gut, Sie scheinen keinen anderen Vorschlag für uns zu haben. Das dachte ich mir. Hat vielleicht jemand anderes einen konstruktiven Vorschlag?« Er sah sich neugierig um. Niemand meldete sich. Jesus nickte bestätigend. »Es wird bestimmt sehr eng auf den Schiffen werden, aber da es nur für ein paar Tage ist, wird das schon gehen.

Die Tauronen werden kaum länger als eine Woche in unserem System bleiben und wenn sie nichts Verdächtiges finden, bestimmt bald weiterziehen.«

»Was ist, wenn sie unseren Schwindel durchschauen? Was machen wir dann?«, rief jemand anderes.

Jesus zuckte mit den Schultern. »Dann kämpfen wir. Was bleibt uns anderes übrig? Eine Umsiedlung würde zu lange dauern. Das erfordert Zeit, Zeit die wir einfach nicht haben. Wir hätten ja nicht mal einen geeigneten Rückzugsplaneten. Wenn jemand ein Problem mit meinem Vorschlag hat, dann sollte er jetzt damit herausrücken oder lieber schweigen.« Jesus sah die Anwesenden angriffslustig an. Niemand meldete sich, auch wenn er deutliche Zweifel in einigen der Gesichter lesen konnte.

***

Sie verfeinerten Jesus` Vorschlag noch einige Stunden. Wally fand in seinen Datenbänken schnell eine geeignete Alienrasse für sie, die ihren Anforderungen genügte, wenn auch nicht zu einhundert Prozent. Die Huran a Gogg waren fast so groß wie die Menschen, hatten einen aufrechten Gang, zwei Beine und zwei Arme und waren im Entwicklungsstadium der Menschen des einundzwanzigsten Jahrhunderts anzusiedeln. Allerdings waren sie keine wirklich humanoide Rasse, sondern sahen eher aus, wie aufrecht gehende Reptilien. Ihre Münder beherbergten zwei Reihen spitzer Zähne. Ihre schuppige Haut hatte eine dunkelgrüne bis bräunliche Färbung und sie verständigten sich mit seltsamen Grunzlauten, die von Menschen nur schwer nachzuahmen waren. Sie lebten in kleinen Gruppen, vornehmlich in Sumpfgebieten, von denen es in ihrer Heimatwelt Unzählige gab. Normalerweise hätte Jesus eine andere Spezies vorgezogen, aber aus Mangel an Alternativen war das ihre beste Option.

Wally kopierte eines der Schiffsmodelle der Huran a Gogg, wie die Aliens sich selber nannten, und platzierte es so auf dem Planeten, dass es für einen Außenstehenden wie ein vor langer Zeit abgestürztes Schiffswrack aussehen musste. Es war aber nur ein einfacher Dummy, der nie flugtauglich gewesen war. Einer nicht so genauen Untersuchung würde er aber standhalten. Auch mussten einige der Gebäude umgebaut werden, damit sie als Behausungen der Huran a Gogg durchgingen. Die Fabrikwerften auf den Monden wurden abgeschaltet, damit keine zufälligen Wärmeimpulse ihren Standort verrieten. Die Fabriken selbst waren tief im Gestein verborgen und vom Orbit aus als solche nicht zu erkennen. Zweitausend Menschen wurden ausgewählt, Huran a Gogg-Nachkommen zu spielen. Sie wurden aufwendig in Reptilien verwandelt. Auf den ersten Blick war ihre Tarnung perfekt, aber würde das ausreichen, die Tauronen tatsächlich zu täuschen?

Jesus, Kat und einige der Wissenschaftler begutachteten die ersten Ergebnisse der Maskenbildner. Sie gaben anhand von Fotos, die ihnen Wally zur Verfügung gestellt hatte, Tipps und Verbesserungswünsche.

Wally fertigte Stimmverzerrer an, die die Sprache der Huran a Gogg perfekt nachbilden konnten. Die ausgesuchten Menschen mussten nur lernen, ihre Münder entsprechend zu bewegen, was sich als gar nicht so einfach herausstellte. Zu fremdartig waren die Laute der Huran a Gogg. Jesus wurde schmerzlich bewusst, dass noch sehr viel Arbeit vor ihnen lag. Die Schiffe wurden für die große Masse an Menschen vorbereitet. Es mussten Lebensmittel für Hunderttausende an Bord geschafft und Lagerräume in Schlaf und Aufenthaltsräume umgebaut werden. Niemand konnte genau sagen, wie lange die Menschen auf den Schiffen ausharren mussten.

»Wann müssen die Schiffe spätestens starten, Jesus?«, fragte ihn Kat grübelnd, als sie den Arbeitern beim Umbau eines der Schiffe zuschaute.

»Laut Wally sollten die Schiffe möglichst einen Tag vor der Ankunft der Tauronen von hier verschwunden sein, damit man ihre Antriebssignaturen nicht mehr zufällig orten kann. Wally selbst schaltet sich sogar zehn Tage vorher ab. Wenn nicht gerade ein Tyhchironen-Strahl direkt auf die Station trifft, sollte er unentdeckt bleiben. Ich denke auch nicht, dass die Tauronen jeden Fleck des Planeten gründlich scannen werden, da das viel zu lange dauern würde. Das würde sie Monate oder sogar Jahre kosten und ist von daher mehr als unwahrscheinlich.«

»Was wäre, wenn man ihn doch entdeckt? Kann er dann noch Abwehrmaßnahmen ergreifen?«

Jesus schüttelte den Kopf. »Wenn sie ihn entdecken und angreifen sollten, würde es mindestens fünf Minuten dauern, alle Systeme hochzufahren. Bis dahin wäre die Station bestimmt längst zerstört«, presste er zwischen den Zähnen hervor.

Kat sah ihn erschrocken an und nickte langsam mit dem Kopf. »Das dachte ich mir schon. Im Prinzip ist die Station ohne nennenswerte Energie. Auch wenn es wohl die einzige Möglichkeit ist, unentdeckt zu bleiben, gefällt sie mir dennoch nicht besonders.«

»Da stimme ich dir zu, Kat. Deswegen bleiben wir mit der Kentucky in der Korona der Sonne. Bei eventueller Gefahr könnten wir in kürzester Zeit vor Ort sein und Wally gegebenenfalls helfend zur Seite stehen.«

»Gibt es einen Notfallplan, falls die Tauronen nicht schnell genug abziehen? Was machen wir mit den ganzen Menschen auf den Schiffen?«

»Ich habe Wally gebeten einen geeigneten Planeten zur Besiedlung für uns zu suchen, aber bisher konnte er noch keinen Planeten in unmittelbarer Nähe für uns finden. Leider sieht es so aus, dass besser nichts schiefgehen sollte. Ich habe Premierministerin Koo Lung schon darauf vorbereitet. Im Moment erarbeitet sie mit ihrem Stab einen möglichen Notfallplan. Wie der im Einzelnen aussieht, weiß ich noch nicht. Möglich wäre, einen Großteil der Menschen in Stase zu versetzen, bis wir einen geeigneten Planeten gefunden haben. Allerdings können wir höchstens fünfhunderttausend Menschen in Stase versetzen, für den Rest haben wir keine Alkoven. Es gibt sie nur auf den drei großen Schiffen. Die vielen kleinen Schiffe haben dafür einfach keine technischen Voraussetzungen und auch nicht den nötigen Platz. Wir können schon froh sein, dass es immerhin fünfhunderttausend sind.«

»Du redest von den drei alten Schiffen, die wir nach der Zerstörung der Erde benutzt haben? Ich dachte, die wären längst außer Dienst gestellt worden.«

»Waren sie ja auch, aber jetzt bin ich froh, dass wir sie noch nicht verschrottet haben. Bis wir neue, bessere Schiffsmodelle gebaut haben, dauert es noch ein paar Jahre. Du kennst ja die aktuellen Probleme mit der Wotan-Technologie.«

Kat nickte bestätigend. »Ja, leider nur all zu gut. Hast du eigentlich eine Veränderung an dir festgestellt, nach den Monaten im Stase-Tank? Ich weiß ja, dass dich Wally zu früh herausholen musste, aber die Zeit könnte dennoch gereicht haben, um etwas in dir zu verändern?«, erkundigte sie sich neugierig.

Jesus sah sie gedankenverloren an. Sein Blick glitt dabei durch sie hindurch. »Ich bin mir da nicht sicher. Körperlich konnte ich keine Veränderung an mir feststellen, auch wenn Wally sicher ist, dass sich etwas in meiner DNA verändert hat. Das Einzige, was mir aufgefallen ist, sind die dunkeln Träume, die ich seitdem habe. Immer wieder wache ich in der Nacht schweißgebadet auf. Ich träume von Krieg, Schmerzen und Tod. Aber ansonsten fühle ich mich wie vor der Prozedur.«

»Dunkle Träume? Was siehst du dort?«

»Schwer zu sagen, ich glaube, ich bin in den Träumen ein Wotan-Kriegsfürst, aber sicher bin ich mir nicht, da ich mich nach dem Aufwachen nur noch an einzelne Gedankenfetzen erinnern kann. Es ist alles schwer zu beschreiben. Ich habe schon mit Doktor Vogel darüber gesprochen, aber auch sie kann mir dahingehend nicht weiterhelfen. Sie hat mir angeboten, mich in Hypnose nach den Träumen zu befragen. Mal sehen, ob ich das mache, wenn die Zeiten wieder etwas ruhiger werden.«

***

In zwei Tagen sollte das Tauronen-Schiff ihr System erreichen. Die letzten Vorbereitungen waren erledigt. Wally hatte sich abgeschaltet und alle Aggregate heruntergefahren. Die Erdenschiffe waren auf dem Weg in ein benachbartes System, in dem sie gut versteckt in einem Gasriesen auf Entwarnung warten würden. Die verbliebenen Menschen waren alle in Huran a Gogg umgestaltet. Man hatte darauf geachtet, nur kleine Menschen für diese Aufgabe auszuwählen, da die Aliens im Allgemeinen nur etwa 1,70 Meter groß waren. Größere Personen hätten auffallen können.

Man wusste nicht, wie gut die Informationen der Tauronen über die Aliens waren und wollte möglichst kein Risiko eingehen. Einige auffällige Gebäude hatte man versucht, so gut es ging umzugestalten. Genaueren Prüfungen würden sie aber nicht standhalten, da war sich Jesus sicher. Die ganze Aktion beruhte auf Lügen und Verschleierungen. Aber was hätten sie sonst tun sollen?

Als Letzter begab sich Jesus auf sein Schiff, ehe es vom Planeten abhob und sich in der Korona der Sonne versteckte.

Jetzt konnten sie nur noch abwarten und das Beste hoffen. Alle Voraussagen über das Verhalten der Aliens beruhten einzig und allein auf Vermutungen, von daher konnte niemand mit Sicherheit sagen, wie die Tauronen sich verhielten.

Ein eiförmiges Raumschiff sprang aus dem Hyperraum und begann damit, das System zu scannen.

Schnell wurde klar, dass als Ziel nur der dritte Planet des Sonnensystems infrage kam. Anscheinend hatte man die Siedlung der Menschen entdeckt und näherte sich ihr nun vorsichtig. Alle Schutzschilde des Schiffs waren hochgefahren und die Waffenbänke geladen, um bei einem eventuellen Angriff mit aller Härte antworten zu können.

Schon von Weitem scannten sie erneut den Planeten. Kleine Sonden wurden ausgesendet und umrundeten ihn in vorgegebenen Bahnen.

Über der Siedlung nahm das Schiff eine stabile Umlaufbahn ein. Erneut wurde die Umgebung der Siedlung grob gescannt. Diesmal auch mit den von den Menschen so gefürchteten Tychironen-Strahlen, die Wotan-Technologie zuverlässig aufspüren sollten.

Zwei Stunden lang geschah nichts. Man schien sich auf dem Schiff nicht sicher zu sein, was man dort unten vorgefunden hatte. Ein kurzer Funkspruch auf allen Frequenzen beendete die beklemmende Stille. Die Führer der Huran a Gogg wurden aufgefordert, sich in einer Standardstunde auf einem großen Platz außerhalb der Siedlung einzufinden.

Nach etwas mehr als einer Stunde wurde ein kleines Beiboot ausgesendet und flog in einer eleganten Kurve auf die Planetenoberfläche zu. Auf dem angegebenen Platz hatten sich mittlerweile einige hundert Einheimische versammelt und starrten aufgeregt tuschelnd in den Himmel, aus dem sich langsam das kleine, silberglänzende Schiff dem Erdboden näherte. Es setzte sanft auf und die Triebwerke erstarben. Nach kurzer Zeit erklang ein leises Zischen und es öffnete sich eine bis dahin verborgene Luke. Schlagartig verstummten alle Gespräche und eine erwartungsvolle Stille erfüllte den Platz.

Eine schwarze Rampe fuhr aus der geöffneten Luke und setzte mit einem dumpfen Geräusch auf dem sandigen Boden auf. Immer noch hielten die anwesenden Menschen den Atem an. Alle blickten nun gebannt auf die hell erleuchtete Öffnung. Es dauerte einige Zeit, ehe zwei humanoide Gestalten in dunkelgrünen Kampfanzügen aus dem Schiff traten. Sie schritten langsam die Rampe hinunter. An ihren Gürteln baumelten große Phaser. Allerdings glaubte keiner der Anwesenden, dass nicht mindestens ein Dutzend Waffen auf sie gerichtet waren, um den beiden bei Gefahr Feuerschutz geben zu können.

Während einer der beiden am Ende der Rampe stehen blieb, ging der Größere der beiden noch ein paar Schritte weiter, bis in die Mitte des Platzes und öffnete langsam seinen verspiegelten Helm. Er ließ ihn vom Kopf gleiten und klemmte ihn sich unter seinen rechten Arm. Ein hässlicher, haarloser Schädel kam zum Vorschein. Das Auffälligste an dem Kopf waren aber seine drei viel zu großen Augen, die wie überdimensionale Wagenräder auf die verkleideten Menschen starrten. Er breitete seine zwei Arme aus und streckte seine Handflächen als Geste des Friedens nach oben.

»Wo ist euer Anführer?«, fragte er in die Runde und sein Übersetzungsgerät übertrug die Worte an die Umstehenden in der Huran a Gogg Sprache.

Minister Kalkmeier, der es sich nicht hatte nehmen lassen, auf dem Planeten zu bleiben, trat vor. Auch er hob seine beiden Hände in die Höhe und zeigte seine leeren Handflächen. »Seid gegrüßt, Fremde von den Sternen.«

Der Fremde grunzte belustigt und winkte den Minister näher zu sich. »Wie kommt ihr auf diesen Planeten? Laut unseren Daten sollte er unbewohnt sein.«

»Wir sind hier vor einigen Jahren abgestürzt. Leider sind unsere Schiffe dabei beschädigt worden und wir konnten diesen Planeten nicht mehr verlassen. So blieb uns nichts anderes übrig, als das Beste aus der Situation zu machen.«

Das Alien sah grimmig in die Runde. »Ich muss eure Siedlung einer Untersuchung unterziehen. Kannst du mich herumführen, Huran a Gogg?« Er blickte den Minister mit zusammengepressten Augen abschätzig an.

Der nickte schnell: »Natürlich, Fremder von den Sternen. Ich zeige euch gerne unsere Siedlung«, ereiferte er sich zu antworten. »Aber darf ich zuvor fragen, was ihr gedenkt zu finden? Beansprucht ihr Besitz auf diesem Planeten? Bisher dachten wir immer, dass er unbewohnt ist und niemand Anspruch auf ihn hat.«

»Das geht euch nichts an. Wir haben eigentlich keine Verwendung für diesen Planeten, aber er wird tatsächlich von unseren Meistern als persönlicher Besitz angesehen. Ob wir euch erlauben dürfen hierzubleiben, können alleine sie entscheiden.«

Der Minister zog seine Stirn kraus. »Wer sind eure Meister und mit welchem Recht beanspruchen sie diesen Planeten?«

Der Taurone sah den Minister abschätzig an. »Du stellst zu viele Fragen, Huran a Gogg. Das gefällt mir nicht.« In einer schnellen, fließenden Bewegung glitt seine linke Führhand nach unten und riss den Phaser aus seinem Holster. Ohne groß zu zielen, feuerte er einen kurzen Impuls auf den Minister. Dessen Kopf wurde von der Phaserladung getroffen und explodierte regelrecht. Ein lauter Aufschrei ging durch die Menge der Zuschauer. Einige schrien panisch auf und zogen ihre Kinder zu sich heran. Währenddessen fiel der tote Körper des Ministers zu Boden. Der Taurone blickte angriffslustig in die Runde. »Hat noch jemand Fragen oder zeigt mir nun endlich jemand die Siedlung?«, erkundigte er sich mit zusammengepressten Augen.

Schüchtern schob sich einer der verkleideten Menschen nach vorne. »Ich kann Ihnen gerne die Siedlung zeigen, Fremder von den Sternen«, hauchte er kaum hörbar. Man sah ihm seine Angst deutlich an.

»Und wer bist du?«, fragte ihn der Taurone, während er seinen Phaser im Holster verstaute.

»Ich, ich bin Katuma Hir Ona, sein Stellvertreter.« Er deutete mit seinem Kopf auf den toten Körper des Ministers.

Der Taurone sah ihn abfällig an. »Gut, dann führe mich durch die Siedlung, Huran a Gogg.« Er stieß die Worte abfällig hervor und forderte den Menschen mit einer abfälligen Handbewegung zum Gehen auf.

Die beiden Tauronen folgten Katuma Hir Ona oder besser gesagt Major Kilmer, wie er eigentlich hieß, zur Siedlung. Besonders die Fahrzeuge und diverse

Maschinen interessierten die Tauronen. Man war darauf vorbereitet und hatte sie an die Technik der Huran a Gogg angepasst. In einige der Gebäude warfen die beiden kurze Blicke. Anscheinend waren sie mit dem zufrieden, was sie dort sahen. Zu guter Letzt besichtigten sie noch die Wracks der abgestürzten Schiffe. Sie sahen aus, als ob sie schon seit Jahren dort liegen würden. Von der Vegetation überwuchert und augenscheinlich ausgeschlachtet. Herausgerissene Kabel und abgebrochene Metallteile ragten überall aus den Wracks. Wally hatte mit den Menschen zusammen ganze Arbeit geleistet. Die Illusion war nahezu perfekt. Die Tauronen hatten auch nach Stunden nichts von dem Schwindel bemerkt. Sie schritten gut gelaunt zu ihrem Schiff zurück und verschwanden genauso schnell, wie sie gekommen waren. Nun hieß es für die Menschen abwarten, wie die Tauronen auf den Schwindel reagierten und ob sie sich hatten täuschen lassen.

***

Zwei Tage des Wartens und der Ungewissheit vergingen. Das Schiff der Tauronen bewegte sich nicht von der Stelle und niemand meldete sich bei den verkleideten Menschen.

Langsam wurde man ungeduldig. Hunderttausende warteten in den Schiffen auf die erlösende Nachricht, endlich wieder nach Hause zurückkehren zu können.

Am dritten Tag meldeten sich die Tauronen endlich bei den Menschen. Wieder wurden sie aufgefordert, sich auf dem Platz außerhalb der Siedlung zu versammeln. Einige Hundert kamen der Aufforderung nach und pilgerten zum angegebenen Ort. Vornehmlich waren es Männer, die sich dort versammelten. Sie warteten geduldig, bis das kleine Beiboot erneut in der Mitte des Platzes landete. Diesmal kamen vierzehn Tauronen aus der Schleuse und verteilten sich strategisch auf dem Platz. Ein Dutzend von ihnen trug schwere Waffen und blickte stumm in die Menge. Ihre Helme blieben geschlossen und so konnte man ihre Gesichter hinter den verspiegelten Visieren nur erahnen. Der Taurone, der schon beim letzten Mal gesprochen hatte, übernahm erneut die Rolle des Sprechers. Er war diesmal gleich ohne seinen Helm erschienen und blickte kalt lächelnd in die Runde.

»Wir haben Rücksprache mit unseren Meistern gehalten. Ihr dürft mit eurer Siedlung hierbleiben, allerdings nur, wenn ihr den dafür üblichen Tribut an unsere Meister leistet«, erklärte er mit ruhiger Stimme. Das aufkommende Gemurmel ignorierte er.

Major Kilmer trat hervor. »Was heißt das, den üblichen Tribut?«

Der Taurone wirbelte herum und starrte den Major kalt an. »Hast du jetzt auch so viele Fragen, wie dein Vorgänger?«, fragte er abfällig und seine Hand glitt langsam zum Holster.

Der Major hob beschwichtigend seine Hände. »Nein, natürlich nicht. Ich wollte nur wissen, auf was wir uns einstellen müssen. Wir haben hier nicht viel, das wir entbehren könnten. Das Leben ist für uns sehr hart, da wir zuvor keine Bauern waren. Das, was wir anbauen, reicht so gerade für uns. Es fehlt an so vielem, vor allen Dingen an Erntemaschinen und dergleichen.«

Der Taurone sah ihn fast mitleidig an. »Das ist mir egal. Ihr werdet liefern, was wir fordern oder ihr verschwindet von unserem Planeten.«

»Das könnten wir gar nicht, selbst wenn wir es wollten. Sie wissen doch, dass wir kein flugfähiges Raumschiff mehr besitzen und auch nicht in der Lage sind, die Alten zu reparieren.«

»Das ist mir egal. Ihr erfüllt unsere Forderungen oder ihr verschwindet von hier.«

»Und wenn das nicht geht?«, rief ein Mann aufgebracht aus der Menge.

Der Kopf des Tauronen zuckte in seine Richtung. Eine kaum merkliche Bewegung mit seinem Kopf und einer der Soldaten legte sein Gewehr an und schoss dem Mann eine Ladung Plasma in den Brustkorb.

»Dann werden wir euch helfen, von hier zu verschwinden«, erklärte der Taurone kalt, während alle mit Grauen auf den toten Mann starrten.

***

Keiner der Anwesenden traute sich, etwas zu sagen. Nur dem Major gelang es, seine Fassung wiederzugewinnen. Mit traurigem Blick schaute er auf den Toten. Die Tauronen scheuten sich nicht, die Anwesenden zu erschießen, und wenn sie mit einem guten Dutzend Soldaten auftauchten, um ihre Forderungen durchzusetzen, verhieß das nichts Gutes. Wenn sie nicht mit Widerstand rechneten, hätten sie kaum so viele Soldaten mitgebracht.

Der Taurone schaute den Major abfällig an. »Habe ich jetzt deine volle Aufmerksamkeit?«, fragte er ihn lauernd. Dieser nickte langsam und bedächtig. »Ja!«, quetschte er widerwillig zwischen seinen Zähnen hervor.

»Ich habe dich nicht verstanden, Huran a Gogg.«

»Ja!«, erwiderte Major Kilmer lauter.

Der Taurone lächelte ihn kaltherzig an. »Geht doch. War doch gar nicht so schwer, oder? Nun zu unseren Forderungen. Wir werden alle sechs Monate vorbeischauen und diese Menge an Rohstoffen von euch bekommen. Ihr werdet sie in Transportkisten verpacken, die wir euch noch zukommen lassen.« Er reichte dem Major einen Zettel mit einer längeren Auflistung von Rohstoffen, die sie erwarteten. Der Major überflog die Liste kurz. Selbst unter seiner Maske sah man ihm an, dass er bleich geworden war. »Das, das ist …«, er holte tief Luft und suchte nach den passenden Worten.

»Nun, was möchtest du mir sagen? Ist das in deinen Augen zu wenig?«, der Taurone fixierte in aufmerksam und seine Hand glitt wie zufällig in die Nähe des Phasers.

»Das ist, ich ... Ich denke, wir können Ihnen diese Dinge besorgen, bis auf ...«

Der Taurone hob seine Stimme und es klang eher wie ein Knurren. »Bis auf was?«

Der Major verlagerte sein Gewicht unruhig von einem Bein auf das andere. »Nun, wir haben hier keine Mienen und von daher weiß ich nicht, wie wir Ihnen die geforderten Erze beschaffen sollen«, presste er mühsam hervor. »Nicht, dass wir Ihnen die geforderten Erze nicht überlassen wollen«, warf er schnell hinterher.

Der Taurone gab ein glucksendes Geräusch von sich, das wohl ein Lachen sein sollte. »Wir haben den Planeten gescannt. Es gibt hier große Mengen von den Erzen, die auf der Liste stehen. Von daher müsstet ihr sie nur abbauen. Aber wir sind ja keine Unmenschen. Wir werden euch Maschinen überlassen, damit ihr die Erze leichter abbauen könnt. Damit solltet ihr durchaus in der Lage sein, die geforderten Mengen zu erschließen.«

Der Major atmete hörbar aus und nickte ergeben. »Gut, wenn wir Maschinen bekommen, sollten wir die geforderten Mengen sicherlich liefern können.«

»Sollten wir?«, kam es schneidend zurück.

»Nein, nein, ich meinte, damit schaffen wir es, die gewünschten Mengen zu liefern.«

»Gut, das wollte ich hören. Uns ist natürlich bewusst, dass ihr in sechs Monaten noch nicht alle Rohstoffe der Liste liefern könnt.«

Der Major schaute den Tauronen erleichtert an.

»Wir sind ja keine Barbaren. Ihr habt daher ein Jahr Zeit, bis wir die erste Lieferung von euch erwarten.« Er drehte sich um und ging in Richtung Schiff. Nach zwei Schritten drehte er sich noch einmal um.

»Wenn ich so darüber nachdenke, wart ihr nicht so kooperativ, wie wir uns das gewünscht hätten.«

»Aber wir haben doch ...«

»Schsch!«, er schaute vorwurfsvoll auf den Toten. »Ihr wisst schon, was ich meine. Ihr versteht sicherlich, dass wir einen kleinen Tribut für unser Entgegenkommen verlangen müssen.«

»Ja, ja sicher, Fremder von den Sternen. Was wünschen Sie als Tribut für unsere Kooperation?«

Der Taurone lächelte überheblich. »Ach, eigentlich fast nichts.« Er ließ seinen Blick über die Menge der Anwesenden schweifen, ehe er langsam weiter sprach. »Wir fordern nur zwanzig Frauen in gebärfähigem Alter und zwanzig Kinder im Alter von 8-14 Jahren als Tribut für eure Loyalität.«

2 - Tribut

Major Kilmer glaubte, sich verhört zu haben. Was hatte der Taurone da gerade als Tribut von ihnen verlangt? Zwanzig Frauen und zwanzig Kinder! Das war eine nicht zu akzeptierende Forderung! Ihm wurde ganz schlecht bei dem Gedanken, einige der ihren diesen hässlichen Kreaturen überlassen zu müssen. Das konnte und durfte er niemals zulassen! Ein Blick in die Menge zeigte ihm, dass seine Landsleute dasselbe dachten. Ein Sturm der Entrüstung flammte auf. Wütende Proteste wurden gerufen und einige ließen sich dazu hinreißen, den Tauronen ihren Unmut lauthals entgegenzurufen. Die Stimmung wurde immer aufgeheizter und Major Kilmer befürchtete das Schlimmste. Die Tauronen hatten schon unter Beweis gestellt, dass ihnen das Leben eines Huran a Gogg nichts wert war.

  Einige der Anwesenden konnten nicht mehr an sich halten. Ein faustgroßer Stein flog in Richtung der Tauronen und die Antwort ließ nicht lange auf sich warten. Die Soldaten rissen ihre Gewehre hoch und feuerten blindlings in die Menge. Major Kilmer duckte sich zu Boden und musste tatenlos zusehen, wie dutzende Menschen von den Plasmaladungen getroffen wurden. In Panik stoben die Anwesenden auseinander und Schwächere, die zu Boden stürzten, wurden einfach überrannt. Jeder versuchte, den Schüssen der Tauronen zu entkommen. Manche warfen sich ängstlich wimmernd zu Boden, andere torkelten getroffen zu Boden. Die Schreie der Menschen wurden schnell leiser und ein angsterfülltes Wimmern ersetzte sie. Mit Tränen in den Augen schaute der Major auf das Massaker. Es hatte nur ein paar Sekunden gedauert und dennoch war die Opferzahl immens hoch.

Das Feuern hatte aufgehört, als der Taurone, der auch die Verhandlungen führte, seinen Arm gehoben hatte. Die Soldaten hörten augenblicklich auf zu feuern und senkten ihre Waffen, hielten sie aber im Anschlag. Kleine Rauchfahnen stiegen von den Läufen auf. Ein Anblick, den Major Kilmer wohl nie vergessen würde. Er erhob sich unsicher und blickte die Tauronen trotzig an.

»Habt ihr eure Lektion diesmal gelernt?«, fragte ihn der Taurone überheblich lächelnd. Der Major ballte voller Wut seine Hände zu Fäusten. Er konnte seinen Zorn kaum noch bändigen. Am liebsten hätte er sich mit bloßen Händen auf den Tauronen gestürzt. Nur sein Verstand und der Wille zu überleben, hielten ihn von dieser aussichtslosen Tat ab. Niemandem war geholfen, wenn er sich hier und jetzt umbringen ließ.

»Nun, was ist, hat es dir die Sprache verschlagen, Huran a Gogg?«

Major Kilmer versuchte, den Kloß in seinem Hals herunterzuschlucken. »Ja, das haben wir. Es war unnötig und feige, auf Unbewaffnete zu schießen. Warum haben Sie das getan!«, schrie er die Worte heraus.

»Nur so können Tiere, wie ihr es seid, lernen. Ihr müsst wissen, dass man die Hand, die einen füttert, nicht beißt«, stieß ihm der Taurone lachend entgegen. »Und nun geht. Vergesst aber eure Toten und Verwundeten nicht. Ich möchte ihren erbärmlichen Anblick nicht mehr hier sehen, wenn wir wiederkommen. Ihr habt bis morgen Zeit, uns unser gefordertes Tribut zu überlassen. Und denkt daran, wir akzeptieren nur junge, gesunde Exemplare. Untersteht euch, uns Alte oder Kranke zu schicken! Und nun geht mir aus den Augen, ihr Narren.« Er schaute noch einmal abfällig auf die Toten und Verwundeten, drehte sich um und stapfte befriedigt die Rampe empor. Seine Soldaten taten es ihm gleich und als der Letzte in der Schleuse verschwunden war, schloss sie sich und das Schiff startete mit heulenden Triebwerken.

***

Sie saßen in einem der großen Konferenzräume im Rathaus und beratschlagten ihr weiteres Vorgehen. Außer Major Kilmer waren noch zwei Dutzend Politiker und Wissenschaftler im Raum. Die meisten hochrangigen Politiker und Experten befanden sich aber auf den Raumschiffen. Der Major blickte die Anwesenden bedauernd an. Dieser klägliche Haufen musste nun über das Wohl der Menschheit entscheiden. Egal, wie sie sich heute auch entschieden, es würde weitreichende Folgen für die Menschheit nach sich ziehen.

»Wir dürfen uns das nicht bieten lassen. Es ist nur ein kleines Schiff, mit dem wir leicht fertig werden«, rief eine Frau wütend. Major Kilmer kannte sie nicht. Er wusste aber, dass sie eine der Abgeordneten der größten Volkspartei war. Wenn er sich nicht täuschte, hieß sie Melissa Vinzent.

»Frau Vinzent!«, rief er laut. Alle Augen richteten sich auf ihn. »Beruhigen Sie sich. Es hilft nichts, wenn wir alle wild durcheinanderreden und irgendwelche überzogenen Forderungen stellen. Alle Entscheidungen, die wir hier und jetzt treffen, haben weitreichende Folgen, die wir bedenken sollten.« Er war aufgestanden und hatte beide Arme ausgebreitet. »Bitte lassen Sie uns sachlich und ohne Emotionen diskutieren.«

»Wer hat Sie eigentlich zu unserem Sprecher gemacht?«, rief ein kleiner Mann mit Halbglatze ungehalten.

Major Kilmer lächelte ihn kalt an. »Ich bin nach dem Tod von Minister Kalkmeier der ranghöchste Offizier und von daher habe ich die Befehlsgewalt übernommen. Oder hat jemand von Ihnen einen besseren Vorschlag?«, er schaute wütend in die Runde. Niemand meldete sich. Einige schauten verlegen auf ihre Hände, andere trauten sich nicht, die Verantwortung für ihre kleine Gruppe zu übernehmen.

»Was ist, ich höre keine anderen Vorschläge!«, er wartete einige Sekunden, aber niemand meldete sich. »Gut, dann wäre das ja geklärt. Ich habe als ranghöchster Offizier die Befehlsgewalt über unsere Gruppe solange, bis nicht ein anderer höherrangiger Offizier zu uns stößt. Also lassen Sie uns sachlich unsere Optionen diskutieren. Vorschläge bitte.«

Eine Frau im mittleren Alter, die ein paar Pfunde zu viel auf den Rippen hatte und deren Wangen vor Aufregung leicht gerötet waren, erhob sich.

»Wir können ihnen doch nicht einfach vierzig unserer Leute überlassen. Wer weiß, was sie mit ihnen anstellen. Können wir nicht neu mit ihnen verhandeln? Wir könnten ihnen doch noch größere Mengen an Erzen und dergleichen anbieten.«

Major Kilmer lächelte in sich hinein. »Frau ... Wie war noch gleich Ihr Name?«

»Frau Kalani, Oliana Kalani. Ich bin im Forschungsteam von Professor Wan Yoo«, erklärte sie schüchtern.

»Frau Kalani. Sie haben die Liste nicht gesehen, wie ich annehmen darf.«

Sie schüttelte leicht den Kopf.

Der Major grinste verschmitzt. »Das dachte ich mir.«, er drehte sich um und schaltete mit einer Handbewegung einen Holo-Schirm hinter sich ein. Auf ihm leuchtete in großen Lettern eine ausführliche Aufzählung der geforderten Rohstoffe auf. Die Anwesenden überflogen sie kurz und einige mussten entsetzt schlucken. »Das, das ist ganz schön viel«, stotterte die Frau und setzte sich resigniert auf ihren Sessel.

»Da haben Sie recht, Frau Kalani. Um diese Mengen an Erzen fördern zu können, müssten wir mit mindestens eintausend Mann ein ganzes Jahr lang schuften.

Von den Lebensmittel-Rationen ganz zu schweigen. Das ist mehr als die Hälfte, die wir im Jahr anbauen könnten. Eigentlich ist diese Menge mit zweitausend Menschen nicht zu bewerkstelligen. Ich bin mir sicher, dass die Tauronen das sehr wohl wissen. Ich denke sogar, dass es ihnen von vornherein um unsere Frauen und Kinder ging.«

»Ja, aber was haben sie mit ihnen vor?«, rief einer der Wissenschaftler.

»Nun, da kann ich nur spekulieren. Aber ich könnte mir gut vorstellen, dass die Frauen als Sex-Sklavinnen verkauft werden. Bei den Kindern bin ich mir nicht sicher, aber bestimmt würde es sie nicht besser treffen.«

»Dann, dann dürfen wir das nicht zulassen«, erklärte eine kleine, blonde Frau mit piepsiger Stimme wütend ihre Abneigung gegen die Wünsche der Tauronen.

Major Kilmer nickte der Frau zu, die er als Franziska Golani kannte, eine sehr beliebte Politikerin im Volk.

»Ich kann Ihre Wut verstehen, Frau Golani, aber wenn wir den Wünschen nicht nachkommen, werden sie sich die Frauen und Kinder einfach mit Gewalt holen und wer weiß, vielleicht auch gleich alle, die hier leben.«

»Dann müssen wir sie daran hindern.«

»Ja, das könnten wir machen. Wir zerstören ihr Beiboot und nehmen die Tauronen gefangen oder töten sie und dann?«

»Keine Ahnung.«

Der Major blickte die Frau grimmig an. »Keine Ahnung! Ich werde Ihnen sagen, was dann passiert. Das Schiff im Orbit wird uns angreifen und alle in der Siedlung töten.«

»Dann müssen wir das Schiff eben auch zerstören. Jesus Carter hat sich doch mit seinem Schiff in der Korona der Sonne versteckt. Für die Kentucky dürfte es ein Leichtes sein, das Schiff der Tauronen zu zerstören.«

Der Major nickte. »Ja, würde es. Und was passiert dann? Die Tauronen schicken ein neues Schiff oder die Basss kommen gleich mit einer ganzen Flotte, um nachzusehen, wer das Schiff ihrer Verbündeten vernichtet hat. Nein, das ist keine Lösung, das wäre Selbstmord.«

»Ja, aber irgendetwas müssen wir doch machen können.«

»Können wir ja auch, Frau Golani. Wir können ihnen die Menschen aushändigen, die sie haben wollen. Es wären vierzig Leute von uns, aber die anderen würden unbehelligt weiterleben können. Das wäre ein vergleichsweise kleines Opfer.«

Alle Anwesenden starrten den Major entsetzt an. Damit hatte niemand gerechnet. »Das, das geht doch nicht!«, schimpfte jemand laut. »Wie sollen wir die Leute denn auswählen? Ziehen wir Kärtchen oder wie denken Sie sich das, Major?«

Major Kilmer blickte ernst, ehe er antwortete. »Ja, warum nicht? Freiwillige werden wir wohl kaum finden. Sollte niemand von ihnen einen besseren Vorschlag haben, dann würde ich Sie bitten, ein Auswahlverfahren zu erarbeiten. Wir haben nicht mehr allzu lange Zeit. In acht Stunden wird es wieder hell und dann sollen wir die vierzig Menschen übergeben.«

Man konnte das Entsetzen der Anwesenden körperlich spüren. Nur was hatten sie für eine Wahl? Wenn er nicht hart blieb, würden sie nie zu einem Ergebnis kommen. Und was geschah dann? Das Wohl der ganzen Menschheit stand auf dem Spiel und das zählte mehr als das Wohl eines Einzelnen. Auch wenn ihm bewusst war, dass er für immer mit dieser Schuld würde leben müssen, so musste er dennoch zu einer Lösung kommen. Das erwartete man von ihm und er war bereit, dieses Opfer zu tragen, wenn es auch noch so schwer war.

***

Major Kilmer saß alleine in dem kleinen Büro. Er hatte alle anderen fortgeschickt. Im Moment konnte er einfach niemanden in seiner Nähe ertragen. Von Selbstzweifeln geplagt saß er auf seinem Sessel und stierte gedankenverloren die Wand an. In zwei Stunden würde die Sonne aufgehen und noch immer hoffte er auf ein kleines Wunder. Irgendjemand musste doch gleich die Tür aufstoßen und ihm einen Ausweg aus dieser verfahrenen Situation zeigen.

Sie hatten zwei Töpfe mit Losen gefüllt, alle infrage kommenden Frauen und Kinder in die jeweiligen Töpfe verteilt und dann hatte er angefangen, Lose zu ziehen. Er konnte und wollte das niemand anderem aufbürden. Er würde nie mehr das verzweifelte Gesicht von Oliana Kalani vergessen, als er ihre beiden Kinder gezogen hatte, die sie dummerweise nicht auf eines der Schiffe hatte gehen lassen. Sie vertrat die Meinung, dass ihre Kinder bei ihrer Mutter bleiben sollten, weil sie dort am sichersten wären. Welch eine Fehleinschätzung ihrerseits. Und nun würden die beiden gleich den Tauronen übergeben. Oliana hatte einen Nervenzusammenbruch erlitten und musste medizinisch versorgt werden. Ihr Flehen und Weinen war ihm durch Mark und Bein gekrochen, aber was hätte er tun sollen? Es waren sowieso nur zweiunddreißig Kinder hiergeblieben, die infrage kämen, und zwanzig Namen hatte er davon ziehen müssen. So langsam dämmerte ihm, dass er mit dieser Schuld nicht würde leben können.

Irgendwie schien er erleichtert zu sein, als die Tür wirklich aufflog und Frau Golani völlig aufgelöst in sein Büro eilte. Sie warf sich erschöpft auf einen der Stühle vor seinem Schreibtisch und schaute ihn mit müden Augen an. Es hatten sich dunkle Ringe unter ihnen gebildet. Sie schien nicht wirklich viel in der letzten Zeit geschlafen zu haben. Aber da war sie nicht die Einzige.

»Wie kann ich Ihnen helfen, Frau Golani? Sie brauchen nicht zu versuchen, mich umzustimmen, es gibt leider keinen vernünftigen Ausweg aus dieser misslichen Lage. Versuchen Sie es erst gar nicht«, erklärte er ihr mit brüchiger Stimme.

Sie schüttelte leicht ihren Kopf und sah ihn herausfordernd an. »Sie dürfen die Menschen den Tauronen nicht überlassen.«

Major Kilmer schüttelte verzweifelt den Kopf. »Frau Golani, das haben wir doch alles besprochen. Es gibt keine andere Lösung. Wir müssen die Menschen den Tauronen ausliefern, das wissen ...« Sie unterbrach ihn wirsch. »Sie verstehen nicht, Major. Sie dürfen nicht!«

Er sah die Frau verwirrt an. Irgendetwas an ihrer resoluten Art ließ ihn zögern.

»Was meinen Sie damit, ich darf nicht?«

Hatte sie vielleicht eine Lösung gefunden? Hoffnung keimte in ihm auf. Gab es doch noch ein Wunder und er musste die Menschen nicht in dieses schlimme Schicksal schicken?

Sie schaute ihn mit ernster Miene an. »Wenn Sie die Menschen den Tauronen überlassen, wird es nicht lange dauern, bis sie unseren Schwindel durchschauen und dann wissen auch die Basss, dass sie die Menschheit doch noch nicht endgültig ausgelöscht haben und sie werden gnadenlos Jagd auf uns machen«, erklärte sie ihm mit ernster Stimme.

Major Kilmers Gesichtszüge entglitten ihm. Fieberhaft durchdachte er das eben Gehörte. Daran hatte bisher niemand gedacht. Sie waren schon vor Wochen zu Huran a Gogg verwandelt worden. Er hatte sich so in seine Rolle hinein versetzt, dass er fast vergessen hatte, dass sie im Grunde nur verkleidete Menschen waren. Zwar war ihre Tarnung fast perfekt, aber ein einfacher Bluttest oder eine unbedachte Verletzung würden sie sofort verraten. Frau Golani hatte recht, sie konnten die Menschen den Tauronen nicht überlassen, auch wenn das bedeutete, dass man ihr Schiff im Orbit vernichten musste. Sie würden so oder so auffliegen, warum also noch vierzig Menschen sinnlos opfern.

***

Major Kilmer hatte hektisch seinen kleinen Stab zusammengerufen. Keine zehn Minuten später saßen sie erneut in dem Konferenzraum und alle Augen waren auf ihn gerichtet. Draußen fing es bereits an, zu dämmern. Wollten sie noch rechtzeitig handeln, war jetzt Eile geboten.

»Sie wundern sich bestimmt, warum ich Sie so plötzlich habe rufen lassen.« Er schaute fragend in die Runde. Zustimmendes Nicken und ein aufgeregtes Tuscheln waren ihm Antwort genug. Sein Mundwinkel verzog sich zu einem verschmitzten Lächeln. »Ich habe Sie rufen lassen, weil es ein Fehler wäre, die Menschen den Tauronen zu überlassen. Ein unverzeihlicher Fehler, wie ich anmerken möchte.«

Sofort fingen alle an, wild durcheinanderzureden. Einige Zurufe wie »habe ich doch gleich gesagt« und »richtig so« brannten auf. Major Kilmer lehnte sich mit hinter dem Kopf verschränkten Armen in seinem Sessel zurück und grinste die Anwesenden mit einer Entschlossenheit an, die einige verwirrt verstummen ließ. Nachdem sich die meisten beruhigt hatten, stand er auf und stützte sich mit beiden Händen auf der Tischplatte ab. »Frau Golani, bei der ich mich noch einmal ausdrücklich bedanken möchte, hat mir die Augen geöffnet.« Er machte eine kurze Pause, um den weiteren Worten mehr Gewichtung zu verleihen. »Wir sind im Grunde nur verkleidete Huran a Gogg. Auf einem Tauronen-Schiff würden die Menschen schnell auffliegen. Niemand von uns hat offensichtlich daran gedacht. Ich leider auch nicht. Wenn wir den Tauronen nun vierzig Menschen überlassen würden, damit sie mit ihnen weiß Gott was anstellen können, würden wir sicher sehr schnell auffliegen. Dann ist unser Geheimnis, das wir so gut verstecken wollten, schneller aufgeflogen als wir es uns wünschen würden. Die Basss würden sicherlich davon erfahren und nachsehen kommen, warum hier verkleidete Menschen lebten. Sie würden Jagd auf uns machen und vermutlich alles aus den Frauen und Kindern herauspressen, was sie an Informationen sammeln können. Das können und dürfen wir nicht zulassen.« Er hatte die letzten Worte mit solcher Inbrunst und Wut hervorgestoßen, dass niemand im Raum sich traute, etwas zu erwidern.

Frau Golani war die Erste, die ihre Fassung wieder erlangte. Sie stand auf und lächelte die anderen verlegen an. »Was machen wir denn nun? Wenn wir die Frauen und Kinder nicht ausliefern, werden uns die Tauronen mit Sicherheit angreifen und es werden noch mehr als die zweiundfünfzig Menschen sterben, die wir jetzt schon zu beklagen haben.«

Major Kilmer ließ sich ächzend in seinen Sessel fallen. »Das weiß ich. Es sind im Übrigen dreiundfünfzig. Paul Scoll ist vor ein paar Minuten seinen schweren Verletzungen erlegen«, verkündete er leise.

»Im Prinzip sehe ich nur zwei Möglichkeiten. Wir können das Beiboot und das Schiff im Orbit vom Planeten aus angreifen. Leider besitzen wir kein flugfähiges Schiff auf dem Planeten und müssten es vom Boden aus angreifen. Ich weiß aber nicht allzu viel über die Stärke der Schutzschirme und kann deswegen nichts über den Erfolg eines solchen Angriffs vorhersagen.«

»Was wäre die Alternative?«, fragte einer der Wissenschaftler.

»Wir könnten versuchen, die Tauronen zu überlisten.«

Achtundzwanzig Augenpaare blickten den Major fragend an. Er lächelte verlegen. »Ich weiß, das ist sicherlich mit einem hohen Risiko verbunden. Ein erfolgreicher Ausgang ist auch hier mehr als fraglich, aber wenn mein Plan funktionieren sollte, könnten wir heute sehr viele Menschenleben retten.«

Major Kilmer ließ sich Zeit und erklärte den Anwesenden penibel seinen verwegenen Ausweg. Es gab einige Anmerkungen und sie konnten den Plan weiter verfestigen, bis er sich für die meisten als kompliziert, gefährlich, aber durchführbar anhörte.
 Sie stoppten den Abtransport der Frauen und Kinder und versammelten alle in einer großen Lagerhalle. Derweilen war die Sonne aufgegangen und die Tauronen würden bald kommen, um ihr Tribut abzuholen. Viel Zeit blieb den Menschen nicht mehr, ihren waghalsigen Plan in die Tat umzusetzen. Vorsorglich ließ der Major einige Panzerfäuste heranschaffen. Mit ihnen konnten Hyperschall-Raketen verschossen werden, die in Sekunden das Schiff im Orbit erreichen würden. Solch ein Angriff würde dem Schiff genügend Zeit lassen, geeignete Abwehrmaßnahmen einzuleiten. Ein Wirkungstreffer war mehr als fraglich. Das Beiboot ließ sich damit sicherlich zerstören, aber was nützte das den Menschen in der Siedlung? Das Mutterschiff würde sofort auf sie zu schießen beginnen und Tod und Verderben auf die Siedlung herabregnen lassen. Nein, das durfte nur die letzte Möglichkeit sein, um vielleicht Jesus mit der Kentucky die Möglichkeit zu bieten, in den Kampf einzugreifen, um Schlimmeres zu verhindern. Aber selbst bei einem so-

fortigen Notstart würde er einige Minuten benötigen, bis er in den Kampf eingreifen könnte.

Gebannt starrten die Anwesenden in den blauen Himmel. Langsam wurde das kleine Schiff größer, ehe es fast geräuschlos in der Mitte des Platzes landete. Die Rampe wurde heruntergefahren und hatte kaum den Boden berührt, als auch schon fünf schwerbewaffnete Soldaten herunterliefen und in Stellung gingen. Der Sprecher der Tauronen kam als Letzter und blickte grimmig auf die überschaubare Menge an Menschen, die sich auf dem Platz versammelt hatte. Major Kilmer trat aus der Menge hervor und grüßte die Tauronen mit erhobenen Händen, damit sie sehen konnten, dass er unbewaffnet war.

»Ich bin leicht verwirrt, Huran a Gogg. Hatte ich nicht unmissverständlich erklärt, was wir als ein angemessenes Tribut erwarten? War das so schwer zu verstehen?«

»Nein, nein natürlich nicht. Seien Sie versichert, dass wir Ihre Botschaft sehr wohl verstanden haben«, antwortete der Major schnell.

»Nun, dem scheint mir nicht so. Ich sehe hier nur fünf Frauen und keine Kinder«, seine Hand ruhte wie beiläufig auf seinem Waffenholster.

»Es handelt sich um ein Missverständnis, Fremder von den Sternen. Wir werden natürlich unser Tribut entrichten, nur haben wir es in der Kürze der Zeit nicht geschafft, die Personen auszuwählen, die Sie begleiten dürfen.«

»Ach so. Und da dachtet ihr, die Tauronen sind ja so ein nettes, verständnisvolles Volk und geben euch einfach noch mal einen oder zwei Tage Zeit? Trifft es das so in etwa?«

»Nein, natürlich nicht. Aber die Frauen zu überzeugen, welch großes Geschenk Ihr ihnen macht, das gestaltet sich äußerst schwierig. Wir versuchen sie gerade, na sagen wir mal, zu überzeugen.«

»Überzeugen, so so. Wie lange müsst ihr an euren Überredungskünsten denn noch arbeiten?«

»Wir brauchen sicher noch einen halben Tag«, erwiderte der Major und senkte ergeben seinen Kopf, ohne dabei die Tauronen aus den Augen zu lassen.

»Vielleicht müssen wir euch noch eine Botschaft senden?«

»Nein, nein. Wir werden euch als Tribut fünf Frauen mehr überlassen. Wir haben sie auch schon mitgebracht«, er winkte den fünf Frauen zu, die zögerlich näher traten.

Der Taurone schien sich mit seinem Kommandanten zu beraten. Er redete leise vor sich hin und hielt sich dabei einen Finger auf das rechte Ohr. Er nickte bestätigend und widmete sich wieder dem Major zu. »Gut, wir werden euch noch einmal fünf Stunden Aufschub gewähren. Aber dann bekommen wir dreißig Frauen.«

»Was!« Der Major blickte den Tauronen entsetzt an. Er sah sein überhebliches Lächeln und fügte sich ergeben. »Okay, wir werden in fünf Stunden dreißig Frauen und zwanzig Kinder herbringen lassen.«

»Das hoffe ich für euch, sonst werden wir uns unseren Tribut selber holen und glaubt mir, das wollt ihr bestimmt nicht.« Er drehte sich um und schritt die Rampe hinauf. Die fünf Frauen folgten ihm ergeben, den Abschluss bildeten die Soldaten.

Erleichtert blickte der Major dem Schiff hinterher, das schnell kleiner wurde und schon bald mit dem bloßen Auge nicht mehr zu erkennen war. Die Saat war gestreut, jetzt galt es zu warten, ob sein Plan gelingen würde.

3 - Gegenschlag

Leutnant Kira Mac Loud und ihre vier Kameradinnen folgten den Tauronen. Er führte sie in einen kleinen Raum, der wohl sonst als Lager genutzt wurde. Er war bis auf ein paar einfache Kisten aus einer silbernen Metalllegierung leer. Die Frauen hatten den Raum kaum betreten, als hinter ihnen das Schott zufiel. Bis auf eine kleine Lampe in der Mitte, die nur wenig Licht spendete, war es in dem Raum dunkel. Kira sah sich gründlich um. Schnell entdeckte sie die Kamera in einer der Ecken. Sie gab ihren Kolleginnen ein Zeichen und setzte sich mit ihnen auf die Kisten. Da sie beobachtet wurden und sicher auch belauscht, fingen sie mit einem unverfänglichen Gespräch an. Die Tauronen durften keinen Verdacht über ihre wirkliche Herkunft schöpfen.

Wie lange sie in dem Raum gehockt hatten, konnte Kira nicht sagen. Es waren sicher nur ein paar Minuten gewesen, als das Schott aufglitt und zwei Soldaten in der Öffnung erschienen. Sie forderten die Frauen auf, ihnen zu folgen.

Kira und die anderen kamen langsam auf die Soldaten zu, die sie überheblich anlächelten. Kira lief ein Schauer über den Rücken, als sie daran dachte, mit einem dieser hässlichen Geschöpfe alleine in einem Raum verbringen zu müssen. Den anderen Frauen erging es nicht anders, wie Kira an ihren vor Ekel verzogenen Gesichtern erkannte. Am liebsten wäre Kira dem Soldaten an die Gurgel gesprungen, aber das wäre sicher einem Todesurteil gleich gekommen. Mit einem der Soldaten würde sie spielend fertig werden. Kira war eine ausgebildete Nahkämpferin, die auch ohne Waffen einen Gegner ausschalten konnte. Nur standen vor dem Schott drei weitere Soldaten und starrten sie lüstern an. Alle gleichzeitig auszuschalten, das war fast unmöglich, selbst für sie. Die Tauronen schienen den Huran a Gogg nicht zu vertrauen. Anders war nicht zu erklären, warum man für fünf Frauen auch fünf Soldaten brauchte oder steckte etwas anderes dahinter?

Die fünf Frauen wurden von den Soldaten eskortiert und zur Brücke des Schiffs geführt. Geräuschlos fuhren die beiden Schott-Türen auseinander und gaben den Blick auf die Brücke des Schiffs frei. Überrascht schaute Kira auf das Bild, das sich ihr bot. Nicht die schiere Größe überraschte Kira, sondern eher die Einrichtung. Die Wände waren mit Holzpaneelen verkleidet, an den Wänden hingen gemalte Bilder und Vorhänge aus einem dicken, schweren Stoff und es gab mehrere verkleidete Öffnungen und Durchgänge. Auf dem Boden war ein dicker Teppich aus einer Stofffaser ausgelegt, der zuverlässig alle Schritte der Anwesenden dämpfte. Personal in bunten, wenig funktionellen Uniformen wuselte umher und schenkte den Neuankömmlingen kaum Beachtung. Noch nie hatte Kira solch eine Brücke gesehen. Sie drehte sich zu ihren Freundinnen um, die sie genau so verwundert anblickten. Sophia, die direkt hinter ihr stand, zuckte verlegen mit den Schultern.

Ehe sich Kira über diese seltsame Brücke wundern konnte, kam ein Taurone auf sie zu. Seinem Gesichtsausdruck zu urteilen, handelte es sich um eine ranghohe Person. Er lächelte die Frauen gierig an. Seine Zunge fuhr nervös über seine rauen, aufgerissenen Lippen.

»Meine Damen, wurden Sie bisher gut behandelt?«, fragte er sie mit seiner nasalen Stimme.

Kira setzte ein Lächeln auf und nickte ergeben. »Ja, mein Herr.«

»Das ist gut.« Er schickte drei der Wachen mit einem Kopfnicken aus dem Raum. Die verbliebenen Zwei positionierten sich neben dem Schott und schauten grimmig drein.

»Folgen Sie mir bitte.« Er wollte sich gerade umdrehen, als ihn die Stimme von Kira zögern ließ.

»Wer sind Sie und was haben Sie mit uns vor, mein Herr?«

Der Taurone drehte sich überrascht um. Eine Frau, die ihm Fragen stellte, hatte er wohl nicht erwartet. Kira wusste aus den Berichten über die Tauronen, dass bei ihnen die Frauen nichts zu sagen hatten. Sie durften noch nicht einmal mit einem Mann reden, wenn er ihnen dies nicht ausdrücklich erlaubte.

»Sie kennen uns nicht. Deswegen werde ich Ihnen diesen Fauxpas noch einmal durchgehen lassen. Ansonsten reden Sie nie, ich betone, nie wieder mit einem meiner Männer, ohne dass er Sie davor dazu aufgefordert hat. Haben Sie das verstanden, Frau?«, seine Stimme klang kühl und drohend. Die drei großen Augen funkelten Kira böse an. Sie schluckte und senkte ergeben den Kopf.

»Ja, mein Herr, wir haben verstanden«, flüsterte sie leise, wobei sie ihrer Stimme einen ergebenen Klang verlieh.

Aber am liebsten hätte sie diesem selbstverliebten Arsch von Alien in seiner bunten Uniform den Hals umgedreht. Nur mit Mühe gelang es ihr, sich zu beherrschen. Langsam folgten sie ihm durch die Brücke. Kira versuchte, sich möglichst viel einzuprägen. Viele der Stationen kamen ihr seltsam fremd vor, andere konnte sie sofort identifizieren. In vielen Details sahen Raumschiffe halt immer gleich aus. Verwundert bemerkte sie, dass ihnen die beiden Soldaten nicht folgten. Glaubte der bunte Pfau, mit ihnen alleine fertig werden zu können? Könnte er wirklich so naiv sein oder gab es versteckte Abwehrmaßnahmen auf der Brücke, die ihr bisher entgangen waren? Kira glaubte eher an Zweiteres, da wohl niemand so dumm sein konnte.

Vor einem bunten Schott blieb der Taurone stehen und drehte sich zu den Frauen um. Er grinste sie breit an, gab den Weg frei und mit seiner rechten Hand berührte er einen Öffnungsmechanismus. Das Schott glitt geräuschlos auseinander. »Ich darf Sie bitten!«, er grinste noch fetter und machte mit seiner linken Hand eine einladende Geste. Kira setzte erneut ein Lächeln auf und schritt durch das Schott. Diesmal landete sie in einem kleineren Raum. Der Raum wurde von einer großen, bequemen Sitzecke dominiert. Auch hier waren die Wände mit Holzpaneelen bedeckt und gaben dem Raum etwas Wohnliches, wenn sie auch in einem Raumschiff unpassend wirkten. Menschliche Raumdesigner legten ihre Wahrnehmung auf andere Dinge, wie Funktionalität und Reinigungsmöglichkeiten. So etwas wie einen Teppich würde es in einem menschlichen Raumschiff niemals geben. Alleine die Reinigung wäre viel zu aufwendig und kostspielig. Hier schien das anders zu sein. Kira war sich ziemlich sicher, dass sie in dem Aufenthaltsraum des Kapitäns gelandet waren. Schnell schaute sich Kira um. Das schmierige Alien war vor dem Schott stehen geblieben. Die fünf Frauen waren alleine in dem Raum. Ihre Kameradinnen schauten genau so verwundert wegen der Unvorsichtigkeit der Aliens. Glaubten sie, mit den fünf Frauen leichtes Spiel zu haben? Kira konnte über so eine Naivität nur müde lächeln. Alle fünf Frauen waren wandelnde Kampfmaschinen. In ihren Schuhen hatte man Waffen versteckt und keines der Aliens hatte sich die Mühe gemacht, sie danach zu durchsuchen. Sicherlich hatte man sie heimlich gescannt, aber die Waffen waren durch einfaches Scannen nicht zu entdecken. Kein Mensch wäre so dumm gewesen. Langsam dämmerte es Kira, warum Wally bei den Tauronen von einer minder intelligenten Spezies gesprochen hatte.

Ohne dass sie es bemerkt hatten, war ein Alien in den Raum getreten. Woher er so plötzlich gekommen war, konnte Kira nicht sagen. Er trug einen noch bunteren Mantel und lächelte die Frauen so lüstern an, dass Kira von Ekel gepackt fast würgen musste. Der Taurone hatte einen so fülligen Körper, dass ihn seine Beine kaum noch tragen konnten. Kira schätzte, dass er mindestens das Doppelte der anderen Tauronen wog. Ihn als dick zu bezeichnen, war wohl die Untertreibung des Jahres. Nein, dieser Tauronen war einfach nur fett und schmierig.

»Mein Name ist Talon Karr Jarr. Ich bin, wie würden Sie sagen?«, er schaute grübelnd in die Luft. »Der Kapitän dieses stolzen Schiffs«, eröffnete er den Frauen. »Ich freue mich, dass die Huran a Gogg mir so schöne Exemplare ihrer Spezies als meine persönlichen Sklavinnen geschickt haben. Bitte entkleiden Sie sich nun und werfen Sie Ihre unnötigen Kleidungsstücke in den Abfallkonverter dort an der Wand.« Er deutete auf eine unscheinbare Klappe an der seitlichen Wand. »Sie wissen ja sicherlich, dass alle Frauen, ob Sklavinnen oder nicht, in unserer Gesellschaft nackt herumzulaufen haben«, eröffnete er den Frauen breit grinsend.

***

Kira blickte sich entsetzt zu ihren Mitstreiterinnen um. Damit hatten sie nicht gerechnet. Zwar waren ihre Körper komplett mit der Haut der Echsenwesen bedeckt und selbst wenn sie sich ausziehen sollten, wären sie daher nicht wirklich nackt, dennoch besaßen sie eine natürliche Scham, sich einfach vor einem Fremden auszuziehen. Kira überlegte fieberhaft, wie sie sich aus dieser misslichen Lage befreien konnte. Ihre komplette Ausrüstung lagerte verborgen in ihrer Kleidung. Wenn sie die in das Loch an der Wand warfen, würde es fast unmöglich sein, ihren Auftrag erfolgreich zu erfüllen. Dann blieb Major Kilmer nur noch Plan B. Der Abschuss des Schiffs vom Planeten aus und dessen Erfolg war mehr als unwahrscheinlich. Nein, die Menschen auf dem Planeten bauten auf sie und das Gelingen von Major Kilmers Plan. Sie mussten um jeden Preis erfolgreich sein, es gab keine Alternative.

Sabrin und Natalie überwanden ihre Scham als Erstes. Sie fingen an, sich auszuziehen. Zuerst entledigten sie sich ihrer Blusen. Gekonnt, mit ihren Reizen spielend, ließen sie die Blusen von ihren Schultern gleiten und warfen sie kokett in den Müllkonverter. Dabei fingen sie an sich tänzerisch zu bewegen. Sabrin schlang ihre Arme von hinten um Natalies Hüfte und fuhr langsam mit ihren Händen ihren Körper entlang. Kapitän Talon Karr Jarr fielen vor Gier fast seine großen Augen aus den Höhlen. Kira musterte den Kapitän amüsiert, der aussah wie eine übergroße Kröte.

Sue Lee Young, die asiatische Vorfahren besaß, schlang ihre Arme um Amira und begann, sie vom Hals an zu küssen. Das gab Kira die Chance, ihren Gürtel zu lösen und das darin verborgene Plastikmesser herauszuziehen. Ohne dass Talon Karr Jarr etwas davon mitbekam, sprang Kira ihn an und legte die scharfe Klinge des Messers an seinen Hals. »Wenn du jetzt um Hilfe rufst, wird es das Letzte sein, was du in deinem Leben machst«, flüsterte sie ihm leise ins Ohr. Starr vor Schreck ließ der Kapitän die Schultern hängen und traute sich kaum zu atmen. »So ist es gut«, flüsterte Kira grimmig. »Nun wirst du die automatische Verteidigung in diesem Raum deaktivieren«, erklärte sie dem zitternden Tauronen.

»Ich weiß nicht, was du meinst?«, versuchte er, Kira zu verwirren.

Sie drehte ihn langsam um, sodass sein Blick auf einem großen Wandteppich haften blieb. »Wenn du mich weiter für dumm verkaufen willst, werden wir mal sehen, welche Farbe dein Blut hat. Haben wir uns verstanden?«

Der Tauronen nickte zitternd. »Ja, ja ich werde die Verteidigung ausschalten, nur tut mir nichts«, flehte er. Kira schaute angewiderte auf das Häufchen Elend, das ein großer Schiffskapitän sein wollte.

Langsam schob Kira ihn in Richtung Wandteppich. Ein geübtes Auge konnte die Kante einer Schalttafel erkennen, die hinter ihm hervorlugten. Kira war sich sicher, dass man von dort die Verteidigung des Raumes ausschalten konnte. Kurz vor der Wand stoppte sie ihn. »Mach jetzt keine Dummheiten. Natalie und Sabrin! Ihr behaltet die Tür im Auge. Sollte jemand hereinkommen, eröffnet sofort das Feuer.«

Aus dem Augenwinkel sah Kira, wie die beiden etwas aus den Absätzen ihrer Schuhe zogen, den aus drei Einzelteilen bestehenden Phaser zusammensetzten und in Richtung der Tür zielten. Derweilen hatten Sue und Amira den Wandteppich erreicht und rissen ihn mit einer flüssigen Bewegung von der Wand. Zum Vorschein kam aber keine Schalttafel, sondern nur ein einfacher Wandsafe. Leise fluchend zog Kira ihren Gefangenen von der Wand fort. »Von wo wird die Anlage bedient?«, zischte sie leise.

»Von, von meinem Büro nebenan«, erklärte der Taurone schwer atmend.

»Gut, dann gehen wir jetzt dort hin, aber schön langsam.« Kira schob den verängstigten Kapitän auf das Schott zu, dass sie zuvor nicht gesehen hatte, da es von einem dicken Vorhang verdeckt war. Es waren nur wenige Meter und Kira blickte sich immer wieder gehetzt um. Irgendetwas hatte sie übersehen, das spürte sie mit jeder Faser ihres Körpers, nur wollte ihr nicht einfallen, was es war. Einen Meter vor der Tür überschlugen sich die Ereignisse und die Mission stand auf des Messers Schneide.

***

Kira zog den Kapitän zur Seite, weil sie sich zu den anderen umdrehen wollte. Genau in diesem Augenblick schossen kleine Laserstrahlen von der Decke. Durch ihre plötzliche Bewegung verfehlte der Strahl ihren Kopf um Haaresbreite. Tatsächlich schoss er durch den Oberarm des Kapitäns und streifte Kira leicht. Talon Karr Jarr schrie vor Schmerzen laut auf. Kira reagierte reflexartig und wuchtete sich mit dem Kapitän voraus in Richtung des Schotts, dass sich durch die Nähe des Tauronen von selbst geöffnet hatte. Sie fielen durch das Schott, das sich hinter ihnen sofort wieder schloss. Kira schaffte es gerade noch, einen Blick zurückzuwerfen. In dem Vorraum schossen aus allen Ecken Laserstrahlen. Die anderen Frauen hatten keine Chance. Die Schreie der Vier hallten in Kiras Ohren nach. Entsetzt sah sie, wie sie von mehreren Strahlen getroffen wurden. Der Geruch von verbranntem Fleisch hing Kira in der Nase. Rauch erfüllte den Raum und erschwerte die Sicht. Einige der Schüsse waren durch die Frauen geschossen und hatten die Holzvertäfelung und das Sofa in Brand gesetzt. Die Schiffs-KI reagierte sofort und startete ein automatisches Löschprogramm. Kleine Düsen fuhren an der Decke aus ihren Verstecken und löschten die Brände. Zu dem Qualm mischte sich nun auch noch Wasserdampf und erschwerte die Sicht zusätzlich. Das alles hatte Kira in Sekundenbruchteilen registriert, ehe sich das Schott geschlossen hatte und gemäß seinem Notprogramm versiegelte.

So bekam sie nicht mehr mit, wie die Soldaten in den Vorraum stürmten und die vier Frauen endgültig ausschalteten.

Kiras Gehirn nahm nur langsam wieder seine Arbeit auf. Sie lag auf dem Boden, neben ihr der Kapitän, der leise wimmernd seinen Oberarm an sich presste. Kira sprang katzengleich auf und zog den Tauronen zu sich hoch. Seine Schmerzensschreie ignorierte sie einfach. Gehetzt blickte sie sich um. Der Raum war bedeutend kleiner als der Letzte. Es gab an den Wänden einige Einbauschränke und einen kleinen Schreibtisch aus Holz, der Kira seltsam altmodisch für ein Raumschiff erschien. Im hinteren Teil führte ein kleiner Durchgang in einem weiteren Raum. Kira warf einen verstohlenen Blick durch die Öffnung, die nur notdürftig von einem schweren Vorhang verdeckt wurde. Er diente dem Kapitän wohl als Schlafsaal. Außer ihnen beiden war niemand anderes im Raum und Kiras Nerven beruhigten sich ein wenig.

Verbissen versuchte sie, ihre nächsten Schritte zu planen. Sie stand noch immer unter dem Bann des gerade Erlebten. Ihre ursprüngliche Mission war gescheitert. Nur sie war noch am Leben. Wie sollte sie alleine, auf einem ihr fremden Schiff, mit unzähligen Feinden, ihren Auftrag erfüllen? Einen Auftrag, der zu fünft schon äußerst schwierig war, aber alleine! Kira hätte sich am liebsten in eine Ecke verzogen und heulend auf ihr Ende gewartet. Einzig ihr militärisch geschulter Verstand hinderte sie daran. Sie war eine Kämpferin und so wollte sie auch sterben. So lange es auch nur die kleinste Chance gab, ihren Auftrag irgendwie zu einem guten Ende zu führen, so wollte sie es versuchen. Zweitausend Menschenleben auf dem Planeten bauten auf sie und ihre Fähigkeiten. Kira wischte sich die Tränen aus den Augen. Ihr Blick verfinsterte sich und ihr messerscharfer Verstand übernahm ihren Körper.

Kira zog den Kapitän näher zu sich heran. »Kannst du die automatische Abwehr in diesem Raum deaktivieren?«, fragte sie ihn gefährlich leise.

»Ja, ich kann sie deaktivieren, aber ...«

»Aber?«, Kira hob fragend eine Augenbraue.

»Man kann sie von der Brücke aus wieder aktivieren. Dagegen kann ich nichts machen«, er hob entschuldigend die Schultern.

Kira sah grübelnd zum Schott. Leise Klopfgeräusche drangen zu ihnen durch. Anscheinend versuchten die Soldaten, zu ihnen durchzubrechen. Kira wusste nicht, wie lange das Schott sie noch aufhalten würde. Wenn man die automatische Abwehr von der Brücke ein und ausschalten konnte, dann sicher auch die elektronische Blockierung des Schotts. Es war nur eine Frage der Zeit, bis sie in diesen Raum vordringen würden. Alleine, gegen eine Horde Soldaten, war sie machtlos. Ihr musste schnell etwas einfallen. Etwas, womit ihre Feinde nicht rechneten.

Wie hatte ihr Ausbilder bei der Armee immer gesagt. *Es gibt für jedes Problem eine Lösung, manchmal braucht man nur länger, um sie zu finden.*

Nun Kira hatte noch nicht die geringste Idee, wie sie ihren Auftrag erfolgreich zu Ende bringen sollte. Sie zog den Kapitän hinter den Schreibtisch und zwang ihn, sich auf den Sessel zu setzen, der dahinter stand. Er sah sie mit schmerzverzerrtem Gesicht an. Seine Hand hielt er noch immer auf die Schusswunde. Kira verachtete ihn mit jeder Faser ihres Daseins. Er war ein lüsterner Feigling, der sich sicher an dem Leid der Schwächeren aufgeilte. Sie riss seine Hand von der Schusswunde und begutachtete sie. »Das ist ein einfacher Durchschuss. Die Hitze des Phasers hat die Gefäße sofort versiegelt. Es blutet ja noch nicht einmal«, erklärte sie ihm ungehalten.

»Ja, aber der Schmerz ist kaum auszuhalten«, jammerte er.

»Ach so, natürlich der Schmerz«, erwiderte sie lächelnd und drückte mit ihrem Zeigefinger in die Wunde. Er schrie laut auf und weiße, dicke Tränen liefen aus seinen Augen, was Kira nur noch mehr anstachelte, ihren Finger in die Wunde zu drücken. »So, ich denke, jetzt hast du meine volle Aufmerksamkeit. Schalte jetzt den verdammten Computer ein«, zischte sie gefährlich leise.

Der Taurone stöhnte kurz auf, als Kira ihren Finger aus der Wunde zog. Er funkelte sie mit seinen drei Augen böse an, fuhr aber mit seiner Hand über den

Tisch. An der gegenüberliegenden Wand wurde eine Projektion eines startenden Computersystems geworfen. Auf dem Tisch selbst baute sich das Hologramm einer Tastatur auf. Die Zeichen und seine Anordnung waren Kira unbekannt, aber damit hatte sie gerechnet. »Kannst du das System auf Basss-Sprache umstellen?«

Der Taurone nickte und Sekunden später verwandelten sich die Zeichen in Basss-Buchstaben, die Kira durchaus geläufig waren. Schließlich gehörte es zur Militär-Standard-Ausbildung, die Basss Sprache zu erlernen. Schnell überflog sie die Holoanzeige an der Wand. Bisher hatte der Kapitän nur den Computer gestartet. »Aktiviere das automatische Abwehrsystem und lasse die Laser herausfahren. Gleichzeitig möchte ich, dass du mir ihre Lage anhand einer Skizze des Zimmers anzeigst.«

Der Taurone huschte mit seinen Fingern über die Holotastatur und ein Abbild des Zimmers erschien auf dem Holo-Schirm, gleichzeitig fuhren die Laser aus ihren Verstecken. Kira überflog kurz die Skizze. Es gab in diesem Raum nur drei Laser. Mit geübtem Blick entdeckte sie die kleinen Strahler. Sollte der Computer sie nun als Gefahr identifizieren, würde er sie gnadenlos angreifen und versuchen sie auszuschalten. Zu ihrem Glück stufte er anscheinend die Plastikklinge nicht als unmittelbare Gefahr für den Kapitän. Sie zerrte ihn aus seinem Stuhl und schob ihn zur hinteren Wand. Dort befand sich einer der kleinen

Laser. Er hing etwa zwei Meter über dem Boden. Wenn sie ihren Arm ausstreckte, konnte sie ihn berühren. »Hör mir jetzt genau zu!«, flüsterte sie dem Alien ins Ohr. »Du wirst jetzt mit diesem Stock«, sie zeigte mit ihrem Kopf auf eine metallene Stange, die an der Wand lehnte. »Gegen den Laser schlagen und ihn am besten von der Decke kratzen. Hast du mich verstanden?«

Der Taurone wimmerte leise. »Ja«, presste er entrüstet hervor. »Das ist kein Stock.«

»Es ist mir scheißegal, was das ist und wenn es dein Vibrator ist, finde ich das auch gut. Du wirst jetzt genau das machen, was ich dir gesagt habe, oder du lernst mich gleich besser kennen.« Wie selbstverständlich ruhte ihre Hand neben seiner Schusswunde. Der Kapitän griff nach dem Stock und schlug ungelenk nach dem Laser. Es gab ein hohles Geräusch, als die Stange den Laser berührte. Der Schlag war aber viel zu schwach, sodass der Laser nicht einmal wackelte. Wütend drückte Kira ihren Finger in die Wunde. Das Alien schrie laut auf und erneut schossen ihm Tränen in die Augen. Diesmal strengte er sich mehr an und nach dem dritten Schlag baumelte der Laser an einem Kabel von der Decke. Blieben noch zwei Weitere übrig. Genau gegenüber hing der zweite Laser. Diesmal brauchte der Kapitän nur zwei Schläge, um ihn von der Decke zu fegen. Beim Dritten gestaltete sich die Sachlage etwas schwieriger. Er hing unter der Decke, mitten im Raum, in drei Meter

Höhe. Mit der Stange war er so nicht zu erreichen. Kira konnte keinen Hocker oder eine Leiter entdecken. Der Sessel eignete sich auch nicht, um darauf zu klettern. Er war fest mit dem Boden verankert. Die einzige Lösung war ihr Phaser. Sie musste ihn aus ihrem Schuh holen, zusammenbauen und damit auf den Laser schießen. Das Problem war nur, dass es ein sehr kleiner Phaser war. Man konnte mit ihm nur fünf Schüsse abgeben, bevor die Energie der Batterie erschöpft war. Sie musste den Phaser zusammenbauen, der aus drei Teilen bestand, und dann den Laser mit möglichst einem Schuss treffen. Wobei sie ihn so zusammen bauen musste, dass der Computer ihn nicht sofort als Gefahr erkannte und auf sie zu schießen begann. Kira überlegte fieberhaft, wie sie es verhindern konnte, dass der Computer sie nicht als Bedrohung ansah, wenn sie nach dem Phaser griff. Es musste Kameras und Sensoren in diesem Raum geben. Ob man sie deaktivieren konnte, entzog sich ihrer Kenntnis. Auch vertraute sie dem Alien nicht genug, um ihm das zu befehlen. Zu leicht hätte er sie hintergehen können. Deswegen zog sie sich hinter den Schreibtischstuhl zurück, um ihn als Sichtschutz verwenden zu können. Sie zwang den Kapitän, sich erneut auf den Sessel zu setzen. Vorsichtig bückte sie sich und holte das erste Teil des Phasers aus ihrem linken Absatz. Schnell verstaute sie ihn in ihrer Hosentasche. Die anderen beiden Teile befanden sich in ihrem Gürtel und im anderen Absatz. Zuerst entfernte sie ihre Gürtelschnalle und ließ das Energiemodul, dass in ihm verborgen war, in ihre Hand gleiten. Langsam bückte sie sich und betätigte den versteckten Mechanismus, der das letzte Teil des Phasers herausgleiten ließ. Sie hielt es in ihrer Hand verborgen und richtete sich langsam wieder auf. Genau auf diesen Augenblick hatte das Alien gewartet. Er rammte seinen Kopf mit voller Wucht nach oben und traf Kira mitten ins Gesicht. Ein stechender Schmerz schoss durch ihren Kopf. Sie taumelte nach hinten und wurde erst von der Wand aufgehalten. Kira hatte sich reflexartig beide Hände gegen das Gesicht gedrückt. Warmes Blut tropfte zwischen ihren Fingern hindurch. Wütend auf das Alien und ihre eigenen Dummheit, nicht besser aufgepasst zu haben, fing sie sich an der Wand ab. Der Taurone war derweilen aufgesprungen und versuchte, sie zu attackieren. Er war aber weder ein geübter Kämpfer, noch besaß er genügend Kraft. Es fiel Kira leicht, seine wütenden Angriffe abzuwehren. Schnell versetzte sie ihm einige gezielte Schläge, die ihn zurücktrieben. Als er gegen den Sessel prallte, brachte ihn das aus der Konzentration und Kira konnte ihm mit einem gezielten Schlag zu Boden schicken. Anscheinend hatte sie ihm dabei die Nase gebrochen. Er lag auf dem Boden, hielt sich die blutende Nase und wimmerte erneut wie ein kleines Kind. Sie zerrte ihn hoch und warf seinen wabbeligen Körper in den Sessel. Mit riesigen, vor Entsetzen ganz starren Augen blickte er sie ängstlich an. »Was, was bist du für ein Weib!«, stammelte er ungläubig.

Irritiert schaute Kira auf den wimmernden Kapitän. Das Blut schoss immer noch aus ihrer Nase und sie versuchte, es mit dem Ärmel ihre Bluse aufzuhalten. Kira schaute auf ihren Ärmel und entdeckte auf ihm Spuren ihrer künstlichen Haut. Hektisch tastete sie ihr Gesicht ab. Durch den Kampf war ihre Haut aufgerissen und hatte sich zum Teil gelöst. Kira griff an diese Stelle und zog sich langsam die nun nutzlose Reptilienhaut von ihrem Kopf.

»Du, du bist keine Huran a Gogg!«, stammelte er ängstlich. »Was bist du in Wirklichkeit?«

Kira drehte den Sessel zur Seite, bückte sich, damit ihr Gesicht auf der Höhe des Kapitäns verweilte. »Was ich bin!«, grollte sie lachend. »Ich bin ein Mensch, du widerlicher Kreton.«

Der Taurone starrte Kira fassungslos an. Damit hatte er wohl nicht gerechnet. Kira lachte ihn frech an. »Da staunst du, nicht wahr? Ja, ich bin ein Mensch und stolz darauf. Nun müssen wir nur noch dafür sorgen, dass deine Leute unser kleines Geheimnis mit in ihr Grab nehmen.«

Talon Karr Jarrs Augen wurden noch größer, als er begriff, was Kiras Worte für ihn und seine Leute bedeuteten. Sie würde sie alle töten. Das musste er verhindern. Die Basss mussten erfahren, dass die Menschheit noch lebte und sich hier versteckt hielt.

Kira drehte den Sessel zurück, sodass der Kapitän wieder vor seinem Schreibtisch saß. Kira blickte auf ihr Comband. Sie war jetzt schon lange vier Minuten in diesem Raum. Lange würden die Tauronen nicht mehr brauchen, bis sie das Protokoll umgangen hatten und dieses Schott öffnen konnten. Die Zeit rannte und war gegen sie. Nur bevor sie etwas unternehmen konnte, musste sie noch den letzten Laser zerstören. Im Schutze des Sessels hatte sie den Phaser zusammengebaut. Es gab ein leises, klickendes Geräusch, als sie die Energiezelle in den Phaser einrastete. Sie würde mit Sicherheit nur einen Schuss haben, bevor sie als Feind identifiziert wurde. Einen zweiten Schuss würde ihr das System nicht gestatten, dessen war sie sich bewusst. Sie atmete noch einmal kräftig ein und aus. Der Laser hing etwa zwei Meter vor ihr unter der Decke. Ihr Phaser verschoss nur eine kleine Plasmaladung. Von daher musste sie den Laser schon sehr genau treffen.

Kira hielt die Luft an, konzentrierte sich und riss ihren Phaser hoch. Zielen, abdrücken und in Deckung gehen, das war eine Bewegung und dauerte nur Sekundenbruchteile. Kira war eine gute Schützin. Die Plasmaladung traf den Laser und zerschmolz ihn zu einem glühenden Haufen Metall.

Kira erhob sich wieder. Alles war so schnell gegangen, dass der dicke Kapitän nicht einmal Zeit gehabt hatte, sich umzudrehen. »Das wäre geschafft!«, stieß sie grimmig hervor. »Nun zu unserem nächsten Problem.« Sie hob den Phaser erneut und schoss zweimal auf das Schott. Durch den kurzen Beschuss verschmolzen die beiden Schotthälften. Das würde den Vormarsch der Tauronen erst einmal verlangsamen, wenn es sie auch nicht aufhalten konnte.

»Nun zu uns.« Sie legte ihre Hand in die Nähe der Schusswunde. »Kann man von hier aus das Schiff kontrollieren?«

»Nur bedingt.«

»Was heißt das, nur bedingt?«

»Ich kann von hier alle Systeme einsehen und auch einige Dinge steuern, aber alle Aktionen, die ich von hier starte, würde die Brückencrew sofort ungeschehen machen. Menschenfrau, du kannst von hier nicht mehr entkommen. Egal, was du auch versuchst, es wird dir nicht helfen. Du kannst das Schiff nicht erobern. Gib auf und ich verspreche dir, dass wir dich als Kriegsgefangene gut behandeln werden. Was hältst du von meinem großzügigen Angebot?«

Kira lächelte ihn boshaft an und drückte ihren Finger in die Wunde. Die Schmerzensschreie des Tauronen klangen in ihren Ohren wie Musik. »Das sage ich zu deinem Angebot. Ich glaube dir nicht ein Wort. Du willst nur deinen fetten Arsch retten.« Kira zog ihren Finger aus der Wunde und legte ihre Hand auf seine Schulter.

»Und nun navigiere zum Maschinenraum«, forderte sie ihm kalt auf.

Der Taurone schaute Kira über seine Schulter an. »Wie Maschinenraum, ich verstehe nicht?«

Kira verdrehte die Augen. »Ich will die Daten vom Maschinenraum einsehen.« Ihre Finger wanderten in Richtung der Wunde. Der Kapitän beeilte sich, das geforderte Programm zu öffnen. Kira blickte interessiert auf die Anzeigen. Der Antrieb lief im Leerlauf. Kira erkannte schnell, dass sie ihn von hier nicht manipulieren konnte. Ihr ursprünglicher Plan hatte vorgesehen, Sprengladungen an sensiblen Stellen im Schiff anzubringen. Vorzugsweise im Maschinenraum oder an anderen, wichtigen Aggregaten. Dazu hatte jede von ihnen eine kleine Plasmagranate in ihren Schuhen versteckt. Ihre Zerstörungskraft war nicht besonders groß, würde aber an den richtigen Stellen genug Schaden anrichten, um das Schiff zum Absturz zu bringen. Nur von hier nützte ihr die Granate gar nichts. Sie brauchte einen anderen Plan. Eigentlich hatte sie gehofft, den Hyperantrieb überhitzen zu können, aber dazu müsste sie wohl in den Maschinenraum gelangen. Blieb noch die Hoffnung, das Schiff steuern zu können. Dann könnte sie mit ihm einfach in die Sonne fliegen und ihre Probleme würden sich in Luft auflösen. Zwar hatte ihr der Kapitän versichert, dass das von hier nicht möglich war, aber er könnte sie auch angelogen haben. Kira musste es wohl oder übel auf einen Versuch ankommen lassen.

»Kannst du mir die Kontrollen des Schiffs auf den Holo-Schirm legen?«

Der Taurone wischte über die Holotastatur und die Steuerung des Schiffs wurde auf dieses Terminal umgelegt. Gerade als Kira ihm weitere Anweisungen geben wollte, erlosch das Bild und sie wurden aus dem Programm geworfen. »Was zur Hölle ...«, entfuhr es ihr.

»Die Brückenbesatzung hat meine Befehle widerrufen. Das habe ich dir doch versucht zu erklären. Von hier aus kannst du nichts unternehmen, ohne dass dich meine Besatzung daran hindert. Gib am besten auf un ...« Kiras Finger bohrte sich in seine Wunde und ließ ihn sofort verstummen.

»Ruhe jetzt, ich muss überlegen.« Kira zog ihren Finger zurück und starrte grübelnd auf das Holodisplay. Was konnte sie von hier steuern? Laut ihrem Ausbilder gab es ja immer eine Lösung, nur diesmal sah sie einfach keine. Egal welchen Befehl sie dem Computer auch gab, die Brückenbesatzung würde ihn sofort rückgängig machen. Einen neuen Kurs wählen und das Schiff in die Sonne steuern? Wahrscheinlich würde das Schiff nicht einmal die Maschinen hochfahren, bis sie den Befehl wieder gelöscht hatten. Egal, was sie auch versuchen sollte, kein Befehl würde lange genug gültig sein, dass er ihr nützen könnte. Kira kaute unruhig auf ihren Lippen. Es musste eine Lösung geben, nur welche? Hatte sie etwas übersehen? Kira spürte, dass sie etwas übersehen hatte, nur was? Es fiel ihr einfach nichts mehr ein. Nichts von dem, was sie noch unternehmen konnte, würde sie ihrem Ziel, die Tauronen aufzuhalten, einen Schritt näher bringen. Der Kapitän konnte und wollte ihr nicht helfen. Die anderen Besatzungsmitglieder, wie viele an Bord des Schiffs waren, wusste sie gar nicht, würden ihr auch niemals helfen. Sie war ganz auf sich alleine gestellt und dennoch musste sie es schaffen, das Schiff aufzuhalten, sie musste es einfach schaffen oder ihre Freunde auf dem Planeten würden heute noch sterben.

Plötzlich veränderte sich das Holo-Bild. Es flackerte kurz und dann erschien das Gesicht eines Tauronen. Er lächelte kalt in die Kamera, die sein Gesicht formatfüllend darstellte. »Hallo Menschenfrau! Können Sie mich hören? Hallllo!«, er tippte mit einem Finger gegen die Kameralinse.

Kiras Nackenhärchen stellten sich auf, als sie die kalte Stimme des Aliens hörte. Woher wusste er, dass sie ein Mensch war? Er blickte selbstbewusst in die Kamera und seine großen Augen funkelten sie listig an. Kira war sofort klar, dass mit diesem Alien nicht zu spaßen war. Eine Aura des Bösen umgab ihn.

Sie gab dem Kapitän ein Zeichen, damit sie mit dem Tauronen sprechen konnte. »Ich kann Sie hören, Taurone. Was wollen Sie?«, fragte sie ihn mit bebender Stimme.

»Warum so aggressiv? Ich möchte doch nur ein wenig mit Ihnen plaudern.«

»Unterhalten? Wir wissen doch beide, dass Sie nur Zeit schinden wollen, damit Ihre Leute, die gerade versuchen, das Schott zu öffnen, mehr Zeit erhalten und ich abgelenkt bin.«

Er schüttelte lachend den Kopf. »Nein, meine Liebe, Sie missverstehen Ihre Lage. Wir versuchen gar nicht, in den Raum des Kapitäns zu gelangen. Das haben wir gar nicht nötig. Sie werden von selbst herauskommen.«

Kira schoss das Blut ins Gesicht. Was erlaubte sich dieses Alien eigentlich? Warum sollte sie ihren einzigen Faustpfand, den Kapitän, aufgeben und dessen Raum verlassen? Was hatte das Alien vor? Besaß er einen Trumpf, von dem sie noch nichts wusste? Unruhig blickte sie sich um. Versteckte Überwachungskameras konnte sie keine entdecken. Welcher Kapitän wollte sich schon in seinen eigenen Räumen filmen lassen.

»Nun was ist, meine Kleine? Kommen Sie freiwillig heraus und ergeben sich uns? Sie haben sowieso keine Chance mehr, Ihren Auftrag zu erfüllen.«

»Warum sollte ich so etwas Dummes tun? Wenn Sie den Raum stürmen, töte ich Ihren Kapitän, das ist Ihnen doch wohl klar.« Kira versuchte, ihrer Stimme einen drohenden Unterton zu verleihen. Sie war sich aber nicht sicher, ob der Übersetzer das auch so weiterleitete. Da die Kamera in diesem Raum ausgeschaltet war, konnte der Taurone nur ihre Stimme hören, sie aber nicht sehen. Kira wollte nicht, dass die Tauronen ihre genaue Position kannten, falls sie doch einen Überraschungsangriff planten.

»Ich bin Pokka de Lunn, so etwas wie der Sicherheitsoffizier auf diesem Schiff. Ich kann Ihnen versichern, dass uns das Leben des Kapitäns ziemlich egal ist. Wir würden sein Leben jeder Zeit opfern, wenn wir Sie daran hindern können, das Schiff zu sabotieren. Sie müssen wissen, dass in unserem Volk das Wohl des Einzelnen nicht zählt, sondern wir nur das große Ganze sehen. Ergeben Sie sich uns und ich verspreche Ihnen, dass wir Sie gut behandeln werden. Sie haben mein Wort darauf.«

Kira wurde es ganz heiß und dennoch lief es ihr kalt den Rücken hinunter. Dieses Alien war gut, sogar fast zu gut. Beinahe hätte sie ihm seine Lügen abgekauft. Einzig ihr geschulter Verstand ließ sie an den Worten des Tauronen zweifeln. Er würde ihr alles Mögliche versprechen, wenn sie nur diesen Raum verließ. Die Frage war nur, warum er so erpicht darauf war, dass sie ihn freiwillig verließ. Entweder es gab hier etwas, von dem sie noch nichts wusste oder seine Worte bezüglich des Kapitäns waren gelogen und sie scheuten sich vor einem so großen Opfer wie einem toten Kapitän. Sie musste Zeit gewinnen und wenn möglich herausbekommen, ob es hier etwas gab, dass ihr bei der Erfüllung ihres Auftrags helfen konnte.

»Was ist Menschenfrau? Meine Geduld ist nicht unendlich. Ich kann meine Versprechen nicht aufrechterhalten, wenn du so lange zögerst. Ich gebe dir noch zwei Minuten, dann brauche ich eine Antwort.«

Zwei Minuten, Kira lief die Zeit davon. Was sollte sie tun? Den Kapitän fragen, würde wenig Sinn ergeben. Er war ein Feigling und sicherlich nicht besonders mutig, aber er war auch kein Dummkopf. In keiner ihr bekannten Spezies würde man einen Dummen zum Kapitän machen. Wenn er die Gelegenheit bekam, würde er sie hintergehen, soviel stand fest. Ihn zu töten, würde ihre Position aber nur noch weiter schwächen. Egal, was ihr Pokka de Lunn auch erzählte, bestimmt würde er seinen Kapitän gerne wieder gesund und munter wiedersehen. Was also tun?

»Schätzchen, die Zeit ist um. Ich möchte dir daher gerne etwas zeigen.« Die Kamera zoomte heraus und Kira konnte mehr von dem Raum sehen. Es schien sich um einen Verhörraum oder dergleichen zu handeln. Kira sah einen metallenen Tisch. Hinter ihm saß, gefesselt auf einem Stuhl, eine Person. Die Kamera fuhr näher, bis das Gesicht der armen Gestalt den Holo-Schirm ausfüllte. Kira stockte der Atem, als sie erkannte, wer dort saß! Natalie sah schlimm aus. Ihre Augen waren so dick geschwollen, dass sie sie nicht mehr öffnen konnte. Die Echsenhaut hatte man ihr vom Körper gerissen und sie saß, so wie es aussah, splitternackt auf dem Stuhl. Natalie blutete aus unzähligen Wunden und Kira konnte sich denken, dass man sie gefoltert hatte. Wie viel sie den Tauronen verraten hatte, wusste Kira nicht, aber sie befürchtete das Schlimmste. So wie Natalie aussah, hatte sie ihnen bestimmt alles verraten.

»Nun Menschenfrau, wie ich soeben erfahren habe, nennt man dich Kira«, er lächelte sie verächtlich an. »Wie sieht es aus? Wie viel ist dir das Leben deiner Freundin wert? Ich gebe dir noch einmal eine Minute, dich zu ergeben. Dann wird sie sterben und du bist schuld an ihrem Tod.«

Kira biss sich so fest auf die Unterlippe, dass sie aufplatzte und sich ihr Mund mit Blut füllte. Natalie war tatsächlich eine Freundin von ihr. Sie kannten sich schon seit Teenagerzeiten. Sie waren zusammen aufgewachsen und gemeinsam hatten sie die Militär-Akademie besucht. Natalie so zu sehen, von Hämatomen übersehrt und mehr tot als lebendig, schmerzte sie zutiefst. Die Uhr tickte gnadenlos. Noch fünf Sekunden, bis die Minute vorbei war. Kira senkte ergeben ihren Kopf. »Tut mir leid, Natalie!«, flüsterte sie. Kira schloss die Augen und hielt ihre Tränen nicht mehr zurück. Als der Laserstrahl leise zischend in Natalies Kopf fuhr, brach sie weinend zusammen.

***

Kira saß auf dem Boden und weinte. Sie hielt ihre Tränen nicht weiter zurück. Die ganze Anspannung und der endgültige Tod von Natalie, die sie vielleicht hätte retten können, wenn sie sich ergeben hätte, waren einfach zu viel für sie. Natalie tauchte vor ihrem inneren Auge auf. Damals in London, als sie sich zum ersten Mal getroffen hatten, waren sie noch blutjung gewesen. Beide hatten ihre Eltern verloren und da sie keine direkten Angehörigen mehr besaßen, wurden sie kurzerhand in ein Kinderheim gesteckt. Das Leben dort war hart und die Mädchen mussten lernen, sich zu behaupten. Da sie auf einem Zimmer landeten, lernten sie schnell, dass sie nur überleben konnten, wenn sie zusammenhielten. Sie wurden zu besten Freundinnen und so verwunderte es auch nicht, dass beide zum Militär gingen. Als Team waren sie unschlagbar und sie heimsten ein Lob nach dem anderen ein. Später auf der New World dienten sie in derselben Einheit und überlebten so den Angriff der Basss. Sie hatten so viel gemeinsam erlebt, dass es für Kira unvorstellbar war, das Natalie nun nicht mehr da sein sollte. Als sie getrennt wurden und die Laser auf die Frauen feuerten, da hatte sie das noch alles verdrängen können. Aber jetzt zu sehen, wie Natalie durch ihre Sturheit getötet wurde, war einfach zu viel für sie.

Kira hob den Kopf. In ihrem Gesicht sah man eine Entschlossenheit, die sie sonst nicht an den Tag legte. Das würde der Taurone ihr büßen. Sie würde ihn töten und wenn es das Letzte war, das sie in ihrem Leben tat.

»Pokka de Lunn, kannst du mich hören?«, rief sie laut, während sie ihre Tränen wegwischte.

Es dauerte einen Augenblick, bis sie die Stimme des Tauronen vernahm. Sein Atem ging stoßweise, so als ob er gerade gerannt wäre. »Was willst du von mir, Kira?«, fragte er sie höhnisch. »Hat dir das Spektakel gefallen?«

Kira schloss angewidert die Augen. Sie zwang sich zur Ruhe. »Ich weiß nicht, was du meinst, Kraton. Ich bin eine Soldatin. Es gehört zu meinem Leben, dass Kameraden fallen. Kennst du das nicht?«

Pokka de Lunn hatte seinen Mund zu einem Strich geschlossen und antwortete ihr nicht.

»Was ist, hat es dir die Sprache verschlagen?«, ätzte Kira. »Wenn das hier vorbei ist, wirst du tot sein, das schwöre ich dir«, ihre Stimme war leise und schneidend gewesen. Ihr war es egal, was nach der Erfüllung ihres Auftrags mit ihr geschah. Hauptsache der Taurone würde tot zu ihren Füßen liegen.

Kira befahl dem Kapitän, die Verbindung zu unterbrechen. Sie ertrug den Anblick des Tauronen einfach nicht mehr. Er hatte ihr etwas Wertvolles genommen. Etwas, dass ihr außer ihrer Tochter am wichtigsten gewesen war. Aber wie nur konnte sie sich an ihm rächen? Er war für sie unerreichbar und das wusste er auch. Wehmütig blickte Kira zum Schott. Wenn sie ihn hierher locken könnte, dann gäbe es vielleicht auch die Möglichkeit, ihn zu töten. Dem stand aber immer noch ihr Auftrag entgegen. Zuallererst war sie eine Soldatin und ihre Pflicht stand an erster Stelle.

Wenn es dann noch die Möglichkeit gab, sich zu rächen, würde sie das gerne mitnehmen.

Gedankenverloren starrte sie auf den Holo-Schirm. Auf ihm war nur das Standardbild der Computeroberfläche zu sehen.

Unvermittelt begann das Schiff, leicht zu vibrieren. Überrascht schaute Kira den Kapitän an. »Was hat das zu bedeuten?«, fragte sie ihn verwundert.

»Na was wohl? Ihr seid Menschen. Auf euren Kopf gibt es eine hohe Belohnung. Wenn die Basss von euch erfahren, bringt uns das eine Stange Pyrotaler ein. Die wird sich meine Crew nicht entgehen lassen.«

Kira sah ihn erschrocken an. Daran hatte sie gar nicht gedacht. Die Basss suchten also tatsächlich nach Spuren der Menschheit. Hatten sie ihnen das kleine Manöver mit der New World nicht abgekauft oder waren sie von Natur aus paranoid? Kira wusste es nicht und sie war viel zu müde, um sich darüber Gedanken zu machen.

»Warum senden sie nicht einfach eine verschlüsselte Botschaft an die Basss und bitten um Unterstützung?«

Der Taurone lachte laut auf. »Ja sicher und dann fängt jemand die Nachricht ab und wir gehen am Ende leer aus. Niemals würden wir so brisante Informationen per Hyperfunk versenden. Selbst mit einer verschlüsselten Leitung wäre das viel zu unsicher«, erklärte er ihr kopfschüttelnd.

»Was hat deine Crew vor? Kannst du mir das zeigen?«

Der Kapitän zuckte mit den Achseln und wischte seine Finger über das Holo-Pad. Auf dem Holo-Schirm tauchten einige Koordinaten auf. Kira brauchte ein paar Sekunden, um sie zu verstehen. »Das ist sehr weit weg von hier. Liegt dort ein Weltenschiff der Basss?«

»Das glaube ich eher nicht. Die Basss sind vorsichtiger geworden. Es gibt nur noch zwei Weltenschiffe und von daher gehen sie kein Risiko mehr ein. Daher glaube ich, dass dort nur ein kleines Versorgungsschiff auf uns wartet.«

»Müssten wir dann nicht drehen und beschleunigen? Wir fliegen doch nur mit einfachem Impuls und das auch noch sehr langsam«, wunderte sich Kira laut.

Das Lachen des Kapitäns ließ sie erschrocken zusammenzucken. Hatte sie etwas übersehen?

»Warum lachst du?«, fragte sie ihn verärgert.

»Weißt du es nicht selbst?«

»Nein, was meinst du?«

»Wir fliegen zuerst zum Planeten. Schließlich können wir uns nicht einfach so von euch verarschen lassen. Wir werden natürlich zuallererst die Siedlung auslöschen, bevor wir den Basss Bericht erstatten«, erklärte er ihr kühl.

Kira rannte die Zeit davon. In spätestens fünf Minuten würde das Tauronen-Schiff in Feuerreichweite kommen. Dann würden dort unten viele sterben und es gab nichts, was sie noch dagegen tun konnte.

»Noch kannst du dein Leben retten, Menschenfrau.«

Kira schaute das Alien verwirrt an. »Was hast du gesagt?«

»Dass du dein Leben retten kannst.«

»Ja, sicher!«, lächelte sie spöttisch. »Ich öffne das Schott und ergebe mich, vergiss es!«, fauchte sie erbost.

»Nein, nein, das habe ich nicht gemeint. Es gibt eine Fluchtkapsel.«

»Eine Fluchtkapsel, hier in deinen Räumen?«

»Ja, die gibt es tatsächlich. Sie ist nur für uns Kapitäne gedacht.«

»Du willst mir sagen, dass es in einem Raum, mitten im Schiff, eine Fluchtkapsel nur für den Kapitän gibt?«

Er nickte eifrig: »Genau!«

Kira krauste ihre Stirn. »Warum? Bei uns geht der Kapitän als letzter vom Schiff.«

Der Taurone schaute sie verwundert an. »Was soll denn dieser Blödsinn? Einen Kapitän zu ersetzen, ist doch viel zu kostspielig. Er muss um jeden Preis beschützt werden.«

Erwischt zuckte es durch Kiras Kopf. Sie hatte sich schon gedacht, dass sie ihren Kapitän nicht so einfach sterben lassen würden. Pokka de Lunn hatte gelogen. Und wahrscheinlich stimmte der Rest, von dem er erzählt hatte, auch nicht.

»Was ist nun? Wenn ich dir den Zugang zeige, verschwindest du dann und lässt mich laufen?«

Kira schaute auf die Zeitanzeige auf dem Holo-Schirm. Noch zwei Minuten, bis sie in Feuerreichweite kommen würden. Das Schiff der Tauronen würde ganz nahe über die Siedlung fliegen und sie dann bombardieren. Mit den Waffen des Schiffs würden dort unten nicht viele überleben. Kira wusste, wann sie verloren hatte. Sie könnte hier verweilen und versuchen, das Schiff noch irgendwie zu manipulieren, aber ein Erfolg war mehr als fraglich. Warum also nicht einfach das Angebot des Kapitäns annehmen und wenigstens ihr Leben retten. Dann hätte sie immer noch die Möglichkeit, sich später an den Tauronen zu rächen. Wenn sie tot war, würde selbst das nicht mehr gehen.

Sie nickte dem Kapitän langsam zu. »Okay, wenn du mir die Fluchtkapsel zeigst, werde ich dich verschonen. Sonst weiß niemand von der Kapsel?«

»Nein, nur ich weiß davon«, versicherte er ihr.

»Und wenn ich in der Kapsel sitze, werden mich deine Leute abschießen und das war es dann für mich?«

»Nein, das können sie nicht. Der Schiffscomputer ist so programmiert, dass man nicht auf die Kapsel schießen kann. Im Übrigen taucht sie auf den Anzeigen nicht auf. Sie ist praktisch unsichtbar, außer wenn man der KI der Kapsel befiehlt, das zu ändern. Und ich nehme mal stark an, dass du das nicht vorhast.«

Kira spürte, dass das ihre einzige Chance sein könnte, lebend aus dieser Sache zu kommen. Wer weiß, mit den Informationen, die sie bisher gewinnen konnte, könnte sie der Menschheit wenigstens ein bisschen helfen.

»Gut, dann zeig mir die Kapsel.« Sie ließ den Kapitän aufstehen und folgte ihm zu seiner Schlafkammer.

4 - Auf dem Basss Weltenschiff

4 Jahre zuvor:

»Treten Sie näher Pe Ter Konn.«

Der großgewachsene Basss ging zwei Schritte auf die Anwesenden zu. Er fühlte sich sichtlich unwohl in seiner Haut. Es kam selten vor, dass man zum Konzil gerufen wurde. Eigentlich kannte er niemanden, dem diese Ehre zuteilgeworden war. Ohne einen guten Grund hatte man ihn sicher nicht rufen lassen. Als er vor drei Tagen von der Einladung erfahren hatte, wäre er vor Schreck fast in Ohnmacht gefallen. Er kannte den Grund nicht, aber es musste wohl mit seiner Arbeit zusammenhängen. Er gehörte der Kaste der Kan an. Die Kan waren so etwas wie die Wissenschaftler der Basss. Durch ihre Arbeit waren sie bei den meisten Basss nicht nur verehrt, sondern auch gefürchtet. Nicht selten kam es vor, dass einer der Kan seine wissenschaftlichen Studien übertrieb und es zu Unfällen und Toten kam. Das Konzil interessierte das wenig. Solange die Kan Ergebnisse lieferten, die ihre Macht festigten, war ihnen ihre Vorgehensweise ziemlich egal. Vor ein paar Jahren hatte man Pe Ter Konn damit beauftragt, mehr über die Menschen herauszufinden. Er hatte dabei alle Freiheiten bekommen und sich durch seine resolute Vorgehensweise positiv in den Augen des Konzils hervorgehoben. Mittlerweile war er zum Obi Kan aufgestiegen.

Zum führenden Wissenschaftler für Menschen und deren Physis. Nach der Vernichtung des alten Weltenschiffs und seiner Besatzung, hatte er allerdings eher eine unbedeutende Rolle unter den Kans gespielt, da die Menschheit als ausgestorben galt.

Daher fühlte sich Pe Ter Konn unsicher, als er vor das Konzil der dreizehn treten musste. Es kam so gut wie nie vor, dass sich alle dreizehn Führer der Basss an einem Ort versammelten. Zu groß war die Angst, bei einem Attentat alle Führer gleichzeitig zu verlieren. Dieses Konzil fand auf einem großen Raumkreuzer statt. Es befand sich im Hyperraum und würde ihn erst wieder verlassen, wenn die außerordentliche Sitzung des Konzils beendet war. Pe Ter Konn war nur ein kleiner Punkt auf der Tagesordnung der Raton Dors, wie man die dreizehn Anführer auch nannte.

Pe Ter Konn knickte sein rechtes Knie ein und verneigte sich ehrfürchtig. »Wie kann ich Ihnen helfen, Raton Dors?«

Die Mitglieder des Konzils saßen erhöht auf einer Tribüne hinter einem großen halbrunden Tisch und blickten auf den Obi Kan hinunter. Der Raton, der Sprecher der Raton Dors, der in der Mitte der Gruppe saß, fixierte den Obi Kan mit seinen schwarzen Augen.

»Wir haben Sie rufen lassen, damit Sie dem Konzil direkt Bericht erstatten, was Sie über die Zerstörung des alten Weltenschiffs herausgefunden haben.«

Der Basss stellte sich in eine bequemere Position und schaute die dreizehn Raton Dors nicht direkt an.

»Es ist jetzt ein halbes Jahr her, dass unser altes Weltenschiff von unseren Verbündeten vernichtet wurde. Mein Team und ich haben den Hergang, der zur Vernichtung des Schiffs führte, mit allen erdenklichen Untersuchungsmethoden analysiert. Dabei ist uns aufgefallen, dass die Menge an vorhandenem menschlichen Gewebe nicht der Menge entspricht, wie es eigentlich bei der großen Anzahl an Individuen hätte sein müssen.«

»Was heißt das genau, Obi Kan?«

»Eigentlich kann man laut diesen Untersuchungsergebnissen nur zu einem Schluss kommen.«

»Und der lautet?«

»Dass auf dem Weltenschiff bedeutend weniger Menschen gestorben sind, als es eigentlich der Fall sein sollte.«

Der Raton schaute die Mitglieder des Konzils an. »Wie kann das sein? Wurden die Menschen zuvor auf einem Planeten abgesetzt oder auf andere Schiffe verteilt?«

»Nein, davon hätten wir erfahren, Raton. Das Weltenschiff hat bis zu seinem Auftauchen im Zielsystem keinen anderen Planeten angesteuert und es haben auch keine größeren Schiffe das Weltenschiff verlassen. Eigentlich ist es unmöglich, dass die Menschen das Schiff vor der Vernichtung verlassen haben könnten.«

»Dann erklären Sie uns, wie es sein kann, dass Sie nur so wenige menschliche DNA-Spuren im System gefunden haben. Ihrem Abschlussbericht ist das leider nicht zu entnehmen.«

»Verehrte Raton Dors, das kann ich leider nicht.«

»Obi Kan!«, die Stimme des Basss war schneidend. »Sie sind der Experte für die Menschheit. Wenn Sie es nicht wissen, warum Sie nur so wenig menschliche DNA gefunden haben, wer könnte es dann?«

Pe Ter Konn wechselte unruhig von einem Fuß auf den anderen. »Ich kann es Ihnen nicht sagen. Es gibt keine rationale Erklärung dafür.«

»Lassen wir mal die Erklärungen ruhen. Sie haben doch bestimmt eine Idee, wie es zu diesen unregelmäßigen Werten kommen konnte.«

Pe Ter Konn musste sich nun jedes Wort gut überlegen. Er begab sich mit seiner Antwort auf diese Frage auf sehr dünnes Eis. Das Konzil konnte Ratespiele nicht leiden und nicht selten verschwanden hochrangige Basss, die das versucht hatten.

»Raton Dors, alle meine Untersuchungen in diese Richtung lassen nur einen Schluss zu. Es waren weit weniger Menschen an Bord des Weltenschiffs, wie wir angenommen haben. Die Menschen haben sich als äußerst schlauer und skrupelloser Gegner herausgestellt. Sie sind raffiniert in ihrer Kriegsführung und wenn sie Hilfe hatten, dann kann es durchaus möglich sein, dass sie uns ausgetrickst haben.«

»Wie sollte das möglich sein? Ich dachte, die Skor Dorblad Ski haben das Weltenschiff überwacht?«

»Das haben sie auch, nur habe ich bei der Untersuchung des Vorfalls etwas bemerkt, dem ich zunächst keine allzu große Bedeutung beigemessen habe.«

»Was meinen Sie, Pe Ter Konn?«

»Kurz nach der Vernichtung des Weltenschiffs sind einige kleine Schiffe wie aus dem nichts aufgetaucht und haben unsere vereinte Flotte angegriffen. Zwar konnten sie schnell vernichtet werden, aber das kleine Schiff der Menschen, die Kentucky, konnte durch das Eingreifen der kleinen Schiffe entkommen. Sicherlich waren auf ihm nicht sehr viele Menschen, aber wir konnten bisher nicht ermitteln, zu welcher Spezies diese kleinen Schiffe gehört hatten. Weder vor noch nach dem Ereignis sind solche Schiffstypen je wieder aufgetaucht. Auch hat niemand in der bekannten Galaxie je wieder etwas von den Menschen gehört. Ich könnte mir aber vorstellen, dass sie sich irgendwo in einem unbekannten System versteckt halten und auf ihre Rache sinnen. Ich weiß, dass ich für diese Aussage keinerlei wissenschaftliche Beweise habe, aber die Vernichtung des Weltenschiffs hat Fragen aufgeworfen, die wir nicht beantworten konnten. Daher möchte ich anraten, die Menschheit nicht als ausgestorben anzusehen. Sie könnten dort draußen auf ihre Chance lauern, uns auszulöschen. Ich als Spezialist für die Menschheit kann Sie deshalb nur davor warnen, die Menschen frühzeitig abzuschreiben.«

Die Raton Dors schauten den Obi Kan stumm an. Für einen Unbeteiligten wäre dieses Gespräch, dass nur per Gedanken ausgetragen worden war, seltsam stumm vorgekommen. Die dreizehn Raton Dors berieten sich ein paar Minuten, ehe sich der Raton wieder an den Obi Kan wendete.

»Wir haben beschlossen, Ihrem Bauchgefühl zu vertrauen. Normalerweise verabscheuen wir so ein Vorgehen zutiefst. Es ist uns aber bewusst, dass wenn Sie recht behalten, unsere Rasse in großer Gefahr schwebt. Die Menschheit ist mehr mit uns verbunden, als sie es sich vorstellen können. Es wäre fahrlässig, sie zu unterschätzen. Es könnte unser aller Ende bedeuten. Daher beauftragen wir Sie damit, weiter nach der Menschheit zu suchen. Wir unterstellen Ihnen ein Geschwader der Skor Dorblad Ski und deren Helfern, die Tauronen. Finden und vernichten Sie alle Menschen, die Sie finden können. Das Konzil gibt Ihnen in dieser Sache alle Befehlsgewalt, die Sie benötigen. Allerdings darf nichts über dieses Abkommen an die Öffentlichkeit gelangen. Wir erwarten von Ihnen regelmäßige Berichte. Das Basss-Volk vertraut in dieser Sache auf Ihr Bauchgefühl, Pe Ter Konn.«

5 - Signale

Der Taurone erklärte Kira die Funktion der Rettungskapsel. Sie war sehr einfach gehalten und leicht zu verstehen. Kira konnte allerdings nicht sagen, ob sie so nah an der Atmosphäre funktionieren würde, hoffte es aber. Ihr blieb auch keine andere Wahl. Sie würde die Kapsel zünden müssen, sobald das Schiff den Planeten verlassen hatte. Nur so konnte sie von Jesus und den anderen gefunden und gerettet werden. Den Kapitän würde sie zuvor töten müssen, da sie ihm nicht vertraute und er sicherlich einen Weg finden würde, ihre Kapsel abzuschießen. Leid tat er ihr nicht, da er an ihrer Stelle genauso gehandelt hätte.

Kira blickte zum Holo-Schirm. Sie waren mittlerweile in Feuerreichweite und das Schiff schoss schnell auf die Siedlung zu. Sie hatte dem Kapitän befohlen, die Außenbordkameras einzuschalten. Kira musste mit eigenen Augen sehen, wie ihre Siedlung vernichtet wurde. Es würde sie schmerzen, den Tod so vieler Menschen mitzuerleben, aber nur so konnte sie deren Andenken bewahren und es würde ihr helfen, nie zu vergessen, warum sie die Tauronen und die Basss so sehr hasste.

Das Schiff flog in einer engen Kurve auf die Siedlung zu. Dabei hatte der Navigator einen sehr flachen Kurs gewählt, der das Tauronenschiff dicht über die Siedlung führen würde. Kira starrte grübelnd auf die Anzeige, auf der die Geschwindigkeit und der genaue

Kurs in Echtzeit berechnet wurden. Ein heißer Schauer lief über ihren Rücken, als ihr eine verrückte Idee in den Sinn kam. Kira dachte an ihre kleine Tochter, die sie wohl nie wieder sehen würde. Es schmerzte sie, aber das, was sie jetzt tun musste, verlangte von ihr ein großes Opfer. Sie hoffte inständig, dass ihre Tochter das irgendwann verstehen würde.

Kira stand wieder hinter dem Kapitän, der auf seinem Sessel Platz genommen hatte. »Können Sie die Steuerung des Schiffs auf dieses Terminal umleiten?«

»Warum sollte ich das tun? Sie können das Schiff nur einen kurzen Augenblick steuern, ehe meine Crew Sie wieder herauswirft. Das wissen Sie doch. Die Vernichtung der Siedlung können Sie so nicht verhindern. Ist Ihnen das nicht klar?«

»Lassen Sie das ruhig meine Sorge sein, Talon Karr Jarr!«, zischte sie erregt.

»Nein, das werde ich nicht machen. Verschwinden Sie endlich mit der Rettungskapsel, mehr kann ich für Sie nicht tun.«

Kiras Augen verengten sich. Sie riss das Messer hoch und rammte es dem Kapitän in den linken Oberarmmuskel. Der Taurone schrie laut auf und winselte vor Schmerzen. Kira drehte langsam den Griff, sodass sich die Klinge in der Wunde drehte. »Werden Sie nun meinem Befehl Folge leisten? Oder soll ich weiter drehen?«

»Nein, nein, bei allen Göttern, nein«, jammerte er. Mit zitternden Fingern wischte er über das Holo-Pad und die Steuerungsanzeige erschien auf den Holo-Schirm an der Wand. Kira hatte sich die Steuerung halbwegs eingeprägt. Sie schob den Kapitän zur Seite, legte ihre Finger auf das Holo-Pad und beschleunigte das Schiff aufs Maximum. Fasziniert starrte sie auf den Holo-Schirm, als das Schiff wie ein bockiger Stier nach vorne schoss, genau auf die nahe Gebirgskette zu, die sich hinter der Siedlung auftürmte. Gleichzeitig senkte sie die Nase des Schiffs nach unten. Alles dauerte nur Sekunden, sodass die Mannschaft keine Zeit hatte, zu reagieren. Das Schiff steuerte unausweichlich auf den Mount Golan zu, einen fast eintausendfünfhundert Meter hohen, ehemaligen Vulkan. Kira schloss lächelnd ihre Augen. Den Aufschlag bemerkte sie nicht mehr. Das Schiff bohrte sich mit der Nase in den Boden. Der Bug des Schiffs wurde dabei regelrecht pulverisiert, als er sich in den felsigen Boden bohrte. Das Heck neigte sich von Explosionen begleitet zur Seite. Zurück blieb ein vier Kilometer langer Trümmerteppich von dem eine große, schwarze Rauchwolke in den Himmel des Planeten stieg. Kira war zu diesem Zeitpunkt längst tot, aber sie war mit einem Lächeln auf den Lippen gestorben.

Auf der Kentucky hatte man die Flugroute des Tauronen-Raumschiffs mit großer Sorge beobachtet. Jedem auf der Brücke war klar, dass etwas ganz und gar nicht nach Plan verlief. Zwar hatte man keine näheren Informationen, was sich auf dem Planeten abspielte, aber Jesus zögerte noch, mit der Kentucky einzugreifen. Vom Planeten gab es noch keinen Hilferuf und so wartete er noch ab. Als sich das Schiff plötzlich bewegte und auf dem Planeten zusteuerte, reagierte Jesus und jagte zum Planeten.

Dass das Tauronen-Schiff plötzlich beschleunigte und kurz darauf auf der Planetenoberfläche zerschellte, nahm man auf der Kentucky erleichtert zur Kenntnis. Wenngleich es auch viele Fragen aufwarf, atmete Jesus zunächst erleichtert auf. Was das genau für sie und die Menschheit bedeutete, konnte zum jetzigen Zeitpunkt niemand sagen.

»Susie, konntest du vor dem Absturz noch einen Funkspruch auffangen.«

»Ja, Jesus. Es gab ein kurzes, automatisches Notsignal, als das Schiff abgestürzt ist. Weitere Funksprüche habe ich in den letzten Tagen nicht abfangen können.«

»Danke, Susie!«, Jesus blickte nachdenklich auf den Holo-Schirm. Er wusste nicht, was in den letzten Tagen auf dem Planeten geschehen war, da sie absolute Funkstille vereinbart hatten. Sicherlich hatte er sich einen anderen Ausgang erhofft, aber solange er keine besseren Informationen besaß, brachten ihn Spekulationen nicht weiter.

»Funke bitte den Minister an und vereinbare ein baldiges Treffen. Und wecke Wally mit dem vereinbarten Signal auf«, er drehte sich zu Klaus um. »Bring uns zum Planeten. Wir müssen wissen, was genau passiert ist und warum unser Plan nicht funktioniert hat.«

Klaus nickte kurz und fuhr die Maschinen der Kentucky erneut hoch. Kurze Zeit später setzte Klaus zur Landung auf dem Planeten an.

Langsam schwebte die Kentucky auf die Siedlung zu. Sie setzte fast geräuschlos auf und das Außenschott öffnete sich. Jesus lief mit Klaus und Susie die Rampe hinunter. Sie wurden von einer aufgeregten Menge erwartet. Alle starrten auf Jesus und seine Crewmitglieder. Der suchte mit seinen Augen nach Minister Kalkmeier, den er aber überraschenderweise nicht entdecken konnte. Ein Mann, dessen Namen Jesus nicht kannte, kam auf ihn zu und hielt ihm seine ausgestreckte Hand entgegen. Jesus griff verwundert zu und schaute ihn fragend an. Der lächelte verstehend.

»Major Kilmer«, stellte er sich vor. »Ich habe nach dem Tod von Minister Kalkmeier die Befehlsgewalt übernommen«, erklärte er dem verwundert schauenden Jesus. Der nickte verstehend.

»Danke für Ihren Einsatz Major. Können wir uns irgendwo in Ruhe unterhalten?«

»Ja sicher, folgen Sie mir bitte.« Jesus, Klaus und Susie folgten dem Major in die Siedlung. Die umstehenden Menschen machten bereitwillig eine Gasse, damit die vier ungehindert hindurchgehen konnten.

Jesus schaute in die Gesichter der Menschen. Durch ihre Verkleidung fiel es ihm schwer, Emotionen in den

Gesichtern der Umstehenden zu erkennen. Dennoch erkannte er die Angst in ihren Gesichtern und ihm wurde schmerzlich bewusst, dass längst nicht alles so glatt verlaufen war, wie sie gehofft hatten.

Sie hatten sich in den Versammlungsraum zurückgezogen. Außer Jesus und seiner Crew waren noch Major Kilmer und sein Einsatzstab dabei. Jesus ließ sich in einer mehrstündigen Besprechung auf den neusten Stand bringen. Er dokumentierte die Berichte nicht weiter, sondern hörte nur aufmerksam zu.

»Major, glauben Sie, dass das Einsatzkommando für den Absturz des Tauronen-Schiffs verantwortlich war?«

»Ja, das glaube ich, wenn ich letztendlich doch keine Beweise dafür habe. Wir haben für diesen Einsatz nur unsere besten ausgewählt. Leutnant Mac Loud war eine hervorragende Agentin. Sie war äußerst kreativ, wenn es um Einsätze ging, die über eine einfache Mission hinaus gingen. Wenn es um Lösungen für unmögliche Aufgaben ging, dann war sie die beste, die wir hatten«, stieß er voller Überzeugung hervor.

»Wenn Sie das sagen, Major. Dann glaube ich Ihnen. Ich kannte Leutnant Mac Loud leider nicht persönlich. Ich vertraue aber Ihren Fähigkeiten, die besten für solch eine Mission auszuwählen. Wally? Hast du weitere Erkenntnisse für uns?«

»Ja, habe ich, Jesus. Ich habe das Bild und Tonmaterial ausgewertet. Mit neunundneunzig Prozent

Wahrscheinlichkeit haben die Tauronen versucht, die Siedlung anzugreifen. Ihr Anflugwinkel und die hochgefahrenen Waffen sprechen eine eindeutige Sprache. Warum das Schiff plötzlich beschleunigte und auf die nahe Bergkette zuschoss, ist rational nicht zu erklären. Eine Fehlfunktion würde ich eher ausschließen. Daher ist es wahrscheinlich, dass jemand das Schiff absichtlich abstürzen ließ. Ob dafür die fünf Frauen verantwortlich waren, lässt sich abschließend nicht mehr feststellen. Mit dieser selbstlosen Tat wurden zumindest die Bewohner in der Siedlung vor dem sicheren Tod bewahrt.«

»Danke, Wally. Könntest du nach Spuren suchen, die uns vielleicht helfen könnten, die Absturzursache aufzuklären?«

»Ja, ich habe schon ein paar Robotereinheiten damit beauftragt. Eine hat vor fünf Minuten gefunkt, dass sie einen Pedanten zu unserer Blackbox gefunden hat. Sie scheint bei dem Absturz nicht zerstört worden zu sein. Ein schwaches Signal geht von dem Gerät aus. Ich habe schon damit begonnen, die Daten zu sichern und auszuwerten. Sobald ich mehr weiß, gebe ich Bescheid.« Jesus drehte sich erneut den Menschen zu.

»Leider stehen wir wieder am Anfang. Die Tauronen werden sicher nachsehen wollen, was mit ihrem Schiff passiert ist. Ich bin aber nicht mehr gewillt, noch einmal solch eine Scharade abzuhalten.«

»Warum nicht?«, rief jemand der Wissenschaftler.

Jesus suchte mit seinen Augen nach dem Rufer. Er konnte den Mann aber nicht identifizieren.

»Wir haben leider keine Ahnung, wie lange ein Schiff der Tauronen braucht, bis es das Notsignal auffängt und nachschauen kommt. Das können ein paar Tage oder auch einige Wochen sein. Oder es kommt überhaupt niemand, um nachzusehen, was hier passiert ist. Solange können wir die Menschen nicht auf den Schiffen lassen. Sollte ein fremdes Schiff aus dem Hyperraum fallen, wäre es für eine erneute Evakuierung zu spät. Nein, wir brauchen eine neue, bessere Lösung. Vorschläge?«

Niemand meldete sich, womit Jesus auch nicht wirklich gerechnet hatte. Sie steckten in einer Zwickmühle, aus der es im Moment keinen Ausweg gab. Zwar hatten sie ihre Späher ausgeschickt, um einen geeigneten Planeten zu finden, aber das konnte Wochen, Monate oder schlimmstenfalls noch Jahre dauern.

***

Kurz darauf war die Versammlung beendet und der Raum leerte sich schnell. Nur Major Kilmer und eine junge Ärztin blieben noch dort.

»Herr Carter, wie ich gehört habe, hatte man Sie in Stase versetzt, um die Neuronen und Synapsen in Ihrem Gehirn neu zu ordnen?«, fragte sie Jesus schüchtern. Er lächelte die junge Frau freundlich an. Sie hatte blonde, raspelkurze Haare, eine schlanke Figur und lustige Grübchen, wenn sie lächelte.

»Das ist richtig, Frau ... Ich weiß gar nicht, wie Sie heißen.«

»Ja natürlich! Melissa , Melissa Jackson«, stellte sie sich vor.

»Melissa . Ja, ich habe mich solch einer Prozedur unterzogen. Was man dabei genau mit mir angestellt hat, habe ich leider nicht wirklich verstanden. Das sind alles böhmische Dörfer für mich«, erklärte er ihr achselzuckend.

»Ich verstehe. Es ist auch nicht unbedingt mein Fachgebiet. Aber trotzdem sehr interessant. Die Ergebnisse könnten alle unsere Hoffnungen und Wünsche übertreffen. Wie ich in einer wissenschaftlichen Studie gelesen habe, können wir bisher nur etwa siebzig Prozent der Wotan-Technologie benutzen und Wally kann oder darf uns über die restlichen dreißig Prozent nichts sagen. Wissen Sie vielleicht, warum?«

»Nein, leider weiß ich nicht mehr wie Sie. Wally schweigt sich zu diesem Thema aus. Er wird sicherlich seine Gründe haben, auch wenn wir sie nicht verstehen.«

»Ja, da haben Sie wohl recht. Spüren Sie denn eine Veränderung? Immerhin haben Sie ja acht Monate in Stase verbracht. Da können sich Ihre Neuronen und Synapsen ja schon angepasst haben.«

»Wenn Sie mich so genau fragen, ich weiß es nicht. Etwas scheint anders zu sein. Ich habe Albträume und fühle mich irgendwie anders. Genauer beschreiben kann ich es aber nicht. Es ist halt nur ein Gefühl, so wie wenn man einen Raum betritt, in dem man noch nie zuvor war und dennoch das Gefühl hat, schon einmal hier gewesen zu sein.«

Nachdenklich schaute Melissa Jesus an. »Wäre es möglich, dass ich auch an dem Programm teilnehmen kann?«

»Haben Sie denn das Wotan-Gen?«

»Ja, ich glaube schon. Ich kann die Wotan-Technologie benutzen. Wenn auch nicht in so einem großen Spektrum wie Sie zum Beispiel.«

»Nun, ich kann Wally gerne fragen, ob Sie an dem Programm teilnehmen dürfen. Ich sehe im Moment keinen Grund, warum das nicht möglich sein sollte. Bedenken Sie aber, dass es nicht ganz ungefährlich ist. Niemand weiß, was am Ende dabei herauskommt.«

»Ich bin mir der Gefahr durchaus bewusst, aber Forschung erfordert manchmal mutige Opfer von einem.«

»Wenn sich die Wogen geglättet haben, können Sie mich diesbezüglich gerne noch einmal ansprechen. Wir werden sehen, was Wally davon hält.«

Sie nickte ihm dankend zu und verließ den Raum.

»Herr Carter!«

Jesus blickte sich überrascht um. Er hatte den Major völlig vergessen und gedacht, dass er den Raum längst verlassen hatte.

»Ja, Major. Womit kann ich Ihnen noch helfen?«

Der Major trat unruhig auf der Stelle. Man sah ihm seine Nervosität deutlich an. Er räusperte sich.

»Ich weiß nicht, ob Sie das wissen. Leutnant Kira Mac Loud hatte eine kleine Tochter. Der Vater des Mädchens ist auf der New World verstorben. Durch den Tod von Leutnant Mac Loud ist das kleine Mädchen nun eine Vollwaise.«

Jesus sah den Major verwirrt an. »Wieso erzählen Sie mir das?«, fragte er ihn verwundert.

»Nun, das Mädchen befindet sich zurzeit in meiner Obhut. Vor ihrer gefährlichen Mission bat mich Leutnant Mac Loud, ob ich auf ihre Tochter aufpassen könne. Zurzeit kümmert sich mein fünfzehnjähriger Sohn um das Kind. Meine Frau ist vor zwei Jahren gestorben und ich habe weder Zeit noch die Kraft, mich um das kleine Mädchen zu kümmern. Dies hier ist kein Ort für ein kleines Kind. Angehörige konnte ich keine ermitteln und auch sonst habe ich niemanden gefunden, der sich dem Mädchen annehmen könnte. Was soll ich mit ihr machen? Wir haben kein Schiff vor Ort, mit dem ich sie fortschicken könnte.«

Jesus sah kurz zu Susie. Die schüttelte leicht mit dem Kopf und schaute ihn nicht besonders glücklich an. Jesus atmete laut aus. »Okay, Major. Lassen Sie das Kind zur Kentucky bringen. Ich werde dafür sorgen, dass sie ein neues Zuhause erhält«, erklärte er dem erleichtert dreinschauendenden Major. Den schneidenden Blick von Susie ignorierte er geflissentlich.

***

Einige Stunden später saßen Jesus und Klaus bei einem Bier auf der Brücke der Kentucky und ließen die letzten Tage Revue passieren.

»Was machen wir jetzt, Jesus? Wir haben kein Weltenschiff mehr und hierbleiben können wir auch nicht. Einen anderen Planeten zum Besiedeln haben wir nicht. Was bleibt uns also noch außer kämpfen?«

Jesus schüttelte energisch seinen Kopf und nahm einen kräftigen Schluck aus der Flasche. Das Bier schmeckte fast so gut wie das von der Erde. Die Hopfen, aus denen man das Bier braute, kamen denen von der Erde sehr nah. Nur an die leicht bläuliche Farbe musste man sich gewöhnen.

»Wenn ich das nur wüsste. Für einen Kampf sind wir viel zu schwach. Wir haben nur ein paar kleine Kriegsschiffe, die es mit denen der Basss niemals aufnehmen können. Sie würden uns einfach abschlachten. Wobei ich fast glaube, dass sie so feige wären und das ihren Schergen, den Tauronen, überlassen würden. Durch besonderen Mut und Kampfeswillen haben sie sich bisher zumindest nicht ausgezeichnet.«

»Da hast du wohl recht. Nur erklärt das nicht meine Frage. Was machen wir jetzt?«

Grübelnd stand Jesus auf und begann, unruhig auf und ab zugehen. »Wir könnten das Schiffswrack der Tauronen vernichten. Oder wir fälschen das Notsignal und schicken ihnen eine fingierte Nachricht, das alles okay ist und es nur einen Fehlalarm gegeben hatte.«

Klaus sah ihn skeptisch an. »Was glaubst du, wie lange sie bräuchten, bis sie diesen Trick durchschaut haben?«

»Wohl nicht sehr lange!«, presste er resignierend hervor.

»Dann ist das keine Option, die wir in Betracht ziehen sollten.«

Susie betrat mit einem kleinen Mädchen die Brücke. Es klammerte sich ängstlich an Susies Arm, als es die beiden Männer sah. Vorsichtig lugte sie hinter Susie hervor. Jesus musste laut lachen. Das Mädchen machte noch größere Augen, schien aber langsam Vertrauen zu fassen. Es setzte sich auf Susies Schoß, die sich auf den Sessel hinter ihrem Navigationspult gesetzt hatte.

»Hey. Mein Name ist Jesus und das ist Klaus«, stellte Jesus die beiden vor. »Wie lautet dein Name?«

Das Mädchen schaute Susie mit ihren großen Augen an. Die nickte ihr zustimmend zu. »Du kannst ruhig antworten. Das ist unser Kapitän. Er hat hier das Sagen«, erklärte sie ihr mit ruhiger Stimme.

»Ich heiße Luna!«, flüsterte sie schüchtern. Jesus musste erneut lachen. Das Mädchen sah einfach zuckersüß in ihrem viel zu großen Bordanzug aus. Sie hatte lange dunkelblonde Haare, einen kleinen scharf geschnittenen Mund, große, grüne Augen und eine Stupsnase, die lustig wackelte, wenn sie redete.

»Aha. Luna. Das ist ein schöner Name.«

Das Mädchen nickte tapfer. »Wann kommt meine Mutter wieder?«, fragte sie unschuldig.

Jesus schluckte erschrocken. Ein fragender Blick nach Susie ließ diese nur langsam den Kopf schütteln. Bisher hatte sie es nicht fertiggebracht, dem Mädchen die Wahrheit zu sagen.

»Das wissen wir noch nicht«, log Jesus. »Aber wir denken, dass du so lange bei uns bleiben solltest, bis deine Mutter wiederkommt«, erklärte er mit belegter Stimme. Susie sah in erschrocken fragend an. Jesus lächelte schief zurück. Was hätte er dem Mädchen sagen sollen, dass seine Mutter tot war, gestorben im Einsatz? Nein, das brachte er einfach nicht übers Herz. Zwar war dies kein Ort für ein kleines Mädchen, aber einen Besseren gab es im Moment nicht. Hier war sie zumindest in Sicherheit, wenn es die überhaupt für einen Menschen gab.

»Soll ich dir das Schiff zeigen?«, fragte sie Klaus und hielt ihr die ausgestreckte Hand entgegen. Luna schaute Susie fragend an und als diese aufmunternd nickte, sprang sie freudig auf und ging an der Hand von Klaus von der Brücke.

»Glaubst du, dass das eine gute Idee ist?«, erkundigte sich Susie nachdenklich.

»Nein, natürlich nicht. Dies ist kein Ort für ein kleines Kind, aber wo sollen wir sie lassen? Auf dem Planeten ist es zurzeit auch nicht sicherer. Die anderen Schiffe sind zu weit weg.«

»Ja, ich weiß. Nur was machen wir mit ihr, wenn sich die Lage beruhigt hat?«

»Das weiß ich noch nicht. Aber bis dahin haben wir noch etwas Zeit und dann wird uns schon etwas einfallen«, war sich Jesus sicher.

Ein lauter Signalton schreckte die beiden auf. Jesus erhob seine Stimme. »Hallo Wally. Wie kann ich dir helfen?«

»Jesus, du musst sofort zu mir kommen. Es ist dringend.«

»Ja, ja sicher, worum geht es denn?«

»Das erkläre ich dir, sobald du da bist. Und bringe bitte den kleinen Menschen mit, der bei dir auf dem Schiff ist.«

Der ovale Avatar verblasste genauso schnell wieder, wie er erschienen war. Jesus blickte überrascht Susie an. »Warum soll ich Luna mitbringen?«

Susie antwortete nicht, da sie ebenso überrascht war wie Jesus.

Eine Stunde später saßen Jesus und Luna in dem kleinen Beiboot der Kentucky und flogen auf die versteckte Basis von Wally zu. Sie landeten das Boot ganz in der Nähe und legten die letzten Meter zu Fuß zurück. Kurz bevor sie den Energieschirm erreichten, verschwanden sie plötzlich. Luna schrie erschrocken auf, als sich die Welt um sie herum von einer Sekunde auf die nächste veränderte. Jesus hielt ihre Hand ganz feste und sprach mit leiser Stimme beruhigend auf sie ein.

»Du brauchst keine Angst zu haben. Wir sind soeben teleportiert worden.«

»Tele …. was?«, sie schaute Jesus mit ihren großen Augen fragend an.

»Ach, nicht so wichtig. Komm, lass uns Wally suchen. Mal sehen, was er so dringendes von uns möchte.«

Luna nickte tapfer und gemeinsam schritten sie durch die Halle. Bis auf eine Lampe über ihnen war es völlig dunkel in dem Raum, sodass man nicht sehen konnte, was um einen herum vor sich ging. Jesus drehte sich einmal im Kreis. Aber außer einer undurchdringlichen Schwärze war nichts zu erkennen. »Hallo! Hallo Wally!«, rief er unsicher. Niemand antwortete ihnen. Schulterzuckend ging er in eine beliebige Richtung weiter und zog Luna dabei mit sich.

Die Lampe über ihren Köpfen schien ihnen auf magische Weise zu folgen. Jesus schaute irritiert nach oben, aber das Licht war zu stark und blendete ihn, sodass er rein gar nichts erkennen konnte.

So brachte das nichts. Er blieb erneut stehen und blickte sich unsicher um. Warum machte Wally das? So hatte er sich noch nie verhalten. Bei seinen letzten Besuchen war immer sofort der ovale Avatar von Wally erschienen. Warum das diesmal anders ablief, erschloss sich ihm nicht.

»Wally! Was soll das? Zeige dich endlich, damit wir reden können!«, rief er laut in die Dunkelheit. Luna klammerte sich ängstlich an Jesus` Arm. Er streichelte ihr beruhigend über dem Kopf, aber das kleine Mädchen schien solche Angst zu haben, dass sie am ganzen Körper zitterte. Deswegen entschloss er sich, Luna auf den Arm zu nehmen. Das Mädchen schmiegte sich ängstlich an ihn und beruhigte sich nur langsam. Jesus konnte sich gar nicht vorstellen, was in dem kleinen Mädchen vor sich ging. Zuerst starb ihr Vater und nun wurde auch noch ihre Mutter vermisst. Jesus und seine Crew kannte sie erst seit ein paar Stunden. Er hatte sie in diesen dunklen Raum geführt und sie musste dem fremden Mann vollkommen vertrauen. Das konnte nicht gut für ihre Psyche sein, die doch noch so jung und verletzlich war.

Die nächsten Minuten passierte rein gar nichts. Jesus grübelte darüber nach, warum sich Wally nicht zu erkennen gab. War etwas Ungewöhnliches passiert, von dem er nichts wusste?

Ein leises Knistern ließ ihn seine Aufmerksamkeit auf einen Bereich links neben sich richten. Jesus blickte angestrengt in die Dunkelheit, er konnte aber zunächst nichts erkennen.

War da nicht ein schwaches Licht? Jesus kniff seine Augen zu schmalen Schlitzen zusammen. Er konzentrierte sich auf den Punkt, an dem er glaubte, ein Licht erkannt zu haben. Ja, jetzt war er sich sicher. Dort im Dunkeln leuchtete ein schwaches Licht. Mit einem mulmigen Gefühl im Magen bewegte er sich langsam auf das Licht zu. Wieder knisterte es, so als ob es dort elektrische Ladungen gab. Mittlerweile konnte Jesus das Licht besser sehen. Es war kreisrund und aus seinem Inneren zuckten kleine Blitze, die wohl das Knistern verursachten.

Jesus atmete tief aus und hob Luna ein Stück hoch, da sie ihm mit der Zeit leicht heruntergerutscht war. Mutig schritt er mit großen Schritten auf die blitzende Kugel zu. Von Wallys Avatar war nichts zu sehen. Die Kugel wurde langsam größer. Leider konnte Jesus nicht sagen, wie weit sie noch entfernt war, da ihm jeglicher Anhaltspunkt fehlte. So konnte die Kugel einen Meter von ihm entfernt sein oder auch einhundert.

Er schaute Luna an, die sich noch immer an ihn klammerte. Seltsamerweise schien sie immer ruhiger zu werden, je näher sie der Energiekugel kamen.

»Luna«, flüsterte er ihren Namen. Das Mädchen reagierte nicht auf seine Stimme. Wie gebannt starrte sie auf die Lichtkugel. Jesus hob eine Hand und fuhr sie vor ihren Augen auf und ab. Luna reagierte nicht. Ihr Blick war auf die Kugel fixiert und sie schien Jesus seltsam abwesend.

»Was hast du Luna?« Das Mädchen reagierte nicht auf seine Rufe. »Luna, LUNNNNA!«, er rief laut ihren Namen. Nichts. Das Mädchen war wie weggetreten.

Jesus fühlte sich seltsam hilflos. So hilflos wie schon seit Langem nicht mehr. Er konnte die Situation nicht einschätzen und wusste nicht, wie er reagieren sollte.

Das Knistern wurde lauter und die Blitze zuckten öfters und deutlich länger aus der Kugel. Jesus war stehen geblieben und beobachtete die Energieerscheinung. Er wurde dabei immer unruhiger. Etwas passierte hier. Etwas, was ihm gar nicht gefiel.

Mit einem lauten Knall zuckte ein besonders großer Lichtblitz aus der Kugel direkt auf Jesus und Luna zu. Jesus hatte nicht einmal die Zeit, den Kopf einzuziehen.

Jesus schloss noch reflexartig die Augen und erwartete den Einschlag des Energieblitzes.

Nur geschah nichts dergleichen. Perplex öffnete er langsam die Augen. Die Energie war um sie herum geglitten, ganz so, als ob ein unsichtbarer Schutzschirm um Jesus und Luna liegen würde. Verwundert schaute Jesus Luna an, die immer noch starr auf die Energiekugel blickte, die durch den Lichtblitz kaum noch zu erkennen war.

Er streckte seine linke Hand aus. Kurz vor der unsichtbaren Barriere zuckten seine Finger zurück. Etwas in ihm hielt ihn davon ab, den leuchtenden Schutzschirm zu berühren. Es kam tief aus seinem Inneren und ließ sich nicht rational erklären. Jesus wusste einfach, dass er die Schutzhülle lieber nicht berühren sollte.

»Gut gemacht, Luna!« Der ovale Avatar von Wally war wie aus dem Nichts vor ihnen erschienen. Der Lichtblitz verblasste und verschwand vollends. Nur die Lichtkugel schwebte noch in der Luft, aber auch sie verblasste zusehends und würde bald verschwunden sein.

»Was, was soll das alles, Wally?«

»Ich musste euch testen«, erklärte der Avatar mit nüchterner Stimme.

»Was heißt testen? Du kennst uns doch und weißt, wer wir sind.«

»Das ist nicht ganz richtig, Jesus Carter. Weißt du, wo wir uns gerade befinden?«

»Ja, in deiner Basis. Ich war schon des Öfteren hier.«

»Auch das ist nicht ganz richtig. Ihr befindet euch in der untersten Etage. In einem Bereich, auf den ihr bisher keinen Zugriff hattet. Erst durch deine Neurostimulans hast du die Fähigkeiten erlangt, hierherzukommen.«

Jesus schaute Wally verwirrt an. »Das verstehe ich nicht. Ich habe doch gar nichts anderes gemacht wie sonst auch.«

»Das ist wieder nicht ganz richtig. Deine Neuronen haben sich verändert. Zwar nur leicht, aber es hat gereicht, um dich hierher durchzulassen.«

»Und deswegen konnte ich diesen Lichtblitz aufhalten? Ich hatte das Gefühl, als ob uns ein unsichtbarer

Energieschirm vor der Energie schützte. Habe ich den mit meinen Gedanken erzeugt?«

»Das war nicht dein Verdienst, Jesus Carter«, erklärte Wally nüchtern.

»Wer war es dann? Hast du uns geschützt oder wie soll ich das verstehen?«

»Das zu erklären ist schwierig. Folgt mir einfach, dann werdet ihr es vielleicht verstehen.«

Erneut veränderte sich die Umgebung von einer Sekunde zur anderen. Man spürte dabei nichts. Der Transport erfolgte völlig übergangslos und ohne Vorwarnung. Diesmal befanden sie sich in einem kleinen Raum. Die Wände waren glatt und fugenlos und schienen aus einer Metalllegierung zu bestehen. Wally hatte für Jesus in der Mitte des Raumes einen Sessel erschaffen, auf den er sich mit Luna setzte. Direkt vor dem Sessel leuchtete ein riesiger Holo-Schirm an der Wand auf. Jesus blickte Luna besorgt an. Sie schien sich entspannt zu haben und schaffte es sogar, Jesus ein kurzes Lächeln zuzuwerfen.

Auf dem Holo-Schirm tauchte das Bild eines Raumschiffs auf. Das Modell war Jesus nicht bekannt. Es hatte filigrane Formen, schimmerte grün-metallisch und erinnerte ihn entfernt an eine Pyramide. Es gab unzählige Antennen und Auswüchse auf seiner Außenhaut. Das ganze Schiff wirkte zart und zerbrechlich. So sah kein Kriegsschiff aus. Jesus vermutete daher, dass es sich um ein Forschungsschiff handelte.

»Warum schauen wir uns das an, Wally?«

»Das ist die Singlariton Garr Go, ein Forschungsschiff der Wotan. Es ist vor langer Zeit gestartet.«

»Und was haben wir damit zu tun? Was hat es mit diesem Schiff auf sich?«

»Die Singlariton Garr Go war mit einem Spezialauftrag gestartet.«

»Wie lautete er?«

»Das kann ich dir leider nicht sagen, Jesus. Du besitzt nicht die nötige Freigabe.«

»Die nötige Freigabe!«, lachte Jesus laut auf. »Die Wotans sind längst ausgestorben. Es gibt niemanden mehr, der diese Freigabe besitzt.«

»Das ist so nicht ganz richtig«, erklärte Wally.

Jesus saß auf seinem Sessel und bekam seinen Mund nicht mehr zu.

»Was willst du mir damit sagen, Wally? Dass noch irgendwo in der Galaxie Wotans leben?«

»Ja, es könnte möglich sein, dass es noch lebende Wotans in der Galaxie gibt.«

***

Jesus glaubte, sich verhört zu haben. Es gab noch lebende Wotans! Das war eine Nachricht, die er erst einmal verdauen musste. Die Wotans galten als Eroberer. Äußerst brutal und rücksichtslos hatten sie unzählige Sternensysteme erobert und unterworfen. Sie stahlen die technischen Errungenschaften ihrer Opfer und machten sie sich zu eigen. Niemand in der bekannten Galaxie war ihren Eroberungsfeldzügen gewachsen gewesen. Warum sie letztendlich ausgestorben waren, hatte ihnen Wally nie wirklich erklärt. Sollten tatsächlich noch welche von diesen Monstern leben, war das eine große Gefahr für die ganze Milchstraße.

»Wie kommst du darauf, Wally?«

»Ich weiß es nicht mit einhundert prozentiger Sicherheit. Aber es wäre durchaus möglich. Als ihr die Energieblase aufgehalten habt, habt ihr etwas in Gang gesetzt. Ich konnte plötzlich auf Ressourcen zugreifen, die mir bislang versagt waren.«

»Was heißt das für uns?«

»Das weiß ich noch nicht. Solange es keinen eindeutigen Beweis gibt, seid ihr weiter die legitimen Nachfolger der Wotans.«

»Und wenn es noch lebende Wotans gibt?«

»Dann sind sie meine Herren und ich habe ihnen zu dienen«, erklärte Wally nüchtern mit seiner KI Logik.

Jesus musste das erst einmal verdauen. Wenn es tatsächlich noch Wotans gab, könnte das ernsthafte Probleme für die Menschheit bedeuten. »Was hat das alles mit dem Schiff zu tun?«

»Die Singlariton Garr Go war unterwegs zur Pegasus-Zwergengalaxie. Nachweislich ist sie dort nie angekommen. Was aus dem Schiff geworden ist, konnte ich nicht in Erfahrung bringen.«

»Okay. Aber wieso glaubst du nun, dass es noch lebende Wotans gibt?«

»Die Singlariton Garr Go galt als verschollen und vernichtet. Bis ich vor ein paar Minuten ein Signal von ihr empfangen habe.«

»Du hast was!«, rief Jesus aufgeregt. »Ich dachte, das Schiff ist seit hunderten von Jahren verschwunden?«

»Seit tausenden von Jahren. Genauer gesagt gab es seit 4813 Jahren keinen Kontakt mehr zu dem Schiff.«

»Ja aber wie kann das sein, nach so vielen Jahren? Kann da überhaupt jemand an Bord überlebt haben?«

»Ja natürlich. Es könnten Nachfahren der ursprünglichen Besatzung überlebt haben oder Wotans haben in ihren Stase-Kapseln die Zeit überdauert.«

»Genauso gut könnten auch alle tot sein und die KI hat nur ein Notsignal gesendet, das du bisher nicht empfangen konntest.«

»Nein, Jesus. Das war kein Notsignal.«

»Was war es dann?«

»Das darf ich dir nicht sagen. Sei dir aber sicher, dass ich anders reagieren würde, wenn es nicht wichtig und außergewöhnlich wäre. Der Geheimauftrag der Singlariton Garr Go war so hoch, dass nur ein dutzend Wotans überhaupt von ihm wussten. Ich muss dem Signal folgen. Meine Programmierung lässt mir diesbezüglich keine Wahl. Allerdings kann ich das nur sehr schlecht alleine ausführen. Ich benötige dazu eure Hilfe.« Der Avatar machte eine kurze Pause. Jesus richtete sich innerlich auf. Natürlich würde er der KI helfen, wenn es nicht seine eigenen Pläne gefährden sollte. Die Menschheit war in großer Gefahr, das durfte er nicht außer Acht lassen. Aber die nächsten Worte von Wally ließen ihn irritiert aufschauen.

»Ich brauche die Hilfe von euch beziehungsweise die Hilfe von Luna.«

***

Jesus schaute verwirrt auf den Avatar und dann wieder auf Luna. Hatte er sich verhört? Wie sollte ein kleines Mädchen der KI helfen können?

»Das, das verstehe ich nicht. Luna ist ein kleines Mädchen, es wird dir kaum helfen können.«

»Jesus Carter, du unterschätzt den kleinen Menschen. Warum, glaubst du, lebt ihr noch? Meinst du, dass deine Kräfte ausgereicht hätten, mithilfe der Wotan-Technologie den Energieblitz aufzuhalten?«

Jesus sah den Avatar grübelnd an. »Ich weiß es nicht«, gestand er wahrheitsgemäß.

»Würde ich in Luna nicht dieses große Potenzial erkennen, hätte ich sie niemals der Energieblase ausgesetzt. Ich war mir zu Anfang allerdings nicht zu einhundert Prozent sicher, ob Luna diese Fähigkeiten tatsächlich besitzt, aber sie hat mich eines Besseren belehrt.«

»Heißt das, du hast uns einer tödlichen Gefahr ausgesetzt, ohne zu wissen, ob wir das überleben können?«

»Ja, das musste ich. Die Chancen standen immerhin bei 75 Prozent. Nur durch den Test konnte ich ihre wahre Stärke ermitteln.«

Jesus glaubte, sich verhört zu haben. Wut stieg in ihm auf. Er hasste es, missbraucht zu werden. Die KI konnte doch niemals gewusst haben, dass in Luna solche außergewöhnlichen Kräfte schlummerten.

»Ich kann verstehen, wenn du nun wütend bist, Jesus. Aber meine Protokolle verboten mir in diesem Fall eine andere Vorgehensweise. Du wirst das verstehen. Wenn wir die Singlariton Garr Go finden sollten.«

»Wer sagt dir, dass wir dir überhaupt helfen, nach solch einer Aktion, in der du uns einer tödlichen Gefahr ausgesetzt hast?«

»Meine Sensoren registrieren, dass du wütend bist, dein Puls ist beschleunigt und dein Herz schlägt viel schneller als sonst üblich. Du musst mich verstehen, ich konnte nicht anders handeln. Aber fragen wir doch Luna, ob sie mir helfen will.«

Jesus konnte sich kaum noch beherrschen. Was bildete sich die KI eigentlich ein? Ein kleines sechsjähriges Mädchen konnte ja wohl kaum solch eine Entscheidung fällen.

»Ich werde dir sehr gerne helfen, Roboter«, piepste Luna und klatschte freudig in die Hände. Jesus sah sie verwirrt an. Bisher hatte sie fast kein Wort gesprochen und nun nahm sie den Auftrag einer KI an, ohne überhaupt zu verstehen, worum es hier ging.

»Jesus, ich verstehe deine Unsicherheit. Ich möchte dir daher etwas zeigen. Vielleicht verstehst du mich dann.«

Der Holo-Schirm erwachte erneut zum Leben. Gebannt schaute Jesus nach vorne. Seine Gedanken jagten wild durcheinander, als die Bilder sich veränderten und ihm Dinge gezeigt wurden, die er nie für möglich gehalten hätte.

6 - Die Suche

Die KI setzte die beiden in der Nähe des Beiboots ab und Jesus beeilte sich, an Bord zu kommen. Der Himmel hatte sich zugezogen und es regnete in Strömen. Obwohl es nur wenige Meter bis zum Schiff waren, kamen sie dort klatschnass an.

Jesus schwang sich in den Pilotensessel und fuhr die Maschine hoch. Mit Höchstgeschwindigkeit jagten sie zur Kentucky. Die Zeit drängte und Wally verließ sich auf sie.

Kaum waren sie in der Ladebucht der Kentucky gelandet, als Klaus schon die Maschinen hochfuhr und sie den Orbit um den Planeten verschlossen. Jesus hatte seine Crew vorab über Funk informiert, damit sie keine weitere Zeit verloren.

Nach Atem ringend erreichte er mit Luna auf dem Arm die Brücke und warf sich auf seinen Sessel. »Susie, kannst du eine Verbindung zu Kat aufbauen?«

»Schon geschehen, Jesus«, flötete die Navigatorin angespannt.

»Kat, Kat kannst du mich hören?«, er blickte nach vorne zum Holo-Schirm, auf dem gerade der dreidimensionale Kopf von Kat erschien.

»Ja, Jesus. Laut und deutlich. Konntet ihr die Tauronen täuschen? Können wir zurückkommen?«

Jesus brauchte einige Sekunden, ehe er antworten konnte. »Nein, leider noch nicht. Es hat Komplikationen gegeben. Ich brauche einen Konvoi aus fünf einsatzbereiten Korvetten. Wir treffen uns in zehn Stunden. Susie wird dir gleich die Koordinaten schicken. Du musst mit der Columbia und den Korvetten dorthin kommen. Wir haben noch einiges mehr zu besprechen, was ich aber ungern über Funk machen würde.«

»Was ist denn passiert? Wissen die Basss von unserer Existenz?«

»Ich kann dir das jetzt nicht alles erklären. Sei einfach in zehn Stunden am vereinbarten Treffpunkt, dann erfährst du mehr.«

»Ja okay. Ich werde mit den Schiffen da sein.«

Jesus beendete die Verbindung und sank kraftlos in seinem Sessel zusammen. Ob sie das Richtige taten, wusste er nicht. Bisher besaß er nur die Informationen, die ihm eine außerirdische KI gegeben hatte. Er konnte nicht wissen, ob sie zutraf oder etwas ganz anderes dahinter steckte. Das, was Wally ihnen gezeigt hatte, war aber so unglaublich gewesen, dass ihm gar keine andere Wahl blieb, als der Sache nachzugehen.

Die Kentucky verließ den Hyperraum und fiel in den Normalraum zurück. Sofort scannte Susie die nähere Umgebung. In dem Sternensystem gab es nur zwei Planeten. Beides waren tote Steinwüsten, auf denen es kein Leben gab. Sie kreisten viel zu nahe um ihre kleine rote Sonne. Erschwerend kam hinzu, dass die Planeten so klein waren, dass eine Umdrehung nur etwa acht Stunden dauerte. Die Temperaturen schwankten in dieser kurzen Zeit von kalten 50 Grad minus bis zu 150 Grad Plus. Keine Vegetation konnte solche extremen Temperaturschwankungen überstehen.

Ein leises Piepen zeigte an, dass die Scanner etwas entdeckt hatten. Susie legte die Informationen auf den Haupt-Holo-Schirm. In der Nähe des größeren Planeten blinkten sechs grüne Punkte auf.

»Sind das unsere Schiffe?«, erkundigte sich Jesus.

»Das kann ich noch nicht sagen, wir sind leider noch zu weit weg.«

»Gut, dann lassen wir die Schilde lieber oben, wir wollen keine bösen Überraschungen erleben.«

Die Kentucky flog mit annähernder Lichtgeschwindigkeit auf den Planeten zu, wo sie die sechs Raumschiffe geortet hatten.

Nach drei Stunden war klar, dass es sich um die wartenden Erdenschiffe handelte.

Andere Schiffe konnten sie nicht orten. Jesus atmete fürs Erste auf. In diesem kleinen unbedeutenden System sollten sie vor einer zufälligen Entdeckung sicher sein.

Zwei Stunden später lag die Kentucky mit den anderen Schiffen in einer stabilen Umlaufbahn zum Planeten. Jesus versammelte die Führungsoffiziere auf der Columbia. Als er langsam durchs Schiff schritt, krallte sich Luna fest an ihm. Beruhigend strich er ihr übers Haar. Er war schon sehr gespannt, wie die anderen auf seine Enthüllungen reagieren würden. Vor allen Dingen auf die Reaktion von Kat war er mehr als gespannt. Er respektierte ihre Meinung, mehr als die aller anderen. Sollte sie ein Problem mit der Mission haben, musste er sie zumindest ernsthaft überdenken.

Sie hatten sich in einem der großen Besprechungsräume auf der Columbia versammelt. Außer Jesus, Luna und Kat waren noch die sechs Kapitäne und deren Stellvertreter anwesend. Außerdem hatte Jesus darauf bestanden, dass ein paar ausgewählte Wissenschaftler und Techniker an der Besprechung teilnahmen. Jesus stand vor dem großen Tisch und nickte den Anwesenden kurz zu, ehe er sich umdrehte und einen Schritt zur Seite trat. Auf dem großen Holo-Schirm sahen die Anwesenden die Singlariton Garr Go, die langsam durchs Bild flog.

»Das ist ein Forschungsschiff der Wotan. Die Aufnahme ist sehr alt, fast 5.000 Jahre. Das Schiff ist damals zu einer geheimen Mission aufgebrochen. Wie Wally mir versicherte, ist es damals einfach verschwunden, und bis heute hat man kein weiteres Lebenszeichen von dem Schiff erhalten. Es galt als verschollen, bis Wally vor zwei Tagen eine Nachricht von ihm erhalten hat.«

»Warum erzählen Sie uns das? Wir haben andere, dringendere Probleme zu lösen, als einem Phantom hinterherzujagen«, wunderte sich eine der Wissenschaftlerinnen.

Jesus schaute zu ihr hinüber. »Frau Moglai. Ich grüße Sie. Sicher haben Sie recht, wenn Sie dieses ganze Unternehmen infrage stellen. Auch ich hatte diesbezüglich einige bedenken. Daher bitte ich Sie, mir die Chance zu geben, Ihnen das ganze zu erklären. Wie Sie vielleicht wissen, habe ich mich vor neun Monaten dazu entschlossen, an einem Experiment teilzunehmen, in dem meine verborgenen Wotan-Gene reaktiviert werden sollten. Das ganze war nicht frei von Risiken. Ich habe mich aber dennoch dazu entschlossen, es zu versuchen, da es bei einem Erfolg ungeahnte Möglichkeiten offenbaren würde. Wir wissen so viel über die Wotan noch nicht. Es gibt unzählige Geheimnisse, die es zu lüften gibt. Von daher habe ich es nicht bereut. Leider musste ich das Experiment frühzeitig abbrechen. Meine Neuronen und Synapsen haben sich dabei nur ein wenig verändert, viel weniger, als ich gehofft habe. Aber das ist es nicht, was ich mit Ihnen besprechen wollte. Bei dem Angriff der Tauronen haben wir einige Menschen verloren. Unter anderem die Mutter von Luna.« Jesus zeigte mit seinem Kopf in Richtung des Mädchens. »Verschollen! Daher kümmere ich mich seitdem um Luna. Durch einen dummen Zufall ist Wally auf sie aufmerksam geworden. Dabei hat Luna es geschafft, Kontakt mit Wally aufzunehmen. Auf einer Ebene, die ich immer noch nicht ganz verstanden habe. Sie besitzt

Fähigkeiten, die wir uns nicht einmal ansatzweise vorstellen können. Unter anderem ist es ihr gelungen, das Notsignal der Singlariton Garr Go aufzufangen.«

»Warum ist sie immer noch in ihrer Obhut?«, fragte einer der Kapitäne neugierig.

Jesus lächelte ihn verstehend an. »Ich habe sie sozusagen adoptiert. Da ihr Vater tot ist, die Mutter als verschollen gilt und wir keine anderen Angehörige ausmachen konnten, bleibt sie zurzeit erst mal bei mir, bis ich eine bessere Lösung gefunden habe.«

»Und wie kann es sein, dass ein so kleines Mädchen diese Fähigkeiten besitzt, die sonst kein anderer Mensch zu haben scheint? Ich dachte immer, dass man dazu Wotan-DNA benötigt?«, fragte Frau Moglai neugierig.

»Dazu habe ich tatsächlich eine Theorie. Lunas Eltern, Kira Mac Loud und Donald Mac Loud sind beide auf der Erde geboren. Sie hatten beide zwar Wotan DNA in ihren Genen, die war aber nicht besonders ausgeprägt. Ich habe daher nachgeforscht und festgestellt, dass die DNA von Donald nicht zu der von Luna passt.«

»Was heißt das nun schon wieder?«, rief jemand, den Jesus nicht lokalisieren konnte.

»Das heißt, dass Donald Mac Loud nicht der wahre Vater von Luna sein kann.«

»Wer ist dann ihr Vater?«

»Das ist die Frage, die ich noch nicht klären konnte. Sicher ist nur, dass Luna auf dem Weltenschiff geboren ist. Wer letztendlich der Vater war, konnte ich in der Kürze der Zeit nicht herausfinden. Das, Kat, solltest du für mich übernehmen. Ich halte es für äußerst wichtig, dass wir herausfinden, warum Luna als einziger Mensch diese herausragenden Fähigkeiten besitzt.«

Kat nickte langsam mit dem Kopf. »Gut Jesus, das sollte ich schaffen. Hast du schon jemand Speziellen in Verdacht? Oder andere Spuren, denen ich nachgehen könnte?«

»Nein Kat, leider nicht. Ich habe es über den Computer versucht, aber der war keine allzu große Hilfe.«

»Eine sehr schöne Geschichte, Herr Carter. Wie gedenken Sie, mit den restlichen Menschen umzugehen? Die Gefahr der Entdeckung durch die Tauronen und Basss schwebt noch immer über unseren Köpfen. Gibt es in dieser Hinsicht schon eine Lösung? Vielleicht einen Ausweichplaneten, auf dem wir uns eine Weile verstecken könnten?«, erkundigte sich Karl Lagerhol, einer der Kapitäne.

Jesus schüttelte bedauernd den Kopf. »Nicht wirklich, Herr Lagerhol. Nur eine vage Idee, die wir diskutieren sollten. Ich muss aber gleich anmerken, dass ich keine Zweite habe. Sollte das nicht funktionieren, brauchen wir mehr Glück als Verstand, wenn die Menschheit das überleben soll.«

Karl Lagerhols Gesicht war ganz weiß, als er sich, geschockt der Worte von Jesus, setzte.

»Ich habe mir überlegt, dass wir das Wrack des Tauronen-Schiffs auf den zweiten Planeten schaffen. Wenn wir das geschickt anstellen, dann sollte es niemandem auffallen, dass es eigentlich nicht dort abgestürzt ist. Da das Schiff nicht angegriffen wurde, sondern tatsächlich nur einfach abgestürzt ist, gibt es auch keine anderen Spuren, die dagegen sprechen. Jeder Versuch herauszufinden, warum das Schiff abgestürzt ist, sollte immer zu dem gleichen Ergebnis führen. Auch kann bestimmt niemand feststellen, von welchem Planeten im System das Notsignal gesendet wurde.«

»Okay Jesus. Aber wie willst du verhindern, dass sie uns dann nicht trotzdem entdecken? Noch so einen Versuch, die Tauronen zu täuschen, halte ich für äußerst gefährlich. Wer weiß, was dann alles passieren könnte?«, erkundigte sich Kat grübelnd.

»Kat, damit hast du sicher recht. Ich habe auch nicht vor, dasselbe noch einmal durchzuziehen. Dank der Hilfe von Luna hat Wally die Möglichkeit erhalten, die Siedlung zu verstecken.«

»Was ist damit gemeint, zu verstecken?«, fragte Mia So Lee, die zweite Offizieren der Kairo, eine der Korvetten.

»Genau kann ich es nicht erklären, da ich die wissenschaftlichen Ausführungen von Wally nicht bis ins letzte Detail verstanden habe. Vereinfacht ausgedrückt, legt er eine Art Schutzschild über die Siedlung. Dieser Schirm bewirkt, dass man die Siedlung weder mit dem bloßen Auge, noch mit Scannern entdecken kann. Selbst Tyhchironen-Strahlen können sie dann nicht mehr aufspüren.«

»Das ist fast zu schön, um wahr zu sein. Wo ist der Haken?«, erkundigte sich Frau Moglai gedankenverloren.

Jesus sah sie mit schmalen Augen an. »Ich habe schon gehört, dass Sie äußerst intelligent sind. Ich glaube, Sie können es noch weit in der Flotte bringen. Nicht umsonst wollte ich Sie unbedingt bei dieser Mission dabei haben, Frau Moglai. Es gibt tatsächlich einen kleinen Haken. Der Schirm kann nur bis zu einer Fläche von fünf Quadratkilometern ausgedehnt werden, wenn er zuverlässig funktionieren soll. Wir müssten daher dafür sorgen, dass wir diesen Radius nicht überschreiten. Ich weiß, es könnte dort unten sehr eng werden, aber immer noch besser, als auf den Schiffen leben zu müssen. Zudem können wir in die Tiefe bauen und so den nötigen Platz für die Menschen schaffen. Zwar haben wir nicht allzu viel Zeit, aber einfache Behausungen sollten wir mit den robotergestützten Systemen schnell anlegen können. Kat, ich möchte, dass du dich auch darum kümmerst. Ich vertraue dir, dass du alles Nötige in die Wege leitest, um die Menschheit vor der endgültigen Vernichtung zu bewahren.« Jesus sah Kat mit zusammengekniffenen Lippen ernst an. Kat hatte Mühe, ihre Tränen zurückzuhalten. So sehr hatten sie Jesus Worte berührt.

»Danke für dein Vertrauen, Jesus. Ich werde alles in meiner Machtstehende versuchen, um die Menschen davor zu beschützen. Du kannst auf mich zählen.« Sie stand auf und drückte Jesus. Dann drehte sie sich schnell um, senkte den Kopf, damit niemand ihre feuchten Augen sehen konnte, und eilte aus dem Raum.

Nach einer halbstündigen Pause setzten sie ihre Konferenz weiter fort.

»Gut, diesen Punkt hätten wir erledigt. Hat sonst noch jemand diesbezüglich eine Frage?«, er schaute erwartungsvoll in die Runde und nickte bestätigend, als sich niemand meldete. »Gut, kommen wir zum nächsten Punkt. Ich habe sie nicht ohne Grund in dieses gottverlassene System bestellt. Hier gibt es einige große Vorkommen von seltenen Erzen, die wir dringend benötigen. Mir ist bewusst, dass wir hier jederzeit entdeckt werden könnten. Allerdings sollte das bei diesem unbedeutenden System eher eine untergeordnete Rolle spielen. Wir müssen die fünf Korvetten umbauen. Hierzu habe ich von Wally genaue Instruktionen und Pläne erhalten. Wir müssen uns penibel an seine Vorgaben halten. Jeder Schritt ist genaustens beschrieben und wir dürfen nicht von der Reihenfolge abweichen. Unser Überleben hängt davon ab. Ich denke aber, dass die Geheimnisse, die wir dabei finden können, jedes noch so große Risiko rechtfertigen.« Ein lautes Gemurmel brannte auf, als alle begannen, wild durcheinanderzureden.

»Wie aufwendig sind denn diese Umbauten?«, fragte Nils Bohr, einer der Chefingenieure, die mit im Raum saßen.

»Herr Bohr. Das kann ich nicht genau sagen, da das von vielen verschiedenen Faktoren abhängt. Ich denke aber sehr aufwendig. Drei bis vier Monate sollten wir dafür auf jeden Fall einplanen.«

»So lange! Das scheinen mir aber wirklich sehr aufwendige Umbaumaßnahmen zu sein.«

»Ja, davon können Sie ausgehen. Ich habe hier einige Datenkristalle für Sie, in denen alle nötigen Anweisungen gespeichert wurden. Es gibt aber noch mehr zu tun. Wir müssen unsere genaue Vorgehensweise absprechen. Der kleinste Fehler könnte zu unserem Tode führen. Daher habe ich für jeden Schiffskapitän noch einen weiteren Kristall. Schauen Sie sich in aller Ruhe die Daten an. Ich würde sagen, in zwölf Stunden treffen wir uns erneut und besprechen die weiteren Einzelheiten. Da die Columbia zu diesem Zeitpunkt aber nicht mehr vor Ort sein wird, schlage ich als Treffpunkt die Kairo vor.«

Die Anwesenden nickten bestätigend. Jeder der Kapitäne griff sich seine zwei Kristalle und zog sich auf sein Schiff zurück.

Schnell leerte sich der Raum. Jesus blickte zu Luna hinunter, die in ihrem Sessel eingeschlafen war und auf ihm wie ein kleiner Engel wirkte. Anscheinend hatte sie die Besprechung als nicht so spannend empfunden. Er streichelte dem Mädchen zärtlich über den Kopf und hob sie vorsichtig hoch. In Kats Quartier legte er sie auf ein Sofa und deckte sie mit einer warmen Decke zu, die er von Kat erhalten hatte. Er dimmte das Licht und bestellte sich schnell noch einen heißen Tee aus dem Automaten, ehe er sich zu Kat gesellte, die im Nebenraum schon ungeduldig auf ihn wartete.

»Dann erkläre mir mal, warum du mir das nicht alles per Funk erzählen konntest.«

Jesus strich sich grübelnd übers Gesicht. »Kat, du musst wissen, dass die Informationen, die ich dir jetzt erzähle, höchst brisant sind. Wenn sie in die falschen Hände geraten sollten, könnte das ungeahnte Folgen für uns und den Rest der Galaxie haben.«

Kat sah Jesus besorgt an. »Was hast du von Wally erfahren, dass du mir damit solche Angst machen kannst?«, hauchte sie leise.

***

»Die Singlariton Garr Go war kein normales Wotan-Raumschiff. Wally hat mir erklärt, dass sie ein sogenanntes Experimentalschiff war.«

»Was ist denn ein Experimentalschiff?«

»Das waren ganz besondere Schiffe. An ihnen wurden die neusten Errungenschaften der Wotan Feldzüge getestet. Also solche Technologien, die man von anderen Rassen erbeutet hatte.«

»Was heißt denn erbeutet?«

Jesus schaute Kat mit ernstem Blick an. »Wie du weißt, waren die Wotan ein sehr kriegerisches Volk. Sie haben so ziemlich mit jedem Krieg geführt. Wenn sie erst einmal ihre Feinde in die Knie gezwungen hatten, haben sie deren Planeten ausgebeutet. Die Wotan selbst waren keine begnadeten Techniker. Fast ihre ganze Technologie war geklaut. Ganz scharf waren sie auf Antriebe, Waffen, Schutzschilde und der gleichen mehr. Nur leider war die fremde Technologie nicht immer kompatibel mit der eigenen. Daher ist man dazu übergegangen, Experimentalschiffe zu bauen. Auf ihnen wurden die erbeuteten Technologien eingebaut, angepasst und getestet. Jedes dieser Schiffe war einzigartig. Viele der erbeuteten Techniken ließen sich nicht so leicht mit der Wotan-Technologie kombinieren. Immer wieder kam es dabei zu Unglücken mit den neuen Aggregaten. Es gab daher unzählige Sicherheitsprotokolle, damit es zu keinen weiteren Unglücken mehr kam. Wie mir Wally berichtete, gab es ein geheimes Planetensystem, in dem man diese neuen Techniken erforschte und der Wotan-Technologie anpasste. Dieses Planetensystem war so geheim, dass nicht einmal Wally über seinen genauen Standort Bescheid weiß. Nur sehr wenige im Wotan-Reich kannten überhaupt dessen genaue Position und wie man das System gefahrlos betreten konnte. Es gab sehr große Sicherheitsvorkehrungen, da hier alle Geheimnisse des Wotan-Reichs lagerten.

In den richtigen Händen hätte man damit nicht nur das Reich stürzen können.«

»Wie ich dich kenne, Jesus, denkst du nun, dass wir mithilfe des Schiffs Zugang zu diesem sagenhaften Planetensystem erhalten könnten?«

Jesus schaute Kat grinsend an. »So in etwa. Sicher gibt es dort Aufzeichnungen, wo und wie man das System finden und gefahrlos betreten kann. Aber das ist noch nicht alles, warum ich unbedingt dieses Schiff finden will.«

»Was denn noch?«

»Es sind die neuen Komponenten, die man in diesem Schiff verbaut hat. Wally machte nur sehr vage Andeutungen, was diese neue Technologie betraf, die man in der Singlariton Garr Go integriert hatte. Aber unter anderem soll sich dort eine Waffe befinden, mit der es möglich ist, eine kleine Bombe ohne Zeitverlust durch jeden bekannten Schutzschirm zu transferieren. Mit einem Zeitzünder kann man sie dann dort zur Explosion bringen. Sicherlich kannst du dir vorstellen, dass ich solch eine Waffe gerne besitzen würde.«

Kat nickte nachdenklich. »Das kann ich gut verstehen. Damit würdest du jede, noch so große Flotte der Basss problemlos vernichten können. Warum haben die Wotan diese Waffe nie zum Einsatz gebracht? Es gab bestimmt einen Haken dabei? Funktionierte sie nicht zuverlässig oder gab es andere schwerwiegende Probleme? Wenn das Ding funktioniert hätte, wären die Wotan vielleicht nie ausgestorben.«

Jesus schaute nachdenklich die Bilder an der Wand an. Sie zeigten Motive von der Erde und sein Herz zog sich unangenehm zusammen, als er an seine alte Heimat dachte. »Wenn ich das nur wüsste. Wally hat sich dazu nicht geäußert. Nur so viel, dass die Bomben nur über eine kurze Entfernung geschickt werden konnten. Wohl nur ein paar Kilometer. Man musste also sehr nahe an seinen Gegner herankommen. Dazu benötigte man entweder sehr starke Schutzschilde oder eine gute Strategie.«

»Woran denkst du dabei? Roboterschiffe oder so etwas Ähnliches?«

»Nein, laut Wally haben die Wotan mit einem neuen Schutzfeldgenerator experimentiert. Mit dessen Hilfe konnte man ein Schiff für Scans jeglicher Art quasi unsichtbar machen. Schiffe, die damit geschützt wurden, waren von keinem Gegner mehr aufspürbar. Das funktionierte aber nur mit sehr kleinen Schiffen und diese mussten auch noch den normalen Schirm deaktiviert lassen. In dieser Zeit waren sie völlig wehrlos und leichte Beute jeglicher Abwehrbatterien. Auf der Singlariton Garr Go wurde daher ein neuer verbesserter Schutzfeldgenerator getestet. Wie du schon vermutet hast, ist dieser Bombentyp nie zum Einsatz gekommen. Daher kann ich nur spekulieren, was damals wirklich passiert ist. Wenn wir das Schiff orten und ihm seine Geheimnisse entlocken könnten, dann kannst du dir vorstellen, was das für uns und die Menschheit bedeuten würde. Wir brauchten uns nicht mehr zu verstecken und könnten die Menschheit zu neuer Größe führen.«

»Das erklärt dein großes Interesse an dem Schiff, aber nicht wofür du die fünf Korvetten benötigst und warum du sie aufwendig umbauen lässt.«

Jesus sah Kat mit versteinertem Blick an. Seine Augen blieben kurz auf ihrer linken Hand hängen. Die Hand schimmerte nicht mehr metallen, sondern sah genau so aus wie ihre andere Hand. Kat bemerkte Jesus` Blick. Sie hob die Hand lächelnd. »Unsere Techniker haben mir eine neue Kunsthaut über die Hand gelegt. Sieht toll aus, nicht? Fast so wie meine echte Hand.«

Jesus nickte lächelnd. »Wenn ich es nicht wüsste, hätte ich keinen Unterschied bemerkt. Spürst du manchmal noch die Phantomschmerzen der abgetrennten Hand?«

»Nein, Jesus. Eigentlich vergesse ich meistens sogar, dass das nicht meine echte Hand ist. Ich kann mittlerweile sogar Gefühle mit ihr spüren.«

»Gefühle?«, erkundigte sich Jesus verwirrt.

»Ja, ich kann kleinste Berührungen spüren, wie einen feinen Luftzug oder der Kontakt mit einer Feder. Ist schon toll, was heute durch die Wotan-Technologie so alles möglich ist.«

»Ja, das ist wirklich erstaunlich. Wir haben in einigen Bereichen beträchtliche Fortschritte gemacht und stehen dennoch kurz vor unserer Vernichtung, wenn wir nicht höllisch aufpassen. Zu deiner Frage, das Signal kommt aus einer Region im All, an der wir mit Sicherheit mit der Präsenz von Basss-Schiffen rechnen müssen. Einfach dort hinfliegen und nach dem Schiff suchen, das würde nicht funktionieren, ohne die Basss auf uns aufmerksam zu machen. Von daher brauchen wir eine andere Strategie.«

»Okay und wie sieht die aus?«

»Wally hat mir Konstruktionspläne von Schiffen gegeben, die den Basss nicht verdächtig erscheinen sollten. Sie haben in etwa die Form und Größe von unseren Korvetten. Die Spezies, die diese Schiffe verwendet, lebt in unmittelbarer Nähe unseres Zielplaneten und die Korvetten lassen sich relativ leicht in diese Schiffe verwandeln. Schwieriger ist da schon, die Signaturen der Antriebe so zu verändern, dass die Basss keinen Verdacht schöpfen.«

Kat kratzte sich nachdenklich am Nacken. »Mit wie vielen Basss-Schiffen rechnest du?«

Jesus sah Kat grimmig an. »Mit ein bis zwei Schiffen und einem größeren Flottenverband ganz in der Nähe.«

Kat sah Jesus entsetzt an. »Dann, dann kannst du diesen Planeten nicht anfliegen. Das Risiko einer Entdeckung wäre viel zu groß. Schlag dir das Wotan Schiff aus dem Kopf.«

»Das geht leider nicht, Kat. Wally ist der festen Überzeugung, dass es auf dem Schiff Hinweise gibt, wo wir lebende Wotans finden können. Damit wären dessen Nachfahren quasi die legitimen Nachfolger der alten Wotan und Wally müsste ihnen die Station übergeben. Er muss sie, laut seinen Protokollen, finden und ihnen ihr Vermächtnis übergeben. Hätte ich mich geweigert, ihm zu helfen, hätte er ein Schiff mit einer Roboterbesatzung dorthin geschickt.«

»Ich verstehe. Was hast du vor? Willst du ihm die Koordinaten, falls wir sie finden, wirklich übergeben? Oder glaubst du, dass wir ihm das einfach verschweigen können?«

»Nein Kat, das glaube ich nicht. Wally würde sicher davon erfahren und sein Vertrauen in uns will ich auf keinen Fall gefährden. So einen Vertrauensbruch könnte er uns nicht verzeihen und ich möchte ihn auch nicht hintergehen. Ich mag die KI und ohne sie wären wir längst ausgestorben. Vergiss das nicht. Wir haben Wally viel mehr zu verdanken, als bloß unser Überleben. Ich würde ihn schon fast als Freund betrachten und Freunde hintergeht man nicht. Sicher werden wir uns, falls es so weit kommen sollte, mit den Wotan einigen müssen. Im Übrigen könnten lebende Wotans uns erklären, wie es sein kann, das wir einen Teil ihrer DNA in uns tragen.«

Kat spielte nachdenklich mit ihren Fingern. Sie stand auf und begann, unruhig im Raum auf und abzugehen. »Wie kann es denn überhaupt sein, dass es noch lebende Wotans auf irgendeinem Planeten geben soll?«

»Wally hat mir das so erklärt: Ein Ziel der Singlariton Garr Go war ein weit entferntes Planetensystem, dass die Wotan zu erobern und zu erforschen gedachten. Laut Wally sollen dort Wotans ausgesetzt worden sein. Die Singlariton Garr Go war auf dem Rückweg, als die Verbindung zu ihr abbrach. Somit nimmt Wally an, dass sie ihren ersten Auftrag zuvor erledigt hatte. Diese Wotan bzw. deren Nachfahren könnten also durchaus noch irgendwo in den Tiefen der Galaxie leben. Wally kannte leider nicht die Koordinaten des Sternensystems. Die müssten aber im Schiffscomputer gespeichert sein. Da das Schiff sich nun so plötzlich gemeldet hat und es sich um kein automatisches Notrufsignal gehandelt hat, kann es eigentlich nur von lebenden Wotans abgeschickt worden sein. Auf dem Schiff gab es einige Stase Kapseln. Vielleicht ist einer von ihnen aufgewacht oder geweckt worden. Das werden wir aber erst erfahren, wenn wir das Schiff gefunden haben.«

»Du vertraust Wally, das ist mir klar. Aber würdest du auch den Wotan vertrauen? Sie waren grausame Wesen, die sich an den Schmerzen ihrer Feinde ergötzten und die nur Leid und Tod über die Galaxie brachten. Wenn sie zurückkommen sollten, wäre das für die Bewohner der Galaxie eine Katastrophe ungeahnten Ausmaßes. Eigentlich sollten wir froh sein, dass sie verschwunden sind.«

»Sind sie das denn wirklich? Niemand weiß, warum sie so plötzlich verschwunden sind. Selbst Wally konnte uns darüber nichts Konkretes sagen. Ich denke aber, dass hinter ihrem Verschwinden ein noch größeres Geheimnis steckt, als wir bisher geglaubt haben.«

»Womit du mal wieder recht behalten könntest, Jesus. Ich werde also morgen zurückfliegen und versuchen, herauszufinden, warum Luna diese besondere Begabung besitzt. Wir werden die Siedlung so weit verkleinern, dass sie unter dem Schutzschirm verschwinden kann. Hoffen wir, dass das reicht, um von den Basss nicht entdeckt zu werden.«

»Das hoffe ich auch Kat, das hoffe ich auch«, flüsterte Jesus.

»Ich hätte nur noch eine Frage. In welchem Teil der Galaxie, bzw. von welchem Planeten ist das Signal des Schiffs eigentlich gekommen?«

Jesus blickte Kat mit ernstem Gesicht an. »Ob du es glaubst oder nicht, Kat. Das Signal kam von der Erde.«

7 - Flug zur Erde

Die Umbauten gingen schneller voran, als Jesus gehofft hatte. Die Techniker leisteten mithilfe der Wally Vorgaben ganze Arbeit. In einem rasanten Tempo verwandelten sich die Erden-Schiffe in etwas anderes.

Jesus überwachte konzentriert die einzelnen Bauphasen. Erste Versuche der umgebauten Triebwerke liefen an und ließen Jesus ein zufriedenes Grinsen auf die Lippen zaubern. Nicht mehr lange und sie konnten zur Erde aufbrechen. Mit Sicherheit würden die Basss das Heimatsystem der Menschen überwachen. Von früheren Besuchen wusste Jesus, dass mindestens zwei Basss-Schiffe das System beobachteten. Und bestimmt wartete ein Flottenverband in der Nähe auf seinen Einsatz.

Zwei Monate später war es endlich soweit. Die fünf Schiffe waren umgebaut und sahen nun Schiffen der Finn Gossa zum Verwechseln ähnlich. Die Finn Gossa waren, genau wie die Menschen, eine humanoide Spezies, die auf den ersten Blick einem Menschen sehr ähnlich sahen, wenn es auch gravierende Unterschiede gab, die einem erst beim genaueren Hinsehen auffielen. So hatten die Finn Gossa keinerlei Körperbehaarung und ihr Kopf war annähernd kreisrund wie ein Ball. Ihre schmalen Körper wogen nur fünfzig Kilogramm, bei einer Körpergröße von annähernd zwei Metern. Daher hatte man auf jedem Schiff zwei Personen, die dünnsten pro Schiff, in Finn Gossa verwandelt. So hoffte man, eventuelle Kontrolleure täuschen zu können.

Die Kentucky parkte im Hanger der Kairo, der eigens dafür vergrößert worden war. Die fünf Korvetten waren mit der besten Technik ausgestattet, die den Menschen zur Verfügung standen. Aber gegen ein Basss Kriegsschiff waren sie chancenlos. Einem Kampf war deshalb auf jeden Fall aus dem Weg zu gehen.

Die Mannschaften waren für die folgende Mission gebrieft und es konnte endlich losgehen. Die fünf Schiffe nahmen langsam Fahrt auf und verließen das kleine System. Ihr Ziel lag etwas außerhalb des Sonnensystems. Man hatte vor, sich nur langsam in das Sol-System vorzutasten. Noch wusste niemand, was sie dort genau erwartete.

Ein kleines Beiboot mit zwei Mann Besatzung wurde ausgeschleust und näherte sich vorsichtig dem Pluto.

Ununterbrochen suchten seine Scanner nach den Signalen versteckter Schiffe. Schnell wurden die Langstreckenscanner fündig. In der Nähe des Mars befand sich ein Schiff. Noch wusste niemand, um wem es sich dabei handelte. Die Strecke war zu weit, um mit Bestimmtheit sagen zu können, um wem es sich handelte. Näher ran traute man sich aber auch nicht, da die Gefahr einer Entdeckung viel zu groß war. Obwohl das Schiff sehr klein war, würde man es trotzdem sehr schnell orten. Auch wenn die Scanner der Basss längst nicht so gut waren wie die der Wotans. Jesus war froh gewesen, solche verbesserten Langstreckenscanner von Wally bekommen zu haben, wenn auch erst einmal nur für diese eine Mission.

Sechs Stunden später dockte das Schiff wieder an der Kairo an. Seine Daten wurden ausgewertet und tatsächlich schien sich nur ein feindliches Schiff im System zu befinden. Über dessen Größe und Herkunft konnten die Daten allerdings keine Auskunft geben. Jesus rief die vier anderen Kapitäne und die Wissenschaftler für ein neues Meeting auf die Kairo.

»Wie die Scans ergeben haben, befindet sich nur ein einziges Schiff im System. Da wir mit mindestens zwei gerechnet haben, könnten wir unsere Strategie neu überdenken. Ich bitte um Vorschläge.« Jesus sah die fünf Kapitäne und die Handvoll Wissenschaftler und Techniker herausfordernd an.

»Unser ursprünglicher Plan sah vor, dass wir mit allen Schiffen gleichzeitig in das System vordringen wollten. Ich halte das, angesichts eines einzigen Gegners, für überzogen«, teilte Nils Bohr den anderen seine Gedanken mit.

»Ich teile diese Ansicht. Es wäre bestimmt nicht das schlechteste, wenn wir uns noch einige Optionen offen halten«, sprang ihm Kapitän Lagerhol bei.

Alle nickten bestätigend und einige schienen sogar erleichtert aufzuatmen, dass sie sich mit ihren Schiffen nicht in unmittelbare Gefahr begeben mussten.

»Welches Schiff schlagen Sie vor?«, fragte Jesus die Anwesenden.

»Ich würde mit der Saigon zur Erde fliegen«, bot sich Kapitän Soon Lee Ying an. »Meine Crew ist erfahren und hat schon einige Kampferfahrungen sammeln können. Ich könnte die Lage checken und feststellen, wer dort auf uns wartet. Je nach Stand der Dinge können die anderen Schiffe uns dann folgen.«

»Die Idee ist nicht so schlecht. Nur würde ich Sie ungern alleine in das System schicken. Wenn es doch eine Falle sein sollte und sich noch irgendwo Schiffe versteckt halten, hätten sie alleine keine Chance gegen die Basss-Schiffe«, warf Jesus grübelnd ein.

»Was schlagen Sie also vor?«

»Ich würde mit zwei Schiffen zum Mars fliegen. Mit der Saigon und der Nizza. Zu zweit sind Ihre Chancen definitiv größer und die Finn Gossa fliegen selten alleine, von daher wäre es verdächtiger, wenn nur ein Schiff ins System fliegen würde.«

»Ist es denn gesichert, dass die Finn Gossa Plünderer und Piraten sind, die gerne wehrlose Schiffe aufbringen und alles von Wert plündern?«

»Laut Wally, ja. Auch wenn seine Daten schon etwas älter sind. Wir müssen ihm in dieser Sache einfach vertrauen. Eine andere Option haben wir sowieso nicht. Die Spezies ist viel zu unbedeutend und rückständig, als dass die Basss sie als Bedrohung ansehen würden. Sie könnten aber versuchen, sie zu vertreiben.«

»Was machen wir, wenn sie es versuchen sollten? Antworte ich dann mit Gewalt?«, fragte Kapitän Soon Lee.

»Auf keinen Fall! Gegen ein Basss Kriegsschiff haben wir nur mit der Kentucky eine reelle Chance und die möchte ich auf keinen Fall zum Einsatz bringen. Sie ist viel zu auffällig und würde nur noch mehr Basss-Schiffe hierher locken. Nein, Sie werden sich in so einem Fall sofort zurückziehen und wir werden einen anderen Weg zur Erde finden«, erklärte Jesus mit entschlossener Stimme.

***

Ein paar Stunden später sprangen die beiden Schiffe ins Sol-System. In der Nähe des Mars fielen sie aus dem Hyperraum und näherten sich ihm mit annähernder Lichtgeschwindigkeit. Sofort nach dem Austritt begannen die beiden Schiffe, ihre Umgebung zu scannen. Das fremde Schiff tauchte augenblicklich auf ihren Holo-Schirmen auf.

»Können Sie das Schiff schon einer Spezies zuordnen?«, rief Kapitän Soon Lee der Frau am Navigationspult zu.

»Einen Augenblick, Kapitän, der Computer durchsucht gerade die Datenbank«, rief sie geschäftig zurück. »Es ist ein Bass Schiff. Ein Aufklärungsschiff, nicht besonders groß, mit nur vier Mann Besatzung«, erklärte sie kurze Zeit später.

Kapitän Soon Lee nickte erleichtert. »Verbinden Sie mich mit der Nizza, höchste Abschirmung. Ich will nicht, dass uns jemand belauscht.«

Der Holo-Schirm wechselte sein Aussehen. Die Brücke der Nizza tauchte auf. Kapitän Hank Miller schob sich vor die Kameralinse. »Hallo Soon Lee!«, grüßte er mit einem kurzen Kopfnicken. »Wir haben das Schiff auch identifiziert. Es ist viel kleiner, als wir gedacht haben. Ich denke, damit würden wir spielend alleine fertig werden.«

»Ja sicher, aber du weißt, was Jesus befohlen hat? Wir sollen uns zurückhalten.«

»Ja, leider«, gab er zerknirscht zurück.

»Ich werde sie rufen. Mal sehen, wie sie reagieren.«

»Ja mach das mal, Soon Lee. Schauen wir, ob sie antworten. Ende Nizza.« Der Holo-Schirm wechselte erneut und zeigte ein Schiff, das neben dem roten Planeten winzig klein wirkte. Es hatte die Form einer Walze und schimmerte in einem dunkeln Grauton. Laut den Anzeigen erwachten auf ihm gerade die Energiemeiler zum Leben. Man hatte sie dort auch bemerkt und weckte das Schiff auf.

»Hier spricht das Finn Gossa Schiff, Kalypso. Ich rufe das unbekannte Basss-Schiff, in der Nähe des roten Planeten«, sprach Soon Lee Ying leise.

Soon Lee Ying wartete zwei Minuten, aber es gab keine Antwort. Verwundert blickte sie zur Navigation.

Die Frau hinter dem Pult schüttelte den Kopf. »Sie reagieren nicht auf unseren Funkspruch«, erklärte sie.

»Funken Sie sie noch einmal an. Meinetwegen in Dauerschleife.«

Einige Minuten geschah nichts. Das Basss-Schiff rührte sich nicht. Weder beantwortete es den Funkspruch, noch reagierte es in irgendeiner anderen Form. »Was machen wir jetzt?«, fragte eines der Crewmitglieder achselzuckend.

Soon Lee Ying blickte das Basss-Schiff grübelnd an. Dass sie gar nicht auf sie reagierten, damit hatte sie nicht gerechnet. Soon Lee biss sich auf die Unterlippe. Egal, was sie nun auch unternahm, es könnte ein Fehler sein oder auch nicht. Sie war der ranghöchste Offizier vor Ort und musste eine Entscheidung fällen. »Funken Sie der Nizza, dass wir Kurs auf die Erde nehmen. Lassen Sie das Basss-Schiff aber nicht aus den Augen. Ich will wissen, wenn es auf uns reagiert. Insbesondere will ich über jeglichen Funkkontakt Bescheid wissen«, erklärte sie kühl.

Die beiden Schiffe nahmen erneut Fahrt auf und steuerten auf die Erde zu. Nun kam plötzlich Leben in das Basss-Schiff. Das Schiff jagte mit voller Beschleunigung hinter den Erdenschiffen her. Sein Antrieb war dem der Erdenschiffe überlegen und es holte schnell auf. In wenigen Minuten würde es in Feuerreichweite kommen. Kapitän Soon Lee Ying schaute besorgt auf die Entfernungsanzeige. Immer noch antwortete das Basss-Schiff nicht auf ihre Funksprüche.

Die Schutzschirme der beiden Erdenschiffe wurden vorsichtshalber hochgefahren. Sie würden den Beschuss des Basss-Schiffs sicher standhalten.

Das Schiff kam den beiden Erdenschiffen immer näher. Trotz größtmöglicher Beschleunigung konnten sie dem Basss-Schiff nicht entkommen. Auf Funksprüche reagierten die Basss nicht, was also wollten sie? Grübelnd sah Soon Lee Ying auf den Holo-Schirm. Konnte die Funkanlage des Basss-Schiffs beschädigt sein? Antworteten sie deshalb nicht auf ihre Rufe? Soon Lee Ying wusste es nicht. Weglaufen entsprach so gar nicht ihrer Vorstellung von Kommunikation. Sie schaute auf die Anzeigen. Nur noch wenige Sekunden, bis das Basss-Schiff in Feuerreichweite kam.

»Ich brauche eine Verbindung zur Nizza!«, rief sie laut.

Sekunden später erschien das Gesicht von Kapitän Hank Miller auf dem Holo-Schirm. »Was sollen wir machen, Saigon?«

Soon Lee Ying lächelte verschmitzt. »Wie wäre es mit Kämpfen?«

Kapitän Millers Augen wurden groß. »Kämpfen? Ich dachte, genau das sollen wir um jeden Preis vermeiden?«, fragte er vorsichtig.

»Das ist richtig, Hank. Aber ich glaube, die Basss wollen gar nicht mit uns reden. Wir werden unsere Schiffe abbremsen und an folgender Position auf die

Basss warten. Mal sehen, wie sie darauf reagieren. Haltet aber auf jeden Fall die Schutzschilde oben und ladet zur Vorsicht die Waffenbänke.«

Hank Miller sah kurz zur Navigation. Der diensthabende Offizier nickte ihm kurz zu, als er die Daten der Saigon empfangen hatte. »Okay, wir werden das Schiff zur vereinbarten Position bringen.«

»Wie lange noch, bis wir den errechneten Punkt erreicht haben?«, fragte Soon Lee die Navigation.

»Noch zehn Sekunden«, rief die Frau zurück. Der Steuermann leitete das Bremsmanöver ein und das Schiff stoppte kurze Zeit später auf der errechneten Position. Der Antrieb wurde heruntergefahren und das Schiff schwebte bewegungslos im All. Das Basss-Schiff hatte ebenfalls gestoppt und schwebte nur fünftausend Meter von den beiden Erdenschiffen entfernt im All. Quälend langsam verstrichen die Sekunden, in denen nichts passierte. Niemand schien den ersten Schritt machen zu wollen. Die Anspannung auf der Brücke war zum Greifen nah. Die Finger des Waffenoffiziers lagen nahe der Abschussbutten der Läserbanken. Sollten die Basss auf sie schießen, konnte er sofort darauf antworten.

Die Spannung wurde unerträglich. Alle Brückenmitglieder sahen ihren Kapitän fragend an. Wie würde sie sich entscheiden?

»Da tut sich etwas!«, rief jemand laut. Die Energie auf dem Basss-Schiff schoß nach oben, als es unvermittelt beschleunigte und sich einige Laserstrahlen von ihm lösten. Sie schlugen Sekundenbruchteile später in die Schilde der beiden Schiffe ein. Die Schilde wurden kaum gefordert, als die Energie nutzlos an ihnen abprallte und zur Seite weggeleitet wurde.

»Feuer frei!«, rief Soon Lee Ying laut und schon schossen Laserstrahlen in Richtung des Basss-Schiffs. Auch die Nizza hatte begonnen zu feuern und durch den konzentrierten Beschuss der beiden Schiffe leuchtete der Schutzschirm des Basss-Schiffs hell auf. Sekunden später brach er zusammen und das Schiff verging in einem grellen Lichtblitz, als einer der Laser den Energiemeiler traf.

Fassungslos starrte Kapitän Soon Lee Ying auf den Holo-Schirm. Sie schüttelte unbewusst ihren Kopf. »Warum, warum haben sie das gemacht? Sie konnten sich doch denken, dass sie gegen uns keine Chance haben«, murmelte sie verstört.

Soon Lee Ying sah entsetzt zu, wie das Trümmerfeld des Basss-Schiffs langsam auseinanderdriftete. Der Tod der Besatzung tat ihr leid, da er völlig sinnlos gewesen war. Sie hätten nur mit ihnen reden müssen.

Plötzlich heulte der Alarm laut auf und die Brücke wurde in ein flackerndes rotes Licht gehüllt.

»Was ist los?«, rief sie überrascht.

»Soeben sind zwei Schiffe aus dem Mondschatten getreten und kommen mit großer Geschwindigkeit auf uns zu«, rief Kalista Flok von der Navigation hektisch.

»Auf den Schirm mit ihnen!«, rief Soon Lee Ying.

Der Holo-Schirm änderte seine Anzeige. Deutlich waren die beiden Schiffe zu sehen, die auf sie zurasten. Auch ohne Analyse wusste Soon Lee Ying, um welchen Schiffstyp es sich handelte. Das waren eindeutig zwei Basss Kriegsschiffe. Gegen diesen Gegner hatten sie keine Chance. Sie waren ihren zwei Korvetten in allen Belangen überlegen. Da die Erdenschiffe zurzeit bewegungslos im All schwebten, konnten sie ihrem Gegner nicht mehr entkommen. Bis sie auf Sprunggeschwindigkeit beschleunigt hatten, waren sie längst eingeholt. Kämpfen war auch keine wirkliche Option, da sie gegen die viel größeren Schiffe chancenlos waren.

»Kamera auf mich und öffnen Sie einen Kanal«, rief sie mit zitternder Stimme.

Kalista nickte kurz mit dem Kopf, als sie den Kanal geöffnet hatte.

»Hier spricht der Kapitän des Finn Gossa Schiffs. Ich rufe die beiden Basss-Schiffe.«

»Hier spricht Gass or Ta Ur, der Kommandant des Basss Flottenkreuzer Gorsta Tars. Sie haben vor Kurzem eines unserer Schiffe vernichtet. Das war ein kriegerischer Akt gegen das Basss Imperium. Senken Sie sofort Ihre Schilde und fahren Sie Ihre Waffen hinunter. Ein Enterkommando wird in Kürze auf Ihrem Schiff andocken. Sollten Sie meinen Anweisungen nicht augenblicklich Folge leisten, werden Sie vernichtet. Sie haben zwei Minuten Zeit. Eine erneute Warnung wird es nicht mehr geben.«

Der Holo-Schirm wurde dunkel und zeigte kurz darauf wieder die beiden Basss-Schiffe, die deutlich näher gekommen waren.

Soon Lee Ying schaute zur Seite. Die Crew lag auf ihren Lippen. »Hat der Computer das richtig übersetzt? Wir sollen uns ergeben und ein Enterkommando an Bord lassen? Wenn wir dem Folge leisten, fliegen wir sofort auf. Ich hatte gehofft, dass ein, zwei Basss unser Schiff inspizieren würden, aber ein Enterkommando, das können wir nicht täuschen.« Nervös kaute sie auf ihrer Unterlippe herum. »Kalista, hat der Computer mein Abbild auch wirklich in ein Finn Gossa verwandelt?«

»Ja, Kapitän.« Sie nahm einige Schaltungen vor und man sah Soon Lee Ying, wie sie als ein Finn Gossa mit dem Basss-Schiff sprach. Niemand hätte sie von einem echten Finn Gossa unterscheiden können. Der Computer hatte ihr menschliches Äußeres in einen perfekten Finn Gossa Klon verwandelt. Das Videomaterial würde man nicht von einem echten Finn Gossa unterscheiden können. Die Computer konnten heutzutage jeden in jedes oder etwas verwandeln, ohne dass man den Unterschied noch erkennen konnte. Von daher durfte man keinem Videomaterial trauen. Nur wenn die Basss erst einmal an Bord waren, dann konnte man sie nicht mit solch einem einfachen Taschenspielertrick aufs Glatteis führen. Videobilder konnten das Auge täuschen. Das wussten auch die Basss, von daher verwunderte es niemanden, dass sie an Bord kommen wollten. Ob sie Verdacht geschöpft hatten und nicht glaubten, es mit echten Finn Gossa zu tun zu haben? Egal, das war nicht wirklich von Bedeutung. Über die tatsächlichen Stärken und Schwächen der Finn Gossa Schiffe hatte Wally nur spekulieren können, da seine Datenbanken nicht auf dem neuesten Stand waren. Sicherlich konnte sich in einigen Jahrzehnten viel getan haben. Die Finn Gossa könnten durch den Einfluss von anderen Spezies einen technologischen Sprung gemacht haben oder ein Bürgerkrieg könnte sie in ihrer Entwicklung zurückgeworfen haben. Das vorauszusagen war fast unmöglich. Auch für eine so hoch entwickelte KI, wie es Wally war.

»Kapitän Miller möchte mit uns sprechen, auf einem abhörsicheren Kanal«, rief Kalista Soon Lee Ying zu.

»Hallo Hank. Sollen wir uns ergeben? Wenn sie uns entern, wird unsere Mission auffliegen.«

»Ich weiß, Soon Lee. Was wären unsere Optionen? Kämpfen bis zum bitteren Ende oder doch lieber versuchen zu fliehen?«

Soon Lee Ying dachte angestrengt nach. Sie würde sich zu jeder Zeit opfern, wenn es der Sache dienlich war. Trotzdem hing sie an ihrem Leben und wenn es auch nur die geringste Chance gab, dieses Treffen zu überleben, so wollte sie es wenigstens versuchen. Schon allein wegen ihrer Crew, für die sie sich verantwortlich fühlte.

»Senkt die Schutzschilde und fahrt die Waffenbänke herunter. Kämpfen wäre ein sinnloser Tod und fliehen können wir auch nicht.«

»Aber, aber dann fliegen wir auf. Das geht nicht, Soon Lee.«

»Wir müssen es tun, Hank. Denk` an deine Mannschaft. Wenn wir die Basss nicht täuschen können, dass wir echte Finn Gossa sind, können wir uns immer noch selbst zerstören. Solange es noch einen Ausweg gibt, sei er auch noch so klein, sollten wir nicht einfach aufgeben, Hank«, erklärte sie mit krächzender Stimme.

Hank nickte kurz mit dem Kopf. »Gut, Soon Lee, du hast das Kommando«, er beendete das Gespräch und die Nizza senkte ihre Schilde und fuhr die Waffenbänke herunter.

Kaum waren die Schilde unten, als eines der Basss-Schiffe das Feuer auf die Nizza eröffnete und sie durch mehrere Treffer in einem grellen Lichtblitz verging. Die Saigon befand sich so nahe, dass sie von der Explosionsdruckwelle erfasst wurde. Das Schiff wurde wild durchgeschüttelt und nur der glückliche Umstand, dass sie ihre Schilde noch nicht gesenkt hatten, bewahrte sie vor der Vernichtung. So überstanden sie das Inferno aus Hitze und glühenden Trümmerteilen.

Soon Lee Ying war zu Boden gestürzt. Mühsam zog sie sich an ihrem Pult hoch. Blut lief aus einer Kopfwunde in ihre Augen. Fassungslos starrte Soon Lee auf den Holo-Schirm. Von der Nizza war nicht viel mehr als ein Trümmerfeld übrig geblieben, das langsam auseinander schwebte. Sie blickte sich erschüttert um. Das Licht war ausgefallen und wurde von der schwachen Notbeleuchtung abgelöst. Eine der Serverbänke war durchgebrannt und vom automatischen Löschprogramm gelöscht worden. Dennoch waberte beißender Qualm durch die Brücke und reizte ihre Atemwege. Zwei Crewmitglieder lagen auf dem Boden und rührten sich nicht. Andere standen gerade wieder auf oder krümmten sich stöhnend auf dem Boden. Ein heftiger Hustenanfall schüttelte Soon Lee Yings Körper durch. Gedankenverloren wischte sie sich mit dem Handrücken das Blut aus den Augen und ließ sich schwerfällig in ihren Sessel fallen. »Computer, Statusbericht!«, rief sie schwerfällig.

»Das Schiff ist leicht beschädigt. Es gibt auf zwei Decks Hüllenbrüche und die Energieversorgung läuft zurzeit auf einem Notprogramm. Der Schutzschild ist bis auf zehn Prozent gesunken und der Antrieb wurde aus Sicherheitsgründen heruntergefahren«, schnarrte es gefühllos aus den Boxen.

Soon Lee Ying ließ mit bleichem Gesicht ihren Blick über die Brücke schweifen. Sah so ihr Ende aus? Einen Beschuss der Basss-Schiffe würden sie nicht überstehen. Schon jetzt hatten sie einige Verletzte und vielleicht sogar Tote auf dem noch existierenden Schiff zu beklagen. Warum hatten die Basss sie direkt angegriffen? Ob sie nun ihren Trick durchschaut hatten oder sie einen anderen Fehler begannen hatten, war letztlich auch egal. Die Basss waren wohl nicht daran interessiert, ihre wahre Herkunft herauszufinden. Ein hohles Geräusch schreckte sie aus ihrer Lethargie. Soon Lee Ying wusste sofort, was das zu bedeuten hatte. Sie wurden gerade geentert. Ein Basss Enterschiff hatte an die Saigon angedockt und in wenigen Minuten würden Basss Soldaten in das Schiff stürmen. Das war ihr Ende und das Ende von Jesus` tollem Plan.

***

Gebannt wartete Soon Lee Ying auf das Eintreffen der Basss Soldaten. Zäh vergingen die Minuten, in denen nichts passierte. Sie lauschte angestrengt, konnte aber keine weiteren Geräusche vernehmen. Wo blieben die Basss? So lange konnte es doch nicht dauern, sich durch die Hülle der Saigon zu brennen.

Ein lautes Geräusch mit dem gleichzeitigen Schütteln der Saigon ließ die Crew erschrocken zu ihrem Kapitän schauen.

»Was passiert dort draußen?«, rief Soon Lee Ying mit zitternder Stimme in Richtung der Navigation. Kalista Flock warf ihrem Kapitän einen entschuldigenden Blick zu. »Ich habe keine Ahnung«, hauchte sie. »Ich bin genauso blind wie der Rest der Crew. Alle Anzeigen sind ausgefallen.«

»Dann sorgen Sie dafür, dass wir wieder etwas sehen.«

»Leider weiß ich nicht, was ich machen könnte, um das zu ändern. Alle Systeme sind tot und ohne eine größere Reparatur werden sie wohl auch nicht mehr laufen. Die einzige Möglichkeit, um sehen zu können, was dort draußen vor sich geht, wäre das Observatorium auf dem Oberdeck«, erklärte sie resignierend.

Soon Lee Ying schlug sich gegen den Kopf. Das Observatorium, warum war sie nicht selber darauf gekommen? Es war der einzige Ort auf dem Schiff, von dem man nach draußen schauen konnte. Es gab ein großes, kuppelartiges Fenster, das einzige auf dem gesamten Schiff. Soon Lee sprang auf und alle auf der Brücke, die nicht verletzt waren, folgten ihr. Sie stürmten durch das Schiff. Das Observatorium befand sich auf dem Oberdeck, direkt an der Außenhaut des Schiffs. Von hier hatte man einen perfekten Blick nach draußen, wenn das Panzerplast-Fenster nicht zerstört worden war. Zum Glück ließen sich die einzelnen Schotts öffnen. Sie wurden noch mit Energie versorgt, damit man sich im Schiff auch noch bewegen konnte, wenn die Energie knapp wurde, wie in diesem Fall. Vor dem letzten Schott legte Soon Lee vorsichtig ihre Finger auf das Schott. Es fühlte sich weder warm noch besonders kalt an. Zwar war es kein endgültiger Beweis, dass die Scheibe nicht beschädigt war, aber eine andere Möglichkeit gab es nicht, um das festzustellen. Sie atmete noch einmal tief ein und aus und betätigte dann den Öffnungsmechanismus. Mit einem leisen Zischen fuhren die Türen auseinander. Vor ihr breitete sich ein völlig verwüstetes Labor aus. Geräte, die nicht fest verankert gewesen waren, lagen wild verstreut auf dem Boden. Es herrschte ein völliges Chaos, wie man es sich nicht schlimmer hätte vorstellen können. Die Notbeleuchtung ließ einen nur das nötigste erkennen, aber das alles sahen die fünf Menschen nicht. Sie starrten nur auf das halbrunde Panoramafenster. Draußen lagen die zwei Basss-Schiffe in einem Feuergefecht mit einem dritten Schiff. Abwechselnd zuckten Laserblitze auf und erhellten das ansonsten Dunkle des Alls. Mit offenen Mündern sahen die Menschen nach draußen, unfähig zu begreifen, was sich gerade dort abspielte. Soon Lee Ying war die Erste, die erkannte, wer da gerade mit den beiden Basss-Schiffen im Klinsch lag. Ein verschlagenes Lächeln huschte über ihr Gesicht und sie ballte unbewusst ihre Hände zu Fäusten. Ihr wurde schlagartig klar, dass ihr Leben eine zweite Chance bekommen hatte.

***

Jesus analysierte grübelnd die spärlichen Daten, die sie aus dem Sol-System empfangen hatten. So hatten sie die Zerstörung des Basss-Schiffs mitbekommen und nun überlegte Jesus fieberhaft, warum man es zerstört hatte. Genau dieses Szenario sollte doch unbedingt vermieden werden. Kurz darauf entdeckten die Langstreckensensoren die beiden Basss Kriegsschiffe. Jesus war sofort klar, dass er etwas unternehmen musste. Mit zwei großen Kriegsschiffen konnten es die beiden Korvetten niemals aufnehmen. Schweren Herzens entschloss er sich, in das Geschehen einzugreifen. Er ließ die Kentucky ausschleusen und befand sich kurz darauf mit ihr im Hyperraum. So entging ihm die Vernichtung der Nizza, da der Scanner im Hyperraum nicht funktionierte. Als das kleine Schiff aus dem Hyperraum fiel, verschaffte man sich schnell einen Überblick. Die Sensoren registrierten die Trümmerwolke der Nizza und auf dem Holo-Schirm konnten sie das Andocken des Enterschiffs beobachten. Jesus` Gehirn schaltete in den Kampfmodus. Er analysierte in Sekunden das Geschehen und ein erster Plan entstand in seinem Kopf. Er ließ die Kentucky in einem spitzen Winkel auf die Saigon zuschießen. Nils Urkato, einer der zwei neuen im Team der Kentucky, der sich als brauchbarer Waffenoffizier entpuppt hatte, schoss mit einem gezielten Laserschuss auf das Enterschiff von der Saigon. Damit rückte die Kentucky in den Fokus der beiden Basss-Schiffe. Wie in ihren Angriffsplänen vorgesehen, versuchten sie, das kleine Schiff in die Zange zu nehmen. Anscheinend hatten sie die Kentucky noch nicht erkannt. Für sie war es nur ein kleiner, lästiger Gegner, den sie im Vorbeigehen ausschalten wollten. Anders war ihr Verhalten nicht zu erklären. Die beiden Schiffe hatten sich getrennt und versuchten, die Kentucky von rechts und links anzugreifen. Jesus lächelte kalt, als er Nils die Freigabe für den Xeno-Werfer erteilte. Er ließ Klaus auf das linke Schiff zusteuern. Dazu wählte er einen direkten Kollisionskurs, der sie auf das Basss-Schiff zurasen ließ. Das verwirrte die Crew des Basss-Schiffs. Ehe sie rechtzeitig reagieren konnten und ihre Schilde auf Maximum hochgefahren hatten, feuerte Nils den Xeno-Werfer ab. Das Schiff hatte mit seinen schwachen Schirmen keine Chance und zerplatze in einem hellen Feuerball, durch den die Kentucky Sekunden später schoss und eine glühende Spur verdampfender Teilchen hinter sich herzog. Das andere Basss-Schiff reagierte blitzschnell. Es fuhr seine Schilde auf Maximum und jagte der Kentucky hinterher. Dabei feuerte es wild mit allen Waffen auf das kleine Schiff. Klaus zwang die Kentucky in einige wahnwitzige Flugmanöver. Für einen stillen Beobachter musste es so aussehen, als ob das Schiff Haken schlug wie ein Hase. Immer wieder schossen die Laserstrahlen nur knapp an ihnen vorbei. Der Steuerungscomputer des Basss-Schiffs lieferte eine vorzügliche Arbeit. Jedes noch so wahnwitzige Flugmanöver von Klaus glich der Computer in Sekundenbruchteilen aus. Jesus war sich aber sicher, dass kein Computer das Schiff so fliegen könnte. Klaus` Flugbahn war unberechenbar und der Basss Computer konnte nur reagieren, nicht agieren. Hätte die Kentucky ein Computer gesteuert, wäre sie wohl schon mehrfach zerstört worden. Trotz der hervorragenden Flugkünste von Klaus, konnte auch er nicht verhindern, dass sie getroffen wurden. Schnell sank das Energieniveau auf unter fünfzig Prozent.

»Jesus, wenn das so weiter geht, dauert es nicht mehr lange, bis der Schirm zusammen bricht!«, rief Susie sichtlich nervös.

»Ich weiß«, quetschte Jesus mühsam hervor. Seine Gedanken überschlugen sich. Er analysierte, kombinierte und verwarf einen Gedanken nach dem anderen. Egal, was sie auch unternahmen, immer endete es mit ihrer Vernichtung. Sollten sie sich in den Hyperraum retten, wäre die Saigon ein leichtes Opfer für die Basss. Sollten sie weiter versuchen, dem Schiff zu entkommen, war es nur eine Frage der Zeit, bis sie vernichtet wurden. Einen Ausweg sah Jesus nicht. Es musste aber einen geben, es gab immer einen.

»Wie lange noch, bis unsere Schiffe hier auftauchen?«, rief er angespannt.

»Etwa zwanzig Minuten. So lange halten wir aber niemals durch!«, stieß Susie zerknirscht hervor. Ein erneuter Treffer senkte die Energie der Schilde auf unter vierzig Prozent. Jesus biss sich auf die Unterlippe. In spätestens fünf Minuten würde sie einer der zahlreichen Treffer vernichten. Länger würden sie dem Basss-Schiff kaum entkommen können. Nils sah unruhig zu Jesus hinüber. Er schoss das eine oder andere Mal mit den Laserbänken auf das Basss-Schiff, die aber keinen nennenswerten Schaden anrichteten. Den Xeno-Werfer konnte er nicht einsetzen. Dazu müsste das Schiff in einer ruhigeren Bahn fliegen, damit er das fremde Schiff anvisieren konnte. Die Flugkurven, die Klaus flog, waren aber so unvorhersehbar, dass Nils höchstens einen Zufallstreffer landen könnte. Dafür waren die Xeno Bomben zu wertvoll und sie hatten auch nur noch vier an Bord. Ihre einzige Rettung waren die drei Korvetten. Mit ihrer Hilfe könnten sie vielleicht das Basss-Schiff so lange beschäftigen, bis Nils den Xeno-Werfer vernünftig einsetzen konnte. Nur würden die Schiffe nicht vor zwanzig Minuten hier eintreffen. So viel Zeit hatten sie aber nicht mehr. Jesus war auch nicht bereit, die Saigon zu opfern. Es war schon schlimm genug, dass man die Nizza verloren hatte. Zu mehr Opfern war Jesus noch nicht bereit.

Ein erneuter Treffer versetzte die Kentucky in Schwingungen. Das Energielevel fiel auf unter dreißig Prozent. Viel mehr Treffer würde das kleine Schiff nicht schlucken können. Zwar war seine Technik von den Xelanern oder von wem auch immer verbessert worden, aber ein Basss Kriegsschiff war auch für sie ein ernst zu nehmender Gegner.

»Susie, können wir uns irgendwo verstecken?«

»Du meinst ein Meteor oder ein Nebel?«

»Ja, ich dachte an so etwas. Liegt so etwas in unserer Flugbahn?«

»Im Umkreis von mehreren Lichtstunden ist nichts dergleichen zu finden. Du musst dir etwas anderes ausdenken, aber möglichst in den nächsten ein bis zwei Minuten«, rief sie mit zitternder Stimme.

Mit leerem Blick starrte Jesus auf den Holo-Schirm. Übergroß war dort das Basss-Schiff zu sehen, das raubtiergleich hinter der Kentucky herjagte. Seine gedrungene, nach vorne spitz zulaufende Form erinnerte ihn an einen jagenden Raubvogel. Und das war es wohl auch, ein unbarmherziger Jäger, der niemals von der Kentucky ablassen würde, bis er sie vernichtet hatte.

»Jesus!«, rief Nils aufgeregt. »Kann Klaus das Schiff nicht für einen Augenblick ruhig halten? Dann kann ich es bestimmt mit dem Xeno-Werfer treffen.«

Jesus sah in das entsetzte Gesicht von Susie, die sofort den Kopf schüttelte.

»Wir dürfen zu keinem Augenblick unsere unkontrollierte Flugbahn verlassen. Das würde der Basss Computer sofort ausnutzen und seine Laserbänke würden uns mit voller Wucht treffen. Unser Schutzschirm würde augenblicklich zusammenbrechen und den Rest kannst du dir ja denken.«

»Ich könnte eine Kurve fliegen und den Kurs direkt auf das Basss-Schiff halten. Wenn Nils schnell genug reagiert, könnte das vielleicht klappen und ...« Jesus unterbrach Klaus mit einem ernsten Blick. »Nein, das ist viel zu gefährlich. Susie, wie lange brauchen wir, bis wir in den Hyperraum springen können?«

Ehe sie antworten konnte, wurden sie erneut getroffen. »Zu lange«, antwortete sie knapp angebunden. Jesus` Optionen schwanden. Eigentlich gab es gar keine Optionen mehr. Sie waren verloren und mit ihnen vielleicht die ganze Menschheit.

8 - Spurensuche

Sorgenvoll wühlte sie sich durch die Datensätze des Computers. Noch immer wusste Kat nicht, wer Lunas Vater sein könnte. Er musste auf der New World gelebt haben, so viel wusste sie bereits und er war mit Sicherheit ein Mensch. Das waren aber auch schon alle Informationen, die sie hatte. Kat setzte alle Hebel in Bewegung, um herauszufinden, mit wem Kira in den letzten sieben Jahren in Kontakt gekommen sein könnte. Das waren in den Jahren sicherlich einige tausend Menschen gewesen. Kat hatte die Frauen, Kinder und zu junge und zu alte Männer gestrichen, es blieben aber immer noch einige hundert Personen übrig, die für Lunas Vater infrage kamen. Lunas besondere Fähigkeiten ließen darauf schließen, dass ihr Vater diese DNA-Veränderung zu einem Teil in sich trug. Ob bewusst oder unbewusst, blieb ein Rätsel, das Kat auch mit Wallys Hilfe nicht lösen konnte. Zwar gab es von jeder menschlichen Person, die jemals auf der New World gelebt hatte, einen DNA-Abgleich, aber das hatte ihr auch nicht weiter geholfen. Eine einhundert prozentige Übereinstimmung konnte sie nicht finden.

»Wally, ich konnte bisher keine Übereinstimmung in den DNA-Verzeichnissen finden. Was könnte das bedeuten?«

»Das ist einfach, der Vater von Luna befand sich nicht unter den Menschen der New World.«

»Aber, aber das ist unmöglich. Es gibt im ganzen Universum keine weiteren Menschen und wir wissen zu einhundert Prozent, dass Lunas Vater ein Mensch sein muss.«

»Das ist richtig, aber die Daten sprechen in dieser Hinsicht eine eindeutige Sprache. Lunas Vater befand sich nicht unter den Menschen auf der New World oder wir haben seine DNA nicht gespeichert.«

»Das kann aber nicht sein. Es gibt von jeden Menschen, der die New World betreten hat, ein DNA-Profil im Computer.«

»Von diesem wohl nicht, Kat. Sonst wüssten wir längst, wer Lunas Vater ist. Wir sollten vielleicht die Sache etwas anders angehen.«

Kat sah verwundert auf ihr Comband. »Wie meinst du das, Wally?«

»Wenn wir seine DNA nicht gespeichert haben, kann es nur zwei mögliche Alternativen geben.«

»Und die wären?«

»Lunas Vater hat seine DNA nicht abgegeben oder er war nie auf der New World.«

Kats Gedanken überschlugen sich. Wally hatte recht. Sie musste Lunas Vater nicht auf der New World suchen. Jeder, der die New World auch nur betreten hatte, musste seine DNA abgeben. Da gab es keine Ausnahmen, wie Kat wusste. Da war sie sich sicher, niemand hätte sich der Untersuchung entziehen können. Von daher musste Kat Lunas Vater irgendwo anders suchen. Es gab nur sehr wenige Menschen, die nicht auf der New World registriert worden waren, eigentlich fast keine. Leider machte ihr diese Erkenntnis das Leben nicht wirklich leichter. Eine brauchbare Idee, wie sie die Suche ausweiten konnte, hatte sie nicht. Kat wusste, dass das einer Suche nach der sprichwörtlichen Nadel im Heuhaufen gleich kam.

Wenigstens die anderen Projekte liefen reibungslos. Man hatte das Wrack des Tauronen-Schiffs auf den Jupiter geschafft und alles dafür getan, dass es wie ein normaler Absturz wirkte. Wally hatte ihnen dabei wertvolle Hilfe geleistet und man war sich sicher, dass niemand ihre Täuschung erkennen würde.

Die Siedlung war soweit zurückgebaut worden, dass sie in den fünf Kilometer Radius passte. Gerade waren die Roboter von Wally damit beschäftigt, die letzten Behausungen in der Tiefe des Planeten fertigzustellen. In circa einer Woche sollte es endlich soweit sein. Die Menschen konnten die engen Schiffe verlassen und auf den Planeten zurückkehren. Spezielle Hydrofarmen würden für die nötige Versorgung mit Lebensmitteln sorgen. Wasseraufbereitungsanlagen für das benötigte Trinkwasser. Es würde eng werden, aber sie konnten zumindest überleben und waren vor einer unabsichtlichen Entdeckung geschützt. Mehr ließ sich in der Kürze der Zeit nicht realisieren. Hoffentlich konnte Jesus seine Mission erfolgreich abschließen und sie konnten sich bald wieder frei in der Milchstraße bewegen.

Blieb nur noch die Suche nach Lunas Vater, die Kat Kopfschmerzen bereitete. Bisher hatte sie noch keinen Menschen finden können, der nicht auf der New World registriert worden war. Irgendwann in den letzten Jahren war schließlich jeder einmal auf der New World zu Besuch gewesen. Kat ließ sich von allen Schiffen die Daten der Besatzungen kommen und glich sie mit denen der New World Daten ab. Es gab insgesamt nur fünf Schiffe, die nie mit der New World in Kontakt gekommen waren. Davon waren zwei vor mehr als sechs Jahren zerstört worden und eines hatte nachweislich nie Kontakt mit der Truppe von Kira gehabt. Folglich konnte dort auch nicht Lunas Vater leben. Blieben noch zwei Schiffe übrig, die mit Kiras Truppe Kontakt gehabt hatten und deren Besatzung nicht auf der New World registriert worden waren. Kat überflog zum hundertsten Mal die Besatzungslisten. An Bord der beiden Schiffe kamen 34 Männer als Vater von Luna infrage. Sollte er sich nicht unter ihnen befinden, dann wusste Kat nicht mehr weiter. Sie hatte alle anderen Möglichkeiten ausgeschöpft. Das war ihre letzte Chance, den Vater von Luna identifizieren zu können. Ansonsten musste sie sich geschlagen geben. Nur hasste Kat nichts mehr als zu verlieren und es fühlte sich schon jetzt wie eine Niederlage an.

Eine ungewisse Nervosität hatte von Kat Besitz ergriffen. Die ersten Schiffe waren im System angekommen und die Menschen begannen damit, ihre neuen Quartiere zu beziehen. Alles lief ruhig und professionell ab. Dennoch war Eile geboten, da ein einfliegendes Basss-Schiff die Erdenschiffe sofort entdecken würde. Ein Verstecken wäre dann nicht mehr möglich. Kat hatte sich dazu entschlossen, die Schiffe, sobald sie die Menschen abgesetzt hatten, in einem benachbarten System zu verstecken. Dort gab es außer einen großen Gasriesen keine weiteren Planeten. Die kleine Sonne hatte ihren Zenit schon lange überschritten und würde in den nächsten hunderttausend Jahren zu einer Supernova werden. In diesem System würde man sie sicher nicht suchen, da war sich Kat sicher. Im Orbit des Gasriesen würde man die Erdenschiffe nur schwer orten können. Dort sollten sie mit einer minimalen Besatzung warten, bis man sie wieder brauchte.

 Kat kontrollierte noch einmal die vorliegenden Daten. Die beiden Schiffe, auf denen sie Lunas Vater vermutete, sollten in einem gesonderten Bereich des Landefelds für eine spezielle Untersuchung warten. Kat hatte vor, die Besatzung selber zu befragen. Wenn jemand von der Besatzung Lunas Vater war, dann wusste er vielleicht gar nicht, dass er Vater eines kleinen Mädchens war.

 Als ihr Comband zu vibrieren begann, rief sie sofort die Daten auf. Die Computerseiten bauten sich vor ihrem inneren Auge auf. Kat konnte sie lesen, als ob sie auf einen Holo-Schirm blicken würde. Sie war immer wieder aufs Neue von dieser besonderen Technik fasziniert. Trotz größter Bemühungen konnten die meisten Menschen diese Technik leider immer noch nicht benutzen. Dazu benötigte man eine besondere DNA-Sequenz, die nur wenige von ihnen besaßen.

Die Hessen, eines der beiden Schiffe, landete gerade und Kat machte sich sofort auf den Weg zum Landefeld. Kat hoffte, dass sie in ein paar Stunden wusste, wer Lunas Vater war und warum das Mädchen diese besonderen Fähigkeiten besaß.

War Kat noch mit viel Enthusiasmus zur Hessen aufgebrochen, so war dieser schnell verflogen. Niemand auf dem Schiff hatte Kira gut genug gekannt, um Lunas Vater sein zu können. Ein schnell durchgeführter DNA-Abgleich bestätigte ihr, dass Lunas Vater nicht unter der Besatzung der Hessen zu finden war. Auf der Oslo, dem zweiten Schiff, erwartete sie das gleiche Ergebnis. Lunas Vater gehörte auch dort nicht zur Besatzung und seine Herkunft blieb weiter nebulös.

Kat hatte sich mit vielen unterhalten und sogar eine offizielle Suchanfrage gestellt. Niemand wusste oder konnte ihr helfen, Lunas Vater ausfindig zu machen. Somit befand sich Kat wieder am Anfang ihrer Suche. Weitere Anhaltspunkte gab es keine und selbst Wally, die KI der Wotan, konnte ihr bei der Suche nicht weiterhelfen. So langsam musste Kat sich eingestehen, dass sie Lunas Vater nicht finden konnte.

9 - Erkenntnis

Jesus wusste, wann er verloren hatte. Sie konnten dem Basss-Schiff nicht mehr entkommen. In den nächsten Minuten würden sie von einem Laserstrahl getroffen werden und ohne Schutzschild würden sie das nicht überleben. Mit belegter Stimme wandte er sich an seine Mannschaft. »Es war mir eine Ehre, mit jedem Einzelnen von euch gedient zu haben. Dass es so endet, ist bitter, aber wenn einen das Schicksal ereilt, dann sollte man es mit Fassung tragen.« Niemand auf der Brücke antwortete seinem Kapitän. Alle hofften insgeheim, dass er gleich eine seiner genialen Ideen aus dem Hut zauberte und sie alle retten würde. Aber ein Blick in sein Gesicht zeigte ihnen, dass er längst aufgegeben hatte. Diesmal gab es wohl keinen Ausweg mehr. Sie waren verloren, die Menschheit war verloren.

***

Jesus schaute mit leerem Blick auf den Holo-Schirm. Das Energielevel der Schilde war mittlerweile unter zehn Prozent gesunken und bei einem weiteren Treffer würde der Schirm komplett zusammenbrechen und sie waren weiteren Laserstrahlen der Basss schutzlos ausgeliefert.

Jesus zog seine Stirn kraus. Er lehnte sich nervös nach vorne und betrachtete das fremde Schiff eindringlich. »Susie, kannst du mir den rechten Ausschnitt des Schiffs dort oben an der kugelförmigen Ausbuchtung vergrößern?«, krächzte er aufgeregt.

Susie reagierte sofort und vergrößerte den entsprechenden Ausschnitt.

»Was ist dir aufgefallen?«, fragte ihn Klaus mit zitternder Stimme, während er mit der linken Hand einige Schweißtropfen von seiner Stirn wischte.

»Ich bin mir nicht sicher. Nils, siehst du die schmale Antenne, die aus der Kugel stößt?«

»Ja, was ist mit ihr?«, fragte er verwundert.

»Sie ist sehr lang und ich glaube, sie ragt ein Stück aus dem Schutzschirm heraus. Könntest du sie mit einem EMP-Puls treffen?«

»Ich, ich weiß nicht. Die Antenne ist schon sehr dünn und ich kann sie noch nicht einmal in Ruhe anvisieren. Da bräuchte ich schon sehr viel Glück, um sie zu treffen«, murmelte Nils.

Jesus strich sich mit den Fingern über die Augen. »Und wenn wir eine EMP-Bombe verwenden würden? Was glaubt ihr: würde die Ladung ausreichen, um das Schiff lahmzulegen?«

Die Crew schaute Jesus verzweifelt an. »Was soll eine EMP denn bewirken?«, erkundigte sich Susie skeptisch.

»Es könnte die Möglichkeit bestehen, dass der EMP-Impuls über die Antenne in das Schiff zieht. Das könnte die Elektronik des Schiffs zusammenbrechen lassen.«

Nils sah seinen Kapitän mit schief gelegtem Kopf an. »Glaubst du nicht, dass die Basss sich gegen solch ein Szenario abgesichert haben? Gerade Schutzschilde sind doch so konzipiert worden, dass sie einen EMP-Impuls problemlos neutralisieren können.«

»Normalerweise würde ich dir recht geben, Nils. Kein Raumschiff sollte sich durch eine einfache EMP-Bombe lahmlegen lassen. Aber diese seltsame Antenne, dessen Zweck sich mir nicht erschließt, scheint nachträglich installiert worden zu sein. Ich habe so etwas noch auf keinem Basss-Schiff gesehen. Mein Bauchgefühl sagt mir, dass wir es zumindest versuchen sollten. Auch, weil ich keine Alternative sehe. Wenn uns nicht schnellstens etwas einfällt, sind wir spätestens in fünf Minuten Geschichte.«

Auf der Brücke wurde es schlagartig ruhig. Jeder wusste, dass Jesus recht hatte. Niemand von ihnen hatte eine andere, bessere Idee und auf das Bauchgefühl ihres Kapitäns war meistens Verlass.

»Susie, haben wir dieses Basss-Schiffsmodell in unseren Datenbanken?«, erkundigte sich Jesus, ohne den Kopf zu heben.

»Ich glaube schon. Warte, ich sehe schnell nach.« Susies Finger hasteten über ihr Datenpad und schon erschienen die Baupläne des Basss-Kriegsschiffs auf dem Holo-Schirm. Sie vergrößerte die entsprechende Stelle. Von der kugelförmigen Ausbuchtung und der Antenne war auf den Bauplänen nichts zu sehen.

»Habe ich es doch gewusst!«, murmelte Jesus erleichtert. »Nils, starte eine EMP-Bombe. Wir werden sie per Hand zünden müssen. Mein Plan kann nur gelingen, wenn die Bombe nahe genug am Schiff explodiert. Susie, übermittle den Basss, dass wir uns ergeben. Klaus, voller Stopp in drei, zwei eins, jetzt!«, er brüllte die letzten Worte und starrte gebannt auf den Holo-Schirm.

Die Kentucky bremste ihren Flug rapide ab und senkte ihre sowieso nutzlos gewordenen Schutzschilde. Klaus fuhr die Waffenbänke herunter. Die Kentucky war dem Basss-Schiff schutzlos ausgeliefert. Alle starrten gebannt wie das Kaninchen auf die Schlange. Wie würden die Basss reagieren? Mit einem einzigen Laserschuss konnten sie die Kentucky nun vernichten. Und niemand konnte sagen, ob der Kapitän der Basss nicht zuerst schoss und dann Fragen stellte.

10 - Showdown

Der laute Alarm ließ Kat aufschrecken. Die Langstreckensensoren hatten einige Schiffe entdeckt, die sich dem System näherten.

Kat reagierte schnell und routiniert. Sie leitete sofort alle nötigen Schritte in die Wege. Die letzten terranischen Schiffe wurden aus dem System beordert und die Siedlung versiegelt. Jetzt würde sich zeigen, wie gut Wallys Schutzschirm wirklich war. Natürlich hatte Kat den Kapitän der Columbia angewiesen, die versteckte Siedlung aus dem Weltall zu orten. Es war ihm aber, obwohl er ihren genauen Standort kannte, nicht gelungen, die Siedlung zu entdecken. Zwar könnten die Basss bessere Sensoren als die Columbia besitzen, aber auch damit sollten sie die Siedlung nicht orten dürfen.

»Weiß man schon, zu welcher Spezies die Schiffe gehören?«, fragte Kat die Frau an der Ortung.

»Nein, dazu müssten sie den Hyperraum verlassen. Bisher können wir nur sagen, dass sich unserer Position drei Schiffe nähern. Natürlich könnten sie auch an uns vorbeifliegen, aber das ist nach Auswertung der Daten eher unwahrscheinlich«, erklärte sie routiniert.

»Wie lange wird es dauern, bis sie unser System erreicht haben?«

»Sie sollten in zwanzig Minuten aus dem Hyperraum fallen«, erklärte die Offizierin.

Kat hatte sich mit der Columbia auf einem der Asteroiden am Rande des Systems zurückgezogen. Von hier konnten sie das System überwachen, ohne sofort geortet zu werden. Bis auf die Scanner und die Lebenserhaltung waren alle Systeme ausgeschaltet, sodass das Schiff mit dem Asteroiden zu verschmelzen schien. Die Columbia ließ sich so kaum noch orten. Man musste schon gezielt nach ihr suchen und auch dann noch viel Glück haben, um sie auf dem Felsbrocken zu entdecken.

Die Minuten vergingen quälend langsam. Es war überraschend ruhig auf der Brücke der Columbia. Alle starrten gebannt auf den Holo-Schirm. Bisher waren noch keine Schiffe aus dem Hyperraum getreten, es konnte aber nicht mehr allzu lange dauern.

Ohne Vorwarnung öffnete sich ein Fenster und drei Schiffe fielen heraus, bevor es sich wieder genauso schnell schloss, wie es sich geöffnet hatte. Die drei Schiffe schossen mit annähender Lichtgeschwindigkeit auf den vierten Planeten zu. Kat quittierte das mit einem beruhigenden Nicken. Wahrscheinlich hatten sie das schwache Notsignal geortet, dass das abgestürzte Wrack noch immer ausstrahlte.

»Wissen wir schon etwas über die Schiffe?«, erkundigte sie sich nüchtern.

»Die Bilder, die wir empfangen, sind über vier Stunden alt. Die kleine Sonde, die sie uns übermittelt, besitzt leider keine hochauflösenden Kameras. Daher sind die Bilder von eher schlechter Qualität. Der Computer muss sie zuerst aufpolieren, damit wir mit ihnen etwas anfangen können.«

»Wie lange wird das dauern?«, erkundigte sich Kat ungeduldig.

»Das kann ich nicht genau sagen. Es kommt darauf an, ob die Schiffsmodelle im Datenspeicher vorhanden sind. Wahrscheinlich ein bis zwei Stunden.«

Kat blickte mit zusammengekniffenen Lippen auf den Holo-Schirm. Bisher konnte man nur drei kleine Objekte erkennen, die auf den vierten Planeten zuschossen.

»Kann man denn sagen, wie lange sie benötigen, bis sie den Planeten erreicht haben?«

»Ja, bei gleichbleibender Geschwindigkeit werden sie den Planeten in acht Stunden erreichen.«

Kat nickte dankend in Richtung der Ortung. Die weite Entfernung machte taktische Entscheidungen äußerst schwierig. Das Licht brauchte nun mal mindestens vier Stunden, bis es sie erreichte. Selbst mit einem Notstart und einem kurzen Hypersprung würden sie die Schiffe nicht unter neunzig Minuten erreichen können. Sollten die fremden Schiffe die Siedlung angreifen, würden sie den Menschen niemals rechtzeitig zu Hilfe kommen können.

Mit einem kurzen Signal deutete der Computer an, dass er seine Arbeit beendet hatte. Das Holo-Bild veränderte sich und man konnte die drei Schiffe nun deutlicher erkennen. Alle drei Schiffe waren von der gleichen Bauart und unterschieden sich optisch nicht voneinander. Kat waren diese Schiffsmodelle unbekannt. »Wissen wir, zu welcher Spezies diese Schiffe gehören?«

»Ja, es handelt sich um Tauronen-Schiffe. Sie gehören zur Maglan-Klasse. Meistens werden sie für Aufklärungsmissionen benutzt. Sie sind besonders schnell und wendig, mäßig bewaffnet, verfügen aber über eine große Anzahl von Spürtechniken.«

»Danke, nun wissen wir zumindest, mit wem wir es zu tun haben. Sie haben bestimmt das Notsignal empfangen und kommen nun nachsehen, warum das Schiff abgestürzt ist und wer gegebenenfalls dafür verantwortlich war. Wollen wir hoffen, dass sie unsere Finte schlucken und nicht zu genau nachschauen. Sonst befürchte ich, wird es hier von Basss-Schiffen bald nur so wimmeln«, erklärte Kat. »Ich brauche alle verfügbaren Daten der Schiffe auf meinem Holo-Pad.« Sie stand auf und mit einem kurzen Kopfnicken forderte sie ihre Brückenoffiziere auf, ihr zu folgen.

Neben ihrem Raum gab es einen kleinen Besprechungsraum, in den sie sich zurückzogen, um die neue Lage zu diskutieren.

Kat blickte in die Gesichter der anwesenden Offiziere. Außer ihr waren noch fünf weitere Personen zugegen. Kylan Mc Gregor, ihr erster Offizier und langjähriger Freund. Sonya Peran, ihre Sicherheitsoffizierin. Die

Exo-Biologin Melissa Müller, der Bordarzt Hiroka Lee Wo und ihr Wissenschaftsleiter Professor Kai Kaminorz. Kat würde diesen fünf Personen ihr Leben anvertrauen. Jeder für sich war ein Experte auf seinem Gebiet und Kat gab viel dafür, ihre Meinung zu hören.

»Halten wir uns, trotz der neuen Lage, an den ausgearbeiteten Plan?«, fragte Kat mit brüchiger Stimme.

Das bestätigende Nicken der Anwesenden ließ sie erleichtert aufatmen. Eigentlich hatten sie mit nur einem kleinen Schiff gerechnet, nicht mit drei großen Aufklärern. Damit waren die Tauronen in der Lage in kürzester Zeit das ganze System zu scannen. Niemand wusste, ob sie dann nicht vielleicht doch Spuren der Menschen finden würden. Zwar war alles gut versteckt worden, aber Fehler waren nie ganz auszuschließen. Kat wusste das nur allzu gut. Einen einhundert prozentigen Schutz gab es nicht.

»Was machen wir, wenn sie etwas entdecken?«, erkundigte sich Melissa mit besorgter Miene.

»Was sollen sie entdecken?«, fragte sie Professor Kaminorz mit seiner gewohnt schnippischen Art.

»Ich denke da zum Beispiel an die automatischen Fertigungsanlagen auf den beiden Monden.«

»Die liegen doch gut getarnt im Inneren der Monde«, wunderte sich der Professor kopfschüttelnd.

»Das schon, aber wir wissen nicht wirklich, wie gut die Scanner der drei Schiffe arbeiten. Sicherlich haben die Basss die Schiffe der Tauronen mit den neuesten Updates ausgestattet.«

Kat unterbrach mit einer Handbewegung das Gespräch der beiden. »Wir wissen, was Sie meinen, Melissa. Sicher könnte das passieren und wenn es so weit kommen sollte, werden wir darauf reagieren. Nur solange das nicht passiert ist, ist es müßig, darüber zu reden.«

»Müßig? Wenn es zu spät ist, sollten wir einen Plan parat haben.«

»Ja, das ist richtig, nur gibt es dafür keine Blaupausen. Wenn wir die Schiffe zerstören sollten, werden weitere kommen und dann sicher nicht nur einfache Aufklärer. Dann werden die Basss ihre Kriegsschiffe schicken und ob wir dann heile aus der Sache heraus kommen, bezweifele ich stark. Es kommt halt darauf an, welche Schlüsse sie aus den gefundenen Daten ziehen. Sofern wir das von hier überhaupt beurteilen können. Sicher ist es im Moment das beste, sich ruhig zu verhalten und nicht in Panik zu verfallen. Hoffen wir, dass die Schiffe nichts Brauchbares finden werden. Oder wir müssen uns auf Jesus verlassen, dass er bei seiner Mission erfolgreich ist.«

»Was sucht Jesus denn? Bisher haben wir dazu kaum Informationen erhalten«, erkundigte sich Kylan neugierig.

»Dazu kann ich leider nicht viel sagen, da die Operation streng geheim ist. Ich kann nur so viel verraten. Er ist auf der Suche nach etwas, das unsere Situation schlagartig verbessern könnte«, berichtete Kat den Anwesenden.

***

Seit fünf Tagen befanden sich die Tauronen-Schiffe nun schon im System. Eines der Schiffe war auf dem vierten Planeten gelandet und untersuchte das abgestürzte Wrack. Leider konnte niemand auf der Columbia sagen, was sie dabei herausfanden. Die beiden anderen Schiffe hatten damit begonnen, sich für die anderen Planeten zu interessieren. Ihr besonderes Augenmerk legten sie dabei auf den dritten Planeten, auf dem die Menschen in ihrer Siedlung ängstlich auf das Verschwinden der Schiffe warteten. Bis auf zwei Beiboote waren die Tauronen aber bisher nicht auf dem Planeten gelandet. Kat hielt das für ein gutes Zeichen, da sie anscheinend nichts Interessantes gefunden hatten. Hoffentlich blieb das auch so.

»Eines der Schiffe scheint sich für einen der Monde zu interessieren!«, rief die Frau von der Ortung laut.

»Auf den Schirm!«, forderte Kat sie auf, die in ihrem Sessel saß und grübelnd auf den Holo-Schirm starrte. Das Bild änderte sich und man sah eines der Tauronen-Schiffe auf den Mond Nemisis zufliegen. Auf ihm gab es zwei gut getarnte Schiffswerften. Man hatte sie tief in das Gestein gebaut und alle Aggregate waren seit Wochen heruntergefahren. Mittlerweile sollte selbst die letzte Reststrahlung verklungen sein. Da es im Mondinneren größere Mengen an Erzen gab, sollten die Produktionsstätten bei einer nicht zu genauen Untersuchung nicht weiter auffallen.

Gebannt beobachteten sie die Tauronen, die sich auffällig lange mit dem Mond beschäftigten. Seit nunmehr zwei Tagen schwebte das Raumschiff in einem stabilen Orbit. Man hatte ein Beiboot zum Mond geschickt, das mittlerweile wieder zum Schiff zurückgekehrt war.

Kat grübelte lange über ihre weiteren Schritte nach. Die Tauronen waren nun schon seit fast acht Tagen im System. Warum dauerte das so lange? Kat befürchtete langsam, dass sie etwas entdeckt hatten. Warum sollten sie sonst so lange hier bleiben? Hatten die Basss sie geschickt, weil sie einen Verdacht hatten oder sogar Hinweise, die auf das Vorhandensein von Terranern schließen ließen? Niemand konnte ihr das beantworten. Nur hatte jeder Schritt ihrerseits Folgen für die Menschheit. Sollten die Basss von ihnen erfahren, würden sie sie durch die ganze Galaxie jagen. Wie viele Terraner das überleben würden, wollte sie sich erst gar nicht ausmalen. Sie könnte die drei Schiffe mit Leichtigkeit ausschalten. Wahrscheinlich sogar, ohne dass sie eine Chance hätten, die Basss zu warnen. Nur was dann? Die Basss würden das Verschwinden ihrer Schiffe mit Sicherheit untersuchen und einmal aufgeschreckt wäre es nicht auszuschließen, dass sie diesmal mit einer ganzen Armee kommen würden. Nichtstun und einfach Abwarten, dass die Tauronen wieder verschwanden, könnte genauso falsch sein. Was, wenn die Schiffe etwas entdeckt hatten und die Basss darüber informierten? Kat sah sich einem Dilemma gegenüber, aus dem es kein Entkommen gab. Kat wusste, dass jeder ihrer Schritte Konsequenzen nach sich zog. Zum wiederholten Mal tagte sie mit ihrem Führungsstab und wie immer kamen sie zu keinem Ergebnis. Kat verzweifelte langsam. Sie musste etwas unternehmen, zögerte aber aus Angst vor einer falschen Entscheidung. Seufzend starrte sie mit leerem Blick auf die Wand. Es war mittlerweile nach Bordzeit zwei Uhr nachts. Man war der Einfachheit halber dazu übergegangen, die gleiche Zeit zu verwenden, wie sie auf New Eden üblich war. Dort hatten sie die Sekunden leicht angepasst und konnten so die gleiche Zeitform verwenden wie auf der alten Erde. Eine New Eden-Sekunde dauerte exakt 1,156 Erdensekunden. Durch die leicht längeren Sekunden konnte man die übliche Zeit von 60 Sekunden = 1 Minute beibehalten. Niemand brauchte sich groß umzustellen, auch wenn ein New Eden Tag ca. 3.74 Stunden länger dauerte als ein normaler Erden-Tag. Man hatte einfach alle Uhren auf die längeren New Eden Sekunden umgestellt und so fiel es vielen leichter, sich daran zu gewöhnen.

Kat gähnte ausgiebig und schaltete den Holo-Schirm aus. Sie brauchte dringend ein paar Stunden Schlaf und dann würde ihr hoffentlich eine brauchbare Lösung für ihr Problem einfallen, auch wenn sie nicht wirklich daran glaubte.

Ein leises Räuspern ließ sie erschrocken zusammen zucken. Sie drehte sich hastig um und schaute verwundert auf den jungen Mann, der im geöffneten Schott stand und schüchtern seinen Kopf zu Boden senkte. Kat überlegte, wo sie ihn hinstecken sollte. Sie wusste, dass er erst seit Kurzem zur Besatzung gehörte, auch wenn ihr nicht einfallen wollte, in welcher Abteilung man ihn eingeteilt hatte.

»Kann ich Ihnen helfen?«, fragte sie ihn rauer als beabsichtigt.

Er hob seinen Kopf und Kat konnte seine Wangen sehen, die vor Aufregung leicht gerötet waren. »Ich, ich ...«, er lächelte verzweifelt.

Kat hob ihre Augenbrauen und ein kurzes Lächeln huschte über ihr Gesicht. Es war schon lange her, dass ihre bloße Anwesenheit jemanden so eingeschüchtert hatte, dass er kein Wort mehr hervorbrachte.

»Sie können ruhig offen mit mir reden. Ich bin müde und würde gerne ins Bett gehen. Wenn Sie also nichts Wichtiges zu sagen haben, würde ich Sie bitten, morgen früh wiederzukommen.«

Der junge Mann nickte schnell mit seinem Kopf. »Ja, ja ... Natürlich. Es ist schon spät.« Sein Mund verzog sich zu einem verschmitzten Lächeln. »Es ist nur so, ich ...«, wieder stockte er. Seine letzten Worte waren mehr ein Krächzen gewesen.

Kat schüttelte den Kopf. »Kommen Sie schon herein. Jetzt bin ich sowieso wieder hellwach.« Sie hielt ihm ein Glas Wasser hin, was er gierig austrank.

»Dann erzählen Sie mal, was so wichtig ist, dass Sie mich mitten in der Nacht aufsuchen?«

»Ja, also ich, ich arbeite im Maschinenraum. Wir haben über das Problem mit den Tauronen-Raumschiffen gesprochen. Ich bin ja noch neu und von daher habe ich mehr zugehört, als mich wirklich an dem Gespräch beteiligt.« Er knetete nervös seine Hände zusammen, die dabei leise knackten.

Kat sah ihn neugierig an. Ein bisschen sah sie in ihm eine jüngere Version von sich selbst. Es war schon so lange her, dass sie sich kaum noch daran erinnern konnte. Auch sie hatte sich damals getraut, ihre wirren Gedanken mit ihrem Vorgesetzten auszutauschen. In ihrem Fall war das Jesus gewesen, der sie zunächst belächelt hatte, bis er ihre planlosen Gedanken in geordnete Bahnen brachte. Jesus erkannte sofort ihr großes Potenzial und förderte sie fortan. Warum sollte dieser junge Mann, dessen Namen sie noch nicht einmal kannte, nicht auch verborgene Talente besitzen, die man nur herauskitzeln musste?

Kat bot ihm einen Sessel an und setzte sich ihm gegenüber. »Holen Sie erst einmal tief Luft, trinken Sie noch einen Schluck Wasser und dann erzählen Sie mir, warum Sie hier sind. Was ist Ihnen aufgefallen, was sonst niemand anderes gesehen hat? Aber zuallererst, wie heißen Sie eigentlich?«

Er lächelte sie verlegen an. »Ich heiße, mein Name ist …!«, stotterte er.

»Ja? Reden Sie ruhig, ich reiße Ihnen schon nicht den Kopf ab. Ich bin sogar froh, wenn Crew-Mitglieder mir ihre Gedanken offenbaren. Sie glauben gar nicht, was man dabei für interessante Dinge erfahren kann«, sie nickte ihn aufmunternd zu.

»Ja, also ich heiße Adnan Özgan«, er fuhr sich mit der Hand durch sein pechschwarzes Haar. »Ich bin erst seit ein paar Wochen auf der Columbia. Ich habe gehört, wie meine Kollegen sich über die Tauronen lustig gemacht haben und wie sie über unser Problem diskutierten«, er holte tief Luft. »Viele vertreten die Ansicht, dass man die Schiffe einfach abknallen sollte.«

»Und Sie glauben das nicht?«

Er schüttelte energisch den Kopf. »Nein, das wäre ein Fehler. Die Basss würden auf jeden Fall auf uns aufmerksam werden.«

»Sie schlagen also vor, dass wir die Schiffe weiter das System scannen lassen und sie mit ihren Erkenntnissen einfach so davonfliegen lassen?«

»Äh, nein. Auch das halte ich für einen leichtsinnigen Fehler.«

»Okay!«, Kat zog das Wort in die Länge. »Was schlagen Sie dann vor? Sie haben doch sicher eine Idee, sonst wären Sie nicht hier.«

»Ja, so ungefähr. Ich weiß nicht, ob es eine Idee ist oder einfach nur ein wirrer Gedanke. Aber wir sollten unbedingt verhindern, dass die Schiffe auf uns aufmerksam werden. Sie werden bestimmt bald in den

Hyperraum verschwinden. Dort könnten wir sie verfolgen, mit diesem Aufspürer der Wotan KI. Wenn sie dann aus dem Hyperraum fallen und das müssen sie irgendwann zwangsläufig, sollten wir zur Stelle sein und sie angreifen. Natürlich dürfen sie unsere Schiffe nicht erkennen und sie sollten auch keine Möglichkeit haben, einen Notruf abzusetzen. Wir müssen schnell und gnadenlos sein. Bei den einzelnen Details kann uns bestimmt die KI der Wotan helfen.«

Kat sah den jungen Mann lange an. In ihrem Kopf rasten die Gedanken wild durcheinander. Dieser unscheinbare, junge Mann hatte ihr tatsächlich einen Ausweg aus ihrer prekären Lage offenbart. Gut, sein Plan hatte noch den einen oder anderen Schwachpunkt, aber mit ihm ließ sich zumindest arbeiten. Warum war niemand aus ihrer Führungscrew auf so eine einfache Lösung gekommen? Kat beschloss, dass ihre Führungscrew von nun an aus einer Person mehr bestand.

Pünktlich um 9 Uhr am Morgen versammelten sich die Führungsmitglieder erneut im kleinen Besprechungsraum. Einige schauten verwundert, als Adnan sich zu ihnen gesellte. Kat konnte sich ein verstecktes Lächeln nicht verkneifen. In Ruhe erklärte sie den Anwesenden, warum der junge Mann ab sofort an ihren Treffen teilnehmen würde. Nachdem Adnan von Kat vorgestellt worden war, erläuterte er mit leiser Stimme seinen Plan und je länger sein Vortrag dauerte, umso selbstsicherer wurde er dabei. Innerhalb der nächsten Stunden verfeinerten sie seinen Plan und fügten den ein oder anderen Punkt hinzu. Am Ende des Tages hatten sie das, worauf Kat seit Tagen hingefiebert hatte. Einen Plan, der zwar äußerst riskant war, aber durchaus funktionieren konnte. Kat war sich sogar sicher, dass er funktionierte. Adnan hatte sich gut in der Gruppe integriert und schnell seine Scheu verloren. Er diskutierte mit den Anwesenden, als ob er schon immer dazugehört hätte. Kat erkannte schnell, dass ihre Entscheidung, dem jungen Mann eine Chance zu geben, goldrichtig gewesen war.

Kylan und die anderen begannen sofort mit den Vorbereitungen, ihren wahnwitzigen Plan in die Tat umzusetzen. Es gab einiges zu tun und da niemand sagen konnte, wie lange die Tauronen noch im System verweilten, drängte die Zeit. Damit ihr Plan gelingen konnte, gab es noch viel zu tun.

Kat konnte in dieser Phase nichts zum Erfolg beitragen. Die anstehenden Arbeiten würden andere erledigen müssen wie Techniker, Ingenieure und Wissenschaftler. Ihre Arbeit war fürs Erste getan und sie hatte Zeit, sich um andere Themen zu kümmern. Sie hielt Adnan am Arm fest, als er mit den anderen den Raum verlassen wollte.

»Warten Sie noch kurz Adnan, ich habe noch ein paar Fragen.«

Er drehte sich an der Tür um und folgte ihr mit einem angespannten Gesichtsausdruck. Er setzte sich mit einem mulmigen Gefühl im Magen auf einen der Sessel und blickte Kat verunsichert an. Hatte er etwas falsch gemacht? Er war sich keiner Schuld bewusst, was aber nichts heißen musste. Vielleicht hatte Kat seine forsche Art nicht gefallen?

Kat sah ihn mit versteinerte Miene an. Nichts in ihrem Gesicht ließ darauf schließen, was sie gerade dachte. »Wissen Sie, warum ich Sie noch einmal sprechen wollte?«

»Äh, nein, ich ... ich bin mir ...«

Ein Lächeln huschte über ihr Gesicht. Sie hatte den jungen Mann absichtlich versucht, aus der Fassung zu bringen. Er sollte sich nicht zu schnell zu sicher sein. Das Terrain, das er heute betreten hatte, war gefährlich. Intrigen waren gerade in Führungskreisen nicht selten. Kat wusste das nur allzu gut und sie war fest entschlossen, Adnan zu helfen und ihm einige Fettnäpfchen zu ersparen, in die sie in jungen Jahren getreten war. »Adnan, Sie können sich entspannen. Ich bin mit Ihrer Arbeit in unserer Gruppe mehr als zufrieden. Sie haben sich besser geschlagen, als ich zu hoffen gewagt hatte. Ich habe aber noch ein weiteres Problem, bei dem ich einfach nicht weiterkomme. Vielleicht können Sie mir dabei helfen. Sie scheinen ja ein Gespür für verzwickte Probleme zu haben.«

Adnan entspannte sich sichtlich. Er wurde lockerer und schaute Kat interessiert an. »Wobei kann ich Ihnen helfen, Frau Suarez?«

»Zu aller erst nenn` mich doch einfach Kat, sonst komme ich mir so alt vor«, sie lächelte ihn freundlich an. Dann erzählte Kat ihm von Luna und dass sie nicht in der Lage gewesen war, ihren Vater zu finden. Adnan hörte sich alles ruhig an, stellte die eine oder andere Frage, unterbrach Kat aber nicht unnötig. Er war ein ausgezeichneter Zuhörer, der komplizierte Zusammenhänge schnell erkannte und alles mit einer einfachen Logik verknüpfte. Er sammelte alle Fakten und ordnete sie in seinem Kopf neu zusammen, sodass man eine andere Sicht der Dinge bekam. Nachdem ihm Kat alles über ihre glücklose Suche berichtet hatte, lehnte er sich zurück und schaute Kat grübelnd an.

»Ist es denn sicher, dass Kira dem Vater von Luna auf der New World begegnet ist? Im Prinzip könnten sie sich ja auch irgendwo anders getroffen haben.«

Kat sah ihn überrascht an. »Das, das weiß ich gar nicht. Bisher bin ich immer davon ausgegangen, dass Lunas Vater zumindest einmal auf der New World gewesen sein muss. Es ist zumindest sicher, dass Leutnant Kira Mac Loud Luna auf der New World zur Welt brachte. Davor war sie mehr als zehn Monate auf der New World stationiert gewesen. Schwangere dürfen nur in äußerst seltenen Fällen zu gefährlichen Außeneinsätzen eingeteilt werden. Daher müsste Luna eigentlich auf der New World gezeugt worden sein. Was natürlich nicht heißt, dass Kira Lunas Vater nicht schon viel länger kannte und Luna dementsprechend nicht auf der New World gezeugt wurde.«

»Hm!«, Adnan rieb sich nachdenklich das Kinn. Er stand auf und begann, unruhig im Raum auf und abzulaufen. »Das ist wirklich seltsam. Dann muss er doch im Computer der New World verzeichnet sein. Jeder, der die New World betreten hatte und sei es auch nur für kurze Zeit, wurde gründlich durchleuchtet und seine DNA im Computer gespeichert. Oder gab es Ausnahmen, von denen ich nichts weiß? Durch dieses Raster konnte doch eigentlich niemand schlüpfen. Jedes Individuum, das die New World betreten hat, wurde vom Computer erfasst und durchleuchtet, schon aus Sicherheitsgründen, damit sich keine gefährlichen Krankheiten ausbreiten konnten. Das ist doch so richtig, oder?«

Kat nickte bestätigend. Soweit war sie mit ihren Überlegungen auch gekommen. Nur gab es keine Ausnahmen dieser Regel. Dementsprechend hatte Lunas Vater die New World wohl nie betreten.

»Was ist denn mit Schiffen passiert, auf denen man eine Krankheit registrierte?«

Kat zuckte hilflos mit den Schultern. »Das weiß ich ehrlich gesagt nicht. Aber warte kurz, das muss der Computer doch wissen.« Sie aktivierte ihr Comband und rief die entsprechenden Daten ab. »Es gab nur ein Schiff, das aus diesem Grund nicht auf der New World landen durfte.«

Adnan sah sie triumphierend an. »Wie hieß dieses Schiff?«

»Laut Computer war es die Malta, ein kleines Versorgungsschiff mit nur drei Besatzungsmitglieder. Keiner von ihnen kann aber der Vater von Luna sein. Alle drei haben zuvor die New World mindestens einmal besucht«, erklärte sie resignierend.

»Verdammt! Und ich war mir sicher, dass wir eine Spur zu ihm gefunden haben«, ärgerte sich Adnan.

»Jetzt sind wir wieder am Anfang! Es gibt einfach keine weiteren Spuren, die wir noch verfolgen könnten. Aber trotzdem danke, Adnan, dass Sie mir helfen wollten.« Kat lächelte ihn dankbar an und verließ geknickt den Raum.

Adnan schaute ihr traurig hinterher. Er blieb auf seinem Sessel sitzen und starrte noch minutenlang Löcher in die Luft. Zu gerne hätte er Kat geholfen, die so großes Vertrauen in ihn gesetzt hatte. Sicherlich übersahen sie etwas. Das spürte er tief in seinem Inneren, nur konnte er es nicht greifen. Zumindest noch nicht.

11 - Entscheidungen

Niemand auf der Brücke der Kentucky schien zu atmen. Alle starrten gebannt auf den Holo-Schirm. Der Computer hatte die EMP-Bombe als kleinen grünen Punkt markiert, der sich langsam dem Basss-Schiff näherte. Die kleine, nur Tischtennisball große Bombe bestand aus einem Plastik-Kevler Gemisch und war viel zu klein, um von den Sensoren des Basss-Schiff als Bedrohung erkannt zu werden. Alle Augen waren auf die Kentucky gerichtet und sie schienen den Menschen nicht zu trauen. Nur zu gut wussten sie, was für ein gefährlicher Gegner die Kentucky sein konnte. Der Kapitän der Basss rechnete mit einer Falle der Menschen, wobei er auch nicht so ganz daneben lag. Nur mit einer EMP-Bombe rechnete er nicht. Sein Schutzschild war bei einhundert Prozent und alle Waffen auf die Kentucky gerichtet. Normalerweise war ihm die Kentucky nun schutzlos ausgeliefert. Er konnte sich auch nicht vorstellen, wie ihn die Menschen nun noch überlisten sollten. Er näherte sich dem kleinen Schiff langsam. Sein Waffeningenieur war bereit, bei dem kleinsten Energieanstieg auf dem Schiff mit allem, was er besaß, zu feuern. Ein Enterkommando wurde eilig zusammengestellt. Gleich würde man wissen, ob sich auf der Kentucky tatsächlich Menschen befanden. Sollte sich das bewahrheiten, wovon man mittlerweile ausging, würde das sein Ansehen im Basss Reich exorbitant steigern. Er, Kapitän

Kos tri Dorr, fand als erster den Beweis, dass die Menschheit noch nicht ausgelöscht war. Das würde ihm ein Kommando auf einem der großen Kriegsschiffe einbringen. Einen Wunsch, den er schon seit Jahren pflegte und der nun zum Greifen nah war. Er stieß ein heiseres Lachen aus und gab dem Enterkommando grünes Licht. Dann ging alles ganz schnell, sodass niemand auf dem Basss-Schiff dazu kam, noch rechtzeitig zu reagieren. Eine kleine Bombe explodierte in unmittelbarer Nähe des Schiffs und Sekundenbruchteile später fielen alle Systeme auf dem Schiff aus und es schwebte ohne Energie im All. Darauf hatte Nils nur gewartet. Als der Schutzschirm des Basss-Schiffs in sich zusammenfiel, feuerte er alle Laserbänke der Kentucky ab und gleichzeitig fuhr Susie den Schutzschirm wieder hoch. Die Laserstrahlen durchlöcherten das fremde Schiff und als ein Antriebsmeiler getroffen wurde, explodierte es in einer grellen Feuerblume. Jesus schloss geblendet die Augen. Die Kentucky wurde durch die Explosionswelle durchgeschüttelt und mitgerissen. Der angeschlagene Schutzschirm schien den energetischen Belastungen, denen er ausgesetzt war, nicht standzuhalten. Alle hielten den Atem an und erst als sie sicher waren, dass er doch halten würde, löste sich die Anspannung in ein befreiendes Jubeln. Sie hatten die beiden Basss-Kriegsschiffe vernichtet, wenn auch nur denkbar knapp. Automatische Reparaturdrohnen begannen damit, die Schäden zu reparieren, soweit das mit den spärlichen Bordmitteln möglich war. Jesus rief die verbliebenen Schiffe zu sich und gemeinsam nahmen sie einen Orbit um die Erde ein.

Die ersten Daten von der Erde liefen ein. Es gab keinen Fleck auf ihr, der nicht atomar verseucht war. Der atomare Fallout hatte längst die entlegensten Winkel erreicht. Ein normales Leben war dort unten nicht mehr möglich. Jesus versuchte, den pelzigen Geschmack aus seinem Mund zu vertreiben, was ihm aber nicht gelingen wollte. Die Erde, Heimat der Menschen, war für die nächsten Tausende von Jahre verloren und niemand, auch nicht die überlegene Technologie der Wotan, würde das ändern können. Nicht einmal Wally kannte eine Möglichkeit, den atomaren Fallout zu beseitigen. Die Basss hatten ihr Ziel erreicht, wenn auch mit leidlicher Mithilfe der Menschen, die sich nicht anders zu helfen gewusst hatten, als mit dem Zünden von Atombomben. Jesus schüttelte die düsteren Gedanken ab. Deswegen waren sie nicht hier. Sie mussten versuchen, das Signal des alten Wotan-Schiffs aufzuspüren. Wenn es wirklich auf der Erde abgestürzt war, dann musste es doch zu finden sein. Wally hatte ihnen dazu ein Gerät mitgegeben, mit dem sie die besonderen Energiesignaturen des Schiffs aufspüren konnten. Wie viel Zeit ihnen dazu blieb, war schwer vorherzusagen. Die Basss-Kriegsschiffe hatten vor ihrer Vernichtung ein Signal absenden können. Der genaue Inhalt der Nachricht ließ sich nicht rekonstruieren, da die IT Spezialisten die Verschlüsselung nicht knacken konnten. Jesus war aber bewusst, dass die Basss, egal wie die Nachricht auch lauten möge, nachsehen würden, was hier auf der Erde los war. Die Erde schien sie aus unerklärlichen Gründen sehr zu interessieren. Sonst hätten sie nicht zwei Kriegsschiffe zur Überwachung eines toten Planeten zurückgelassen.

Eile war geboten. Die Zeit drängte und Jesus wusste nicht einmal, wo er mit der Suche beginnen sollte. Er teilte die Schiffe auf und ließ sie in einem genau berechneten Raster die Erde absuchen. Die Energiesignaturen des Wotan-Schiffs würden nicht viel weiter als 400 km strahlen, so viel hatte ihnen Wally mitteilen können. Das Schiff musste vor ein paar tausend Jahren auf der Erde abgestürzt sein. Von daher war davon auszugehen, dass es tief im Erdreich verborgen lag. Ansonsten hätte man es längst entdeckt. Die Singlariton Garr Go war fast vierhundert Meter lang und an ihrer dicksten Stelle maß sie fünfzig Meter. Solch ein Objekt musste sich doch finden lassen. Erst recht, wenn man wusste, wonach man zu suchen hatte.

Ständig liefen neue Daten der Korvetten auf der Kentucky ein. Bisher hatte noch keines der Schiffe ein Signal auffangen können, das zum Wotan-Schiff gepasst hätte. Könnte es sein, dass sich Wally geirrt hatte? Das Signal, das er aufgefangen hatte, sollte von einem uralten Schiff stammen. Die Nachricht war vor tausenden von Jahren verschickt worden und ohne die Hilfe von Luna hätte sie Wally nicht empfangen können. In dieser langen Zeit konnte so viel passiert sein. Die Singlariton Garr Go könnte ganz woanders abgestürzt sein. Nach so vielen Jahren konnte das niemand mehr mit Sicherheit sagen.

Nach zwölf Stunden hatten sie die Erde zweimal komplett gescannt und immer noch keine Spur der Singlariton Garr Go gefunden. Jesus besprach sich mit seinen Wissenschaftlern, die aber auch keine neuen Ideen hatten. Mit dem Spürgerät von Wally gab es verständlicherweise keine Erfahrungswerte und eigentlich wussten sie nicht einmal, wie das Gerät überhaupt funktionierte. Einen Bedienungsfehler schloss Jesus dennoch aus, da Wotan-Technologie narrensicher war. Selbst ein Kleinkind hätte das Gerät mit seinen zwei berührungsempfindlichen Touchflächen bedienen können.

Ratlos blickte Jesus auf die verseuchte Erde. Sie mussten endlich fündig werden. Die Basss würden sicher bald hier eintreffen und dann konnte sie nur noch eine schnelle Flucht retten. Eine kriegerische Auseinandersetzung war in ihrem angeschlagenen Zustand aussichtslos. Die Kentucky konnte vor Ort nicht zu einhundert Prozent repariert werden und die verbliebenen Korvetten waren viel zu schwach, um gegen ein Basss-Kriegsschiff bestehen zu können. Nein, sie brauchten Ergebnisse und das möglichst schnell. Jesus ordnete daher an, sich der Oberfläche auf einhundert Kilometer zu nähern, auch wenn das neue Probleme hervorrief. Die hohe Strahlung auf der Erde konnte die Scanner stören und die Schutzschilde wurden bis aufs Äußerste belastet. Mehr als ein paar Stunden würden die Korvetten diese Position nicht halten können, bis es zu ernsthaften Strahlungsproblemen auf den Schiffen kommen würde. Wenn sie bis dahin keine Spur der Singlariton Garr Go fanden, mussten sie wohl oder übel die Suche abbrechen. Jesus zwang sich, diesen Gedanken erst gar nicht zuzulassen. Er wusste um die Geheimnisse, die in dem Schiff schlummerten. Mit ihrer Hilfe konnte sich die Menschheit sicher gegen die Basss behaupten. Ein Versagen stand nicht zur Debatte. Er hasste es, sich vor ihnen verstecken zu müssen und immer in der Angst zu leben, durch einen dummen Zufall entdeckt zu werden. Das musste endlich ein Ende haben.

***

Das Signal raste durch den Hyperraum. Als es von der Sendeanlage erfasst wurde, entschlüsselte es ein Computer. Prozesse wurden in Gang gesetzt und das Comgerät von Poka ta Roon stieß einen lauten Signalton aus und fing rhythmisch an zu vibrieren. Verschlafen öffnete er mit seinen Gedanken die aufleuchtende Nachricht. Schlagartig saß er hellwach in seinem Bett. Das Signal bedeutete nichts Gutes und er kontaktierte sofort seinen Verbindungsoffizier bei den Skor Dorblad Ski. Es war zwar mitten in der Nacht, aber das war in diesem Fall nebensächlich. Er schickte Agent 78 eine kurze, private Nachricht mit der Bitte um ein sofortiges Treffen. Zwei Stunden später landete er mit seinem Schiff auf einem kleinen unbedeutenden Asteroiden, der in einer ellipsenförmigen Flugbahn das System durchquerte. Er traf sich hier mit dem Agenten nicht zum ersten Mal und daher wusste Poka ta Roon, wie er die geheime Station im Inneren des Asteroiden betreten musste. Unruhig wartete er, dass sich die Luftschleuse endlich mit Sauerstoff füllte und er in die Station eintreten konnte. Seinen Raumanzug ließ er an, öffnete aber zumindest seinen Helm, der sich unsichtbar auf seinem Rücken zusammenfaltete. Er war ein paar Minuten vor dem Skor Dorblad Ski Agenten angekommen und suchte daher den einzigen Raum auf, den es in dieser Station gab. Niemand durfte von seinem Treffen mit dem Agenten erfahren. Poka ta Roon wusste, dass diese Station gegen alle möglichen Abhörmaßnahmen gesichert war und er hier ungestört mit dem Agenten reden konnte.

Lange brauchte er nicht auf ihn zu warten. Das Zischen der Luftschleuse deutete das Kommen des Agenten an. Unmerklich spannte Poka ta Roon seinen Körper. Das, was er zu berichten hatte, war äußerst brisant und konnte, wenn es in die falschen Hände fallen würde, ein politisches Erdbeben auslösen, das auch den Raton Dors, den gewählten Führern der Basss, gefährlich werden konnte. Nichts war schlimmer für die Raton Dors, als vor ihrem Volk als schwach und zögerlich zu wirken.

Ein Basss in einer mattschwarzen, einfach gehaltenen Kombi betrat den Raum. Er hatte seinen Helm nicht geöffnet, sodass Poka sein eigenes Gesicht, das sich in dem Helmvisier des Agenten spiegelte, anblickte. Er fühlte sich wie immer, wenn er sich in der Nähe des Skor Agenten befand, klein und schwach. Zwar war er eine angesehene Persönlichkeit seines Volkes und besaß das Vertrauen der Raton Dors, dennoch löste die bloße Anwesenheit des Agenten Unbehagen in ihm aus. Es fiel ihm immer noch schwer, ihn richtig einzuschätzen.

Wie schon bei den vorangegangenen Treffen öffnete der Agent seinen Helm nicht. So könnte ihn Poka nicht einmal identifizieren, wenn er es müsste. Der Agent hatte ihm erklärt, dass das zu ihrer beiden Sicherheit beitrug.

»Hallo, Agent 78!«, übermittelte er einen kurzen Gedankengruß.

»Poka ta Roon, ich freue mich, Sie zu sehen. Was haben Sie heute für mich, dass so wichtig ist, dass wir uns sofort treffen mussten.« Die Gedanken des Agenten strömten in Pokas Bewusstsein und wie immer breitete sich eine nicht zu erklärende Unruhe in ihm aus. Poka hasste diese Treffen und war immer froh, wenn sie endlich vorbei waren.

»Ich habe eine Nachricht abgefangen. Sie stammt von einem unserer Kriegsschiffe, das die Erde, die alte Heimat der Menschen, bewachen sollte.«

»Wie lautete die Nachricht?«, der Agent machte einen Schritt auf Poka zu, der unbewusst zurückwich.

»Sie wurde über Hypertrans geschickt und war eigentlich für die Raton Dors bestimmt.«

Der Agent machte nun auch einen nervösen Eindruck auf ihn. Er tippelte unruhig mit seinen Füßen. »Wie lautete die Nachricht?«

»Sie war nur sehr kurz und bestand eigentlich nur aus drei Worten. Sie sind hier!«

Der Agent blieb abrupt stehen. Er schaute Poka ta Roon an, dann öffnete er seinen Helm. Überrascht schaute Poka in das Gesicht eines noch sehr jungen Basss, der ihn mit seinen schwarzen Augen zu fixieren schien. Warum der Agent diesmal seinen Helm öffnete, was er bisher noch nie getan hatte, wusste Poka nicht.

»Wer weiß noch von dieser Nachricht und ist sie an die Raton Dors weitergeleitet worden?«, drängten die Gedanken in Pokas Kopf.

»Ich weiß nicht, wahrscheinlich niemand. Ich habe dafür gesorgt, dass sie nicht weiter geleitet wurde, ganz so, wie Sie es mir geraten haben. Warum, ist das so wichtig?«

»Könnte noch jemand die Nachricht abgefangen haben oder deren Eingang bemerkt haben?«

»Ich, ich weiß nicht, wahrscheinlich nicht, außer ...«

»Außer was? Wie viele Personen waren in der Station, als sie eintraf?«

»Mit mir, nur die normale Stammbesatzung. Grob geschätzt achtzig Basss und einige Hundert Tauronen, die wir als einfache Helfer beschäftigen.«

»Ist es richtig, dass Hypertrans-Nachrichten immer zuerst in der Golian-Station im Orbit von Ganahs Sieben eingehen?«

»Ja, nur dort können die Nachrichten empfangen werden. Die Sendeantennen der Schiffe schicken alle Nachrichten an die Koordinaten der Golian-Station. Deswegen darf ihre Position auch nicht verändert werden. Die Nachrichten werden nur dort empfangen und entschlüsselt, bevor man sie weiterleiten kann. Relevante und als geheim eingestufte Nachrichten leitet der Computer immer zuerst an den Kommandanten der Station, der sie dann überprüft und gegebenenfalls weiterleitet. So habe ich von ihr erfahren und sie sofort informiert.«

»Das haben Sie gut gemacht, Poka ta Roon. Ich wusste, dass ich mich auf Sie verlassen kann, auch wenn unsere erfolgreiche Zusammenarbeit heute leider endet.«

»Was, was hat das zu bedeuten? Ich verstehe nicht!«, stammelte er hilflos.

Poka ta Roon sah nicht einmal den Lichtblitz des Strahlers, als ihm der Laser mitten ins Herz traf und er tot zu Boden stürzte. Der Agent schloss seinen

Helm, ließ den kleinen Strahler in seinen Ärmel verschwinden und ging seelenruhig zum Eingabeport des Computers. Wenige Minuten später zerstörte eine thermonukleare Explosion den kleinen Asteroiden und alles, was in ihm verborgen war. Eine weitere Stunde später zerriss eine erneute Explosion im System die Golian-Station und brennende Trümmerteile senkten sich auf Ganahs Sieben. Der Planet war nur dünn besiedelt und so gab es kaum Todesopfer auf dem Planeten. Die fast dreihundert Besatzungsmitglieder auf der Station traf es so ebenfalls. In einem späteren Bericht der eilig einberufenen Sonderkommission konnte man erfahren, dass es keine Überlebenden gegeben hatte, als die Station durch einen defekten Energie-Konverter zerstört worden war.

***

12 - Der Plan

Adnan lag auf seinem Bett in der Einzelkabine, die man ihm heute Morgen zugewiesen hatte. Das Zimmer war nicht besonders groß, vielleicht zwölf Quadratmeter. Es bot Platz für ein Bett, einen kleinen Schrank und ein Computerterminal, vor dem ein bequemer Sessel zum Verweilen einlud. Dennoch war dieses kleine Einzelzimmer auf einem Raumschiff purer Luxus. Bisher hatte er sich sein Zimmer mit drei anderen Anwärtern teilen müssen und das Zimmer war auch nicht viel größer gewesen wie dieses hier. Das war auch okay für ihn gewesen, aber echte Privatsphäre sah anders aus. Und nun lag er hier alleine in einem bequemen Bett und starrte grübelnd die Decke an. Seine Gedanken kreisten um Kat und deren Suche nach Lunas Vater. An Schlaf war nicht zu denken. Er wollte Kat bei ihrem Problem helfen, nein er musste ihr unbedingt helfen. Kat wusste nicht, dass sie Adnan schon einmal begegnet war. Damals vor sechs Jahren war er mit seiner Familie auf dem Weg zu einem Sternensystem im Pirus-Sector. Sein Vater, ein angesehener Vermittler und Problemlöser, hatte den Auftrag erhalten, mit den einheimischen Glorys, einer vogelähnlichen Rasse, Handelsbeziehungen aufzubauen. Seine Mutter, eine studierte Biologin, wollte die Chance nutzen, um ihren Kindern die außergewöhnliche Artenvielfalt auf Kali sieben, dem Heimatplaneten der Glorys, zu zeigen. Es gab dort keine Raubtiere und alle Bewohner lebten in einer einzigartigen Harmonie miteinander. Adnans Mutter freute sich schon darauf, ihren Kindern diese besondere Welt zeigen zu können.

Sie durften auf dem kleinen Raumschiff der terranischen Flotte mitfliegen. An Bord waren außer den Özgans nur noch der Kapitän und zwei Bordingenieure. Auf halbem Weg zum Pirus-Sector wurden sie plötzlich und ohne Vorwarnung von unbekannten Schiffen angegriffen. Adnan und seine Schwestern schliefen zu diesem Zeitpunkt in ihrer Kabine. Durch den lauten Alarm wurden sie unsanft geweckt. Ehe sie überhaupt wussten, was gerade geschah, gab es einige Erschütterungen und das Schiff dröhnte und knarzte gefährlich. Die beiden Mädchen, es waren Zwillinge von gerade mal fünf Jahren, klammerten sich schluchzend an ihren Bruder Adnan. Er streichelte tröstend ihre Köpfe und redete beruhigend auf sie ein. Er war ihr großer Bruder und musste stark sein, obwohl er genau so viel Angst hatte wie die beiden.

Eine heftige Explosion erschütterte das Schiff. Das Licht ging aus, bevor es kurz darauf flackernd wieder ansprang. Rauch quoll durch das Schott in ihr Quartier und reizte ihre Lungen. Hustend saßen sie auf Adnans Bett und starrten ängstlich auf das Schott.

Als es sich zischend öffnete und ihre Mutter taumelnd ins Zimmer kam, atmeten sie zunächst erleichtert auf. Mit Entsetzen erkannte Adnan, dass seine Mutter aus einer Kopfwunde stark blutete. Sie stützte sich an der Wand ab, während sie ein Hustenanfall quälte. »Wir müssen hier ...«, ein erneuter Hustenanfall unterbrach sie.

Adnan sprang auf und zog seine Schwestern mit sich. Sie liefen auf ihre Mutter zu und die Mädchen klammerten sich sofort an ihren Beinen fest. Sie bemerkten nicht, wie schlecht es ihr wirklich ging. Blut tropfte unaufhörlich aus ihrer Kopfwunde und sammelte sich am Boden zu einer kleinen Pfütze. Nur Adnan erkannte den Ernst der Lage. Er versuchte, seine Mutter zu stützen, und presste ihr ein Tuch gegen die blutende Wunde. Sie ächzte laut vor Schmerzen auf.

»Wir müssen ... zum Rettungsbo...!« Adnans Mutter taumelte und nur mit seiner Hilfe schaffte sie es, nicht zu stürzen. Adnan hatte aber auch so verstanden, was sie von ihm wollte. Er zog die beiden Mädchen von seiner Mutter und schickte sie mit einer Handbewegung zum Schott hinaus. Dann stolperte er mit ihr hinter den Mädchen her. Sie rannten in Richtung Heck, in dem die kleine Notgondel lag. Der Kapitän hatte sie Adnan und seinem Vater gezeigt und behauptet, dass man sie wohl nie brauchen würde, da dieses Schiff so sicher sei. Wie man sich doch irren konnte.

Der Rauch wurde immer dichter und es fiel Adnan zusehends schwerer, noch etwas zu erkennen. Der Rauch in seiner Kehle kratzte und er rang ohne Erfolg nach Luft. Es gab kaum noch Sauerstoff und ihm wurde langsam schwarz vor Augen. Lange würde er seine Mutter nicht mehr stützen können, der es immer schlechter zu gehen schien. Wo waren nur sein Vater und die anderen Männer? Kämpften sie gerade mit den Fremden oder warum waren sie nicht hier?

Eine erneute Explosion erschütterte das kleine Schiff. Das Licht fiel komplett aus und nun brannte nur noch eine schwache Notbeleuchtung, die es schwer hatte, sich durch den dichter werdenden Rauch zu kämpfen. Adnans Mutter sackte zu Boden. Er versuchte, ihr hoch zu helfen, aber sie reagierte nicht auf seine Bemühungen. Ängstlich sank er auf die Knie. Leblos lag seine Mutter vor ihm. Adnan rüttelte sie besorgt am Arm, aber sie reagierte nicht mehr. Ihre weit aufgerissenen Augen starrten ihn mahnend an. Weinend rüttelte er an ihrem Körper. Aber sie reagierte nicht mehr auf seine Bemühungen. Er schrie sie laut an und sein Kopf sank hilflos auf ihre Brust.

Vorne explodierte irgendetwas im Schiff. Flammen schlugen ihm entgegen. Die Deckenkonstruktion fiel krachend zu Boden. Dabei verursachte sie ein schmatzendes Geräusch. Verwirrt sah Adnan auf. Ihn beschlich ein ungutes Gefühl. Wo waren seine beiden Schwestern geblieben?

»Aische, Alma!«, rief er ängstlich ihre Namen. Sie antworteten ihm nicht. Hektisch blickte er sich um. Wo waren sie geblieben? Gerade noch liefen sie vor ihm her. Als seine Mutter zu Boden gestürzt war, hatte er sie aus den Augen verloren. Der Rauch wurde immer dichter. Hustend stützte er sich mit den Händen am

Boden ab. Er tastete sich krabbelnd nach vorne. Dort waren die schweren Deckenplatten zu Boden gestürzt. Er schob einige der Trümmerteile zur Seite, bis seine Finger etwas Weiches ertasteten. Er schaute genauer hin. Im schwachen Licht der Notbeleuchtung glaubte er, eine Kinderhand zu erkennen. Er zog an ihr und schrie verzweifelt seine Angst hinaus. Ängstlich schob er die schweren Trümmerteile beiseite. Unter ihnen kam das Gesicht seiner Schwester Aische zum Vorschein. Adnan konnte sie kaum noch erkennen. Ihr Kopf war von den Trümmerteilen getroffen worden. Die linke Seite ihres Gesichts war nicht mehr vorhanden und alles war voller Blut. Adnan blickte verzweifelt auf den leblosen Körper. Er brach erneut zusammen und übergab sich.

Das Schiff begann zu schlingern. Adnan wusste nicht, was das zu bedeuten hatte. Seine Mutter und seine Schwestern waren tot, sein Vater verschollen. Er konnte kaum noch atmen und verlor in diesem Moment all seinen Lebensmut. Er wollte einfach nur hier liegenbleiben und auch sterben wie der Rest seiner Familie.

Die Stimme seiner Mutter rüttelte ihn wieder auf. »Weiter, du musst weiter kämpfen, Adnan!«, er hob schwerfällig seinen Kopf. Verwirrt blickte er zu seiner Mutter, die er schemenhaft auf dem Boden liegen sah. Er rieb sich die Augen, die vom Rauch fürchterlich brannten. Seine Mutter bewegte sich nicht, genau wie seine beiden Schwestern sich nicht mehr rührten.

Er konnte Alma nicht einmal sehen, da zu viele Trümmerteile auf ihr lagen. Er kroch mit letzter Kraft weiter über die Trümmerteile der Decke in Richtung der Notgondel. Am Ende des Ganges, keine fünf Meter von ihm entfernt, konnte er das rot gelbe Schott erkennen, hinter dem die Notgondel verborgen lag.

 Später konnte er nicht einmal mehr sagen, wie er es überhaupt in die Gondel geschafft hatte. Mit letzter Kraft schloss er das Schott und drückte auf den einzigen Knopf, den er sehen konnte. Wie eine Kanonenkugel schoss die Gondel aus dem Schiff und entfernte sich schnell von ihm. Seine Flucht war nicht unbemerkt geblieben. Ein Schiff ihrer Angreifer feuerte auf die Gondel, die getroffen zur Seite geschleudert wurde und torkelnd durch das All trieb. Zum Glück war es nur ein Streifschuss gewesen und die Gondelhülle blieb intakt. Zwar war der Strom komplett ausgefallen, aber sie wurde zumindest nicht vernichtet. Sie schlingerte als totes Stück Metall durchs All, bis sie irgendwann von der Gravitation eines Planeten aufgefangen wurde und auf ihm zerschellte.

***

Schlussendlich konnte nur Adnan lebend gerettet werden. Wer das Schiff damals überfallen hatte, konnte nie geklärt werden. Adnan überlebte diesen Tag nur, weil Kat mit der Columbia im richtigen Augenblick die richtigen Entscheidungen getroffen hatte. Sie ließ die Umgebung des Angriffs scannen und entdeckte so die kleine Rettungsgondel. Von dem terranischen Schiff war nur eine Trümmerwolke übrig geblieben. In ihr gab es keine Überlebenden, die man hätte retten können. Die Gondel trieb antriebslos durch das Weltall. Ohne Energie und mit kaum noch vorhandenen Sauerstoffreserven an Bord. Sie torkelte auf einen Asteroidenschwarm zu. Durch starke Interferenzen war es Kat nicht möglich, die Gondel nach Lebenszeichen zu scannen. Kat flog mit einem kleinen Beiboot zur Gondel und zog sie, ohne Rücksicht auf ihr eigenes Leben, mit einem Greifarm aus dem Einflussbereich der Asteroiden. Sie schaffte es noch gerade rechtzeitig, bevor die Gondel von den Gesteinsbrocken zerquetscht wurde. Ein paar Minuten später und niemand hätte sie noch retten können. Kat schleppte sie zu ihrem Schiff, wo sich ein Team von Ärzten Adnan annahm und ihm das Leben rettete. Er hatte Verbrennungen zweiten Grades und seine Lunge war vom Rauch stark in Mitleidenschaft gezogen worden. Noch heute zeugten seine Verbrennungsnarben von dem schlimmsten Tag in seinem Leben. Seit diesem Zeitpunkt verehrte er Kat. Er verfolgte aufmerksam ihren Werdegang in der terranischen Flotte und las alles, was er über sie in die Hände bekam. Ihm war klar, dass er ohne sie nicht überlebt hätte. Er lernte viel, selbst in seiner Freizeit spielte er nicht mit anderen Kindern, sondern bildete sich lieber weiter. Er meldete sich zu allen Kursen an, die ihm weiter helfen konnten, sein großes Ziel zu erreichen. Von

Selbstverteidigung bis zum Umgang mit Feuerwaffen sog er alles an Wissen in sich auf. Sein Ehrgeiz war groß und sein Wille, zu lernen, übermächtig. Schnell stieg er zu einem der besten Anwärter der Flotte auf. Als er endlich achtzehn Jahre alt wurde, durfte er sich zur Flotte einschreiben. Durch gute Noten, die er von seinen Ausbildern erhielt, bekam er die Möglichkeit, sich sein Ausbildungsziel selber auswählen zu dürfen. Für Adnan war sofort klar, dass nur die Columbia infrage kam. Aufmerksam beobachtete er Kat aus der Ferne. Er himmelte sie regelrecht an und der Wunsch, ihr etwas von seiner Dankbarkeit zurückzuzahlen, wurde übermächtig. Er war eigentlich ein schüchterner Charakter, nur in Kats Nähe änderte sich das. Adnan hatte all seinen Mut zusammen genommen und ihr seine Gedanken mitgeteilt. Seine Stimme zitterte bei ihrem ersten Aufeinandertreffen seit sechs Jahren so sehr, dass er befürchtete, gleich einen Herzinfarkt zu bekommen. Dass Kat seine Idee so gut fand und ihn gleich zur Sitzung der Führungscrew einlud, hätte ihn fast laut jubeln lassen. Nur mit viel Mühe konnte er sich beherrschen. Und nun brauchte sie erneut seine Hilfe und er hatte die Möglichkeit, seiner Lebensretterin etwas von seiner großen Dankbarkeit zurückzahlen. Nun durfte er nicht versagen. Wer weiß, ob er jemals wieder die Gelegenheit dazu bekam.

Adnan spürte, dass er etwas übersehen hatte, nur wusste er nicht, was das sein könnte. Ächzend stand er auf und setzte sich vor den Computer. Gründlich ging er die Daten erneut durch, die er von Kat erhalten hatte. Immer wieder und wieder studierte er die kurzen und langen Berichte, die sie über ihre Suche angefertigt hatte. Alles schien schlüssig und er konnte keinen Fehler entdecken. Ein Blick auf die Uhr an der Wand ließ ihn erschrocken zusammenzucken. Es war schon fast halb fünf morgens. Um acht Uhr würde der Computer ihn wecken. Adnan streckte sich, gähnte laut und startete eine erneute Suche mit etwas veränderten Parametern. Die Suche würde einige Zeit in Anspruch nehmen. Selbst mit den schnellen Computern der Columbia würde es sicher einige Stunden dauern, bis er mit Ergebnissen rechnen konnte. Müde schlich er zu seinem Bett und war nur Minuten später eingeschlafen.

Unsanft wurde Adnan um acht Uhr morgens vom Computer geweckt. Er war noch viel zu müde, als dass er es geschafft hätte, seine Augen zu öffnen. Eigentlich wollte er nur weiterschlafen. Aber da war auch noch ein anderes Geräusch. Ein wiederkehrendes Signal. Langsam begann sein Gehirn, aufzuwachen. Er brauchte einen Augenblick, um zu registrieren, woher dieses Signal kam.

Es war das Signal, dass der Computer seine Berechnungen beendet hatte. Adnan riss die Augen auf. Er saß waagerecht in seinem Bett und blickte hoffnungsvoll zum Computer-Terminal. Auf dem kleinen Holo-

Schirm blinkte es rhythmisch. Er sprang auf und berührte aufgeregt den Bildschirm. Der erwachte zum Leben und spuckte das angeforderte Ergebnis aus. Eilig überflog er die Daten. Ungläubig las er sie erneut durch. Konnte das sein, hatte er tatsächlich etwas entdeckt? Adnan sprang auf, schlüpfte in seine Bordkombi und rannte zum Schott. Er trat aus dem Zimmer und drehte ärgerlich wieder um. Er sollte doch besser Schuhe anziehen. Barfuß durchs Schiff zu laufen, würde wohl etwas zu viel Aufmerksamkeit auf ihn ziehen, lachte er.

***

Adnan berührte das Touchfeld neben Kats Kabine. Leise konnte er durch das geschlossene Schott das Signal hören. Kat öffnete die Tür aber nicht. Ungeduldig berührte er erneut das Touchpad. Nervös trippelte er von einem Fuß auf den anderen. Kat öffnete nicht, ob sie vielleicht nicht da war? Aber wo sollte sie um kurz nach acht sein? Ihr Meeting war erst für neun Uhr angesetzt.

Adnan drehte sich enttäuscht um, als sich das Schott doch noch öffnete und ihn eine verschlafene Kat ungläubig ansah.

»Adnan, was machen Sie so früh am Morgen vor meinem Quartier?«

Er lächelte sie selbstbewusst an. »Ich glaube, ich habe etwas gefunden!«, erklärte er ihr mit sich überschlagender Stimme.

»Etwas gefunden?«, sprach sie seine Worte gähnend nach.

»Ja, ich glaube ich weiß, wer Lunas Vater ist!«

Kat sah ihn perplex an. »Was, wie ... wie ist das möglich?«, fragte sie ihn verdattert.

»Kann ich hereinkommen und es erklären?«

»Ja sicher!«, Kat gab den Weg frei und Adnan huschte in das Zimmer. Er war noch nie hier gewesen und sah sich interessiert um. Das Zimmer war um einiges größer und prunkvoller als sein eigenes. Es gab eine ovale Sitzecke und ein dicker, weicher Kunststoffbelag dämpfte jeden ihrer Schritte. Holo-Bilder schmückten die Wände und gaben dem Raum eine ganz persönliche Note. Adnan wusste nicht, ob Kat das Zimmer selber eingerichtet hatte, aber es traf zumindest seinen Geschmack.

Er setzte sich auf die Sitzecke und schaute Kat nach, die in ihr Schlafzimmer verschwunden war, um sich etwas Bequemes anzuziehen. Kurze Zeit später kam sie mit zwei Tassen dampfendem Kaffee zurück. »Den brauche ich jetzt«, erklärte sie ihm lächelnd, als sie sich zu ihm setzte. Im Schneidersitz saß sie Adnan gegenüber und beäugte ihn über ihre Kaffeetasse.

Adnan spürte die Unsicherheit, die von ihm Besitz ergriff. Gerade noch war er voller Selbstbewusstsein in ihr Zimmer gestürmt und nun fühlte er sich klein und unbedeutend. Er räusperte sich, aber der Kloß im Hals wollte einfach nicht verschwinden.

»Dann erzählen Sie mal Adnan, wer soll nun Lunas Vater sein?«

»Ja, also ich habe ... ich bin«, er atmete hörbar aus.

»Nur ruhig! Ich reiße dir schon nicht den Kopf ab«, seufzte sie. »Wenn du glaubst, etwas gefunden zu haben, dann her damit. Ich bin dir für jeden Hinweis dankbar, auch wenn er sich im Nachhinein als falsch herausstellen sollte.«

Adnan nickte dankbar. Sie duzte ihn sogar jetzt. »Gestern Abend konnte ich nicht einschlafen. Immerzu habe ich über die Suche von Lunas Vater nachgedacht. Ich wusste, dass wir etwas übersehen hatten, nur wusste ich nicht, was das sein könnte. Immer wieder habe ich mir die Dokumente angesehen. Irgendwann heute Morgen habe ich dann einen letzten Suchlauf gestartet. Und du glaubst nicht, was dabei herausgekommen ist.«

Kat schüttelte verwirrt den Kopf. »Was ist dabei herausgekommen? Mach es doch nicht so spannend«, wisperte sie ungeduldig.

»Nach der Auswertung kommen nur noch ein paar Personen als Lunas Vater in Betracht. Genau genommen sogar nur fünf Personen. Zwei davon konnte ich ausschließen, bleiben also noch drei übrig. Von ihnen konnte ich kein DNA Profil finden, um es mit dem von Luna abzugleichen.«

Kat sah ihn neugierig und gleichzeitig ängstlich an. Tief in ihrem Inneren spürte sie, dass ihr die drei Namen nicht wirklich gefallen würden. »Wie lauten die drei Namen, Adnan?«

»Sie lauten und du wirst mir das sicher nicht glauben, aber laut Computer gibt es keinen Zweifel. Sie lauten ...«

Ein schiffsweiter Alarm hallte durch das Schiff und ließ Kat vor Schreck ihren Kaffee verschütten. Fluchend sprang sie auf und aktivierte ihr Comband. »Was ist los?«, rief sie den wachhabenden Brückenoffizier an.

»Sie sollten sofort auf die Brücke kommen, die drei Tauronen-Schiffe haben soeben beschleunigt. Ich glaube, sie verlassen das System«, erklang die Stimme in Kats Kopf.

Adnan sah sie entgeistert an. »Was ist passiert?«, fragte er verstört.

»Wir müssen unser Gespräch später fortsetzen. Die Tauronen wollen das System verlassen. Wir müssen sofort handeln. Hoffentlich haben unsere Leute alles in die Wege leiten können«, rief sie ihm beim Hinauslaufen zu.

13 - Die Erde

Jesus starrte mit leerem Blick auf den Holo-Schirm. Immer noch gab es keine brauchbaren Hinweise auf das verschollene Wotan-Schiff. Noch ein paar Minuten, dann mussten die Korvetten ihre Position verlassen und ins Weltall zurückkehren.

Langsam hielt er dieses ewige Warten nicht mehr aus. Es konnte doch nicht so schwer sein, ein altes Schiff auf der Erde zu finden. Seit Stunden grübelte er darüber nach, wo das Schiff abgestürzt sein könnte. Egal, wo es auf der Erde abgestürzt war, es hätte mit Sicherheit für Aufmerksamkeit gesorgt. Es musste doch alte Unterlagen, Mythen oder was auch immer für Aufzeichnungen darüber geben. Er hatte Susie und Nils damit beauftragt, nach solchen Anomalien in der menschlichen Geschichte zu suchen.

Als sich das Schott zischend öffnete und Susie gefolgt von Nils die Brücke betrat, da wusste Jesus sofort, dass sie etwas gefunden hatten. Das breite Grinsen der beiden war unverkennbar.

Sie gingen langsam zu ihren Stationen und setzten sich auf ihre Sessel. Jesus hielt es kaum noch aus. Nur mit größter Beherrschung gelang es ihm, die beiden nicht mit Fragen zu durchlöchern.

Susie kostete diesen Moment genüsslich aus. Sie wusste nur allzu gut, dass ihr Kapitän vor Neugierde platzte.

»Gibt es etwas Neues?«, erkundigte sie sich schelmisch grinsend.

Jesus verdrehte die Augen und sah sie wütend an. »Nun redet endlich. Was habt ihr herausgefunden?«

Susie wusste, wann es genug war. Sie huschte mit ihren Fingern über ihr Datenpad und auf dem Holo-Schirm tauchten einige alte Zeichnungen auf. »Das sind alte, ägyptische Aufzeichnungen aus der Zeit, als die Pyramiden entstanden sind. Auf einem von ihnen ist die Rede von einem großen Stein, der vom Himmel fiel.«

Auf dem Holo-Schirm erschienen andere Bilder. Es waren alte Dokumente in einer Sprache verfasst, die Jesus noch nie zuvor gesehen hatte. »Das sind Dokumente aus Syrien und dem Iran. Sie entstanden ungefähr zur selben Zeit, als man die Pyramiden erbaute. In ihnen ist die Rede von kleinen Dämonen, die sich auf allen Vieren fortbewegten und unsägliches Leid über die Bevölkerung brachten. Man dichtete ihnen alles Mögliche an. Von Hungersnöten über Insektenplagen und Sintfluten war alles dabei. Sie sollen Krieg mit anderen Göttern geführt haben. Sie rekrutierten Einheimische und ließen sie für sich kämpfen.«

»Dann ist die Singlariton Garr Go in Ägypten abgestürzt?«

»Das wissen wir nicht genau«, mischte sich Nils ein.

»Was heißt das nun wieder? Ich denke, man hat einen großen Stein vom Himmel fallen sehen? Das kann doch nur das Wotanschiff gewesen sein.«

»Das können wir so nicht bestätigen. Es gibt Fragen, auf die wir keine Antworten finden konnten.«

Jetzt war Jesus komplett verwirrt. »Was heißt das nun wieder?«

»Nun, zur gleichen Zeit, etwa 4500 Jahre vor unserer Zeit, ist in Südamerika die Kultur der Mayas entstanden. Auch hier gibt es deutliche Anzeichen vom Einfluss einer höher gestellten Kultur. Im Maya-Reich wurden auch Pyramiden erbaut, wenn diese auch etwas anders aussehen. Es gibt in Nascar seltsame Formationen im Boden, die nur von der Luft aus zu erkennen sind. Sie erinnern an ein modernes Flugfeld. Einige der Pyramiden sind aus Granitstein gebaut. Die Steine, jeder mehrere Tonnen schwer, liegen so dicht aufeinander, dass wir sie nur mit Laser gestützten Maschinen so perfekt zurechtschneiden könnten. Wie sollten die alten Mayas das vor Tausenden von Jahren hinbekommen haben? Es gibt kleine Figuren, die aussehen wie moderne Flugzeuge oder Raumfahrer. Ohne solche Dinge mit eigenen Augen gesehen zu haben, würden die Mayas kaum solche Kunstwerke hinbekommen haben.«

»Du willst mir also sagen, dass die Wotan sich über die ganze Erde verteilt haben?«

Susie schüttelte den Kopf. »Das glaube ich nicht.«

»Sondern?«

»Es gibt ja in den alten Aufzeichnungen einen Hinweis auf einen Krieg der Götter. Die Frage, die sich mir dabei stellt, ist, gegen wen haben die Wotan gekämpft? Gegen die damaligen Menschen doch sicher nicht. Die waren viel zu rückständig.«

Jesus sah die beiden grübelnd an. »Was glaubt ihr denn?«

Nils zuckte mit den Schultern. »Schwer zu sagen. Das ist alles schon so lange her. Leider konnten wir bisher nichts über andere Wesen in Erfahrung bringen. Sollte es darüber Aufzeichnungen geben, dann haben wir sie nicht gefunden. Aber es könnte ja sein, dass die Singlariton Garr Go von einer anderen, fremden Macht angegriffen und zum Absturz gebracht wurde. Sicherlich hätten die Wotan die Fremden bekämpft. Wir werden das wohl nur erfahren, wenn wir das Schiff finden. In ihm könnte es Daten geben, die wir auswerten und analysieren können. Wer weiß, was dann noch alles zutage kommt. Könnten es nicht sogar die Basss gewesen sein, die das Wotanschiff angegriffen haben?«

Jesus sah Nils zweifelnd an. »Das passt nicht zusammen. Die Basss waren zu dieser Zeit noch gar keine raumfahrende Rasse. Wir müssten Wally fragen, gegen wen die Wotan damals Krieg führten. Soviel ich weiß, käme dafür so ziemlich jede der bekannten Spezies infrage. Die Wotans waren bestimmt keine sehr netten Gesellen. Ich bin eigentlich froh, dass sie ausgestorben sind. Eine Rasse, die mit niemandem in Frieden leben kann, muss fürchterlich sein. Aber ich weiß immer noch nicht, wo das verdammte Wotanschiff abgestürzt ist.«

»Ich glaube, es gibt nur drei mögliche Absturzstellen. Anhand der Unterlagen und alten Karten die wir ausgewertet haben, kommt für mich nur einer dieser drei Orte infrage«, erklärte Susie.

»Gut, wo befinden sich diese drei Orte?«

Susie öffnete drei Landkarten, auf denen jeweils ein rotes X den Punkt markierte, an dem das Schiff der Wotans abgestürzt sein könnte. Zwei befanden sich in Ägypten und eines in Südamerika. Jesus schickte sofort jeweils eine der Korvetten zu den angegebenen Koordinaten. Diesmal sollten sich die Schiffe noch näher heranwagen. Auch wenn das die Schutzschilde nicht lange aushalten würden, so drängte doch die Zeit. Wenn sie dort auch nichts fanden, dann war ihre Mission sowieso gescheitert.

***

Die Korvetten scannten den Boden Meter für Meter ab. Auf Felsformation und auffällige Senken wurde dabei besonderes Augenmerk gelegt. Es dauerte nicht lange, bis eine von ihnen die ersehnte Nachricht funkte. Sie hatten etwas gefunden. Jesus hätte am liebsten laut aufgeschrien. Sofort raste er mit der Kentucky zum Fundort. Dort hatte man schon damit begonnen, den Ort großzügig mit einem mobilen Schutzschirm vor der verseuchten Umwelt abzuschirmen. Der halbkugelförmige Schild legte sich um einen Sektor von fast einem Kilometer Durchmesser. Aus ihm wurde die radioaktive Luft abgesaugt und durch saubere, reine Luft ersetzt. Das minimierte die Strahlung deutlich, auch wenn sie nicht komplett neutralisiert werden konnte, da der Boden zu stark verseucht war. Ohne Raumanzüge würde sich dort trotzdem niemand bewegen können. Aber zumindest konnte man sich dort ein paar Minuten aufhalten, ohne sofort verstrahlt zu werden. Ein mobiles Strahlenmessgerät überwachte ständig die Sievert-Belastung seines Trägers und warnte ihn rechtzeitig, wenn ein kritischer Wert überschritten werden könnte. Eine der Korvetten und die Kentucky landeten in dem geschützten Bereich, während sich die anderen Schiffe in einem stabilen Orbit zurückzogen. Sollten Basss-Schiffe das Solsystem erreichen, konnten sie so frühzeitig entdeckt werden und die Schiffe auf der Erde warnen.

Roboteranlagen errichteten in kürzester Zeit einfache Gebäude, die für einen weiteren Schutz vor der Strahlung sorgten. Vorsichtig wurden Bodenproben genommen und das Gebiet ausgiebig gescannt. In einer Tiefe von einem Kilometer gab es einen Hohlraum, der groß genug für das Wotan-Schiff sein könnte. Ein schwaches Signal ging von ihm aus, es musste sich aber nicht zwangsläufig um die Singlariton Garr Go handeln. Das würde man erst mit Gewissheit sagen können, wenn man den Ort betreten hatte. Das aber dauerte scheinbar noch eine ganze Weile. Jesus behagte das überhaupt nicht, konnten die Basss doch jeden Augenblick auftauchen und alle weiteren Untersuchungen zunichtemachen. Schlimmstenfalls musste man das Wotan-Schiff sogar sprengen, damit es nicht in die Hände der Basss fiel. Zeitdruck war nicht der beste Helfer für die Bergung eines tausende Jahre alten Raumschiffs, aber was blieb ihnen anderes übrig.

***

Jesus hatte sich mit seinem Expertenteam getroffen und man hatte beschlossen, mithilfe der Korvette, einen vier Meter durchmessenden, senkrechten Schacht in den Boden zu brennen. So wollten sie schnell in die Nähe des Hohlraums kommen. Wenn sie die Höhe des Hohlraums erreicht hatten, würden Roboter einen zweiten waagerechten Gang in das Erdreich bis zum Hohlraum treiben.

Die Korvette schwebte zwei Meter über dem Boden und ihre starken Laserstrahlen brannten den Schacht in den Boden. Schnell waren die ersten Meter geschafft. Die giftigen Gase wurden aus der Kuppel gesaugt.

Jesus beobachtete alles von der Brücke der Kentucky aus. Hier fühlte er sich am wohlsten, umgeben von seinen Freunden.

»Wie lange wird es dauern, den Schacht in den Boden zu brennen?«, fragte er in Richtung Susie, ohne den Kopf zu drehen.

»Wenn alles nach Plan verläuft und wir nicht auf unerwartete Probleme stoßen, sollte es in etwa fünf Stunden geschafft sein. Dann noch einmal etwa zwei

Stunden für den waagerechten Gang zum Hohlraum. Bis dahin sollten die Wände auch so weit abgekühlt sein, dass wir gefahrlos nach unten gelangen können.«

»Gut, dann kann ich mich noch ein paar Stunden aufs Ohr legen. Wer weiß, wann ich wieder Zeit dazu habe«, er gähnte demonstrativ und verzog sich in seinem kleinen Raum neben der Brücke. Susie würde ihn rechtzeitig wecken, da brauchte er sich keine Sorgen zu machen.

Jesus betrat leise sein kleines Reich. Er zog sich aus und blickte gedankenverloren zu seinem Bett. Auf dem Kissen sah er den blonden Haarschopf von Luna. Sie schlief tief und fest, wie ihre gleichmäßigen Atemgeräusche verrieten. Jesus trat ans Bett und musterte sie. Das Mädchen war ihm in der kurzen Zeit schon ans Herz gewachsen. Warum konnte er nicht sagen. Normalerweise mochte er Kinder eher weniger. Er konnte mit ihnen nicht viel anfangen. Meist waren sie laut, oft ungehorsam und man musste ständig auf sie aufpassen. Das alles nervte ihn und lenkte schnell von anderen Aufgaben ab. Bei Luna war das anders. Sie schien erwachsener zu sein, als ihr junges Alter vermuten ließ. Natürlich konnte er mit ihr keine konstruktiven Gespräche führen, aber dennoch erfüllte es ihn mit Freude, wenn er Zeit mit dem Mädchen verbringen durfte. Selbst beim gemeinsamen Puppenspiel hatte er seinen Spaß gehabt.

Er zog sich seinen Pyjama über und legte sich neben die Kleine. Er verschränkte die Arme über dem Kopf und schaute das Mädchen an. Sie sah aus wie ein schlafender Engel mit ihren langen, blond gelockten Haaren.

Sie drehte sich im Schlaf und kuschelte sich an ihn. Jesus schlang seinen Arm um ihren kleinen Körper und streichelte behutsam ihren Kopf.

Mit einer Handbewegung löschte er das Licht. Nun konnte er sie nicht mehr sehen, nur noch hören. Sie atmete gleichmäßig ein und aus. Das leise Geräusch beruhigte seine angespannten Nerven und er fiel kurz darauf in einen tiefen Schlaf.

Die aufgeregte Stimme von Susie weckte ihn. Er brauchte ein paar Sekunden, bis er wieder wusste, wo er sich befand. Per Sprachbefehl erhöhte er die Lichtleistung. Luna war durch die Stimme von Susie ebenfalls geweckt worden. Sie gähnte herzzerreißend und streichelte die Wange von Jesus. »Hallo, habe ich lange geschlafen?«, sie streckte ihre kleinen Arme nach oben und gähnte erneut.

Jesus gab ihr einen Kuss auf die Stirn und lächelte sie freundlich an. »Ja, du hast ganz lange geschlafen und das ist auch gut so. Ich denke, du gehst dich schnell waschen und dann wird dir Onkel Einar sicher ein leckeres Frühstück zubereiten«, er zog die Decke zur Seite und kitzelte Luna an der Seite. Die sprang lachend aus dem Bett und lief zur kleinen Waschecke. Kurz darauf hörte Jesus die Klospülung und das Rauschen vom Wasserhahn.

Er zog sich an und wartete, bis Luna die Waschecke wieder verließ, um sie selber benutzen zu können. Auf der Kentucky war halt alles sehr beengt und eigentlich war es kein Ort für ein kleines Mädchen. Jesus war sich dessen sehr wohl bewusst. Aber aus einem unerfindlichen Grund spürte er, dass Luna noch ein wichtiger Faktor für ihre Mission werden konnte. Wenn er auch nicht wusste, wie das möglich sein sollte.

Er rief Einar zu sich, der kurz darauf mit Luna in der Kombüse verschwand. Jesus hingegen betrat gut gelaunt und ausgeschlafen die Brücke der Kentucky.

»Wie sieht es aus, Susie? Haben wir den Hohlraum erreicht?«

Susie sah kurz von ihrem Monitor auf. »Nein, noch nicht. Ich denke, die Roboter brauchen noch ein paar Minuten.«

Jesus nickte verstehend, besorgte sich aus der Computerkombüse einen frischen Kaffee und setzte sich in seinen Sessel. Er lehnte sich entspannt zurück und genoss das starke, heiße Getränk. Man bemerkte kaum einen Unterschied zu echtem Kaffee von der Erde. Jesus sah wehmütig auf den Holo-Schirm. Hinter dem fast durchsichtigen Schutzschild erstreckte sich die karge Landschaft. Es gab kaum noch Vegetation, alles sah krank und tot aus.

»Kannst du mir die Bilder der Roboter auf den Hauptschirm legen, Susie?«

»Ja, einen Augenblick.« Susies Finger huschten über ihr Pad und der Holo-Schirm veränderte sich. Nun konnte Jesus einen schmalen Gang erkennen. Ein Laserstrahl erhellte die Szene und zauberte gespenstische Schatten auf die Wände des Tunnels. Die Roboter arbeiteten routiniert und mit gleichmäßigen Bewegungen. Schnell kamen sie dem Hohlraum Meter um Meter näher.

Dann kam der lang ersehnte Funkspruch. Sie waren zum Hohlraum durchgebrochen. Der Laserstrahl erlosch und die Roboter zogen sich zurück.

Zuvor hatten sie noch einen zwei Meter hohen und zwei Meter breiten Durchgang geschaffen, dessen Ränder langsam ausglühten.

Jesus stand auf und alle Augen richteten sich auf ihn. »Wir sollten uns bereit machen. Ich werde mit Nils, Einar und einigen Wissenschaftlern, sowie einem dutzend Soldaten das Höhlensystem betreten. Zusätzlich benötige ich noch drei fliegende Augen, Susie. Kannst du sie für mich programmieren?«

»Ja klar, wie immer Standard-Programmierung?«

Jesus nickte nachdenklich mit dem Kopf. »Ja, das sollte für unsere Zwecke genügen. Lass die Leute bitte in einer Viertelstunde am Eingang des Tunnels auf uns warten.«

»Wird sofort erledigt.«

»Ach Susie!«

»Ja?«

»Kannst du dich um Luna kümmern, solange ich dort unten bin?«

»Ja, das sollte kein Problem sein.«

Jesus stand auf und forderte Nils mit einer Kopfbewegung auf, ihm zu folgen.

***

Jesus blickte zum Ende des schmalen Tunnels. Eigentlich war es nur ein dunkles, schwarzes Loch, das ihn angsteinflößend anstarrte. Was würde ihn dort erwarten? Lag dort die Singlariton Garr Go und wartete darauf, dass er ihr ihre Geheimnisse entriss? Alles war möglich. Er konnte ein nutzloses Wrack finden, ein funktionsfähiges Raumschiff oder etwas ganz anderes. Seine Fingerspitzen kribbelten vor Aufregung. Er atmete noch einmal tief durch und schritt dann mutig zum Durchgang.

Einer der Soldaten trat neben ihn und öffnete einen metallenen Koffer. In ihm lagen drei fliegende Augen. Er nahm eines heraus und schaltete es ein. Surrend schwebte es in der Luft und wartete auf weitere Anweisungen. Ein zweiter Soldat baute einen mobilen Holo-Schirm auf, dessen Bild kurz darauf in der Luft schwebte. Derweilen startete der erste Soldat die beiden anderen fliegenden Augen, die kurz darauf durch den Durchgang verschwanden. Sie begannen damit, den Hohlraum zu scannen und zu vermessen. Bald schon würde sich zeigen, was sie wirklich gefunden hatten.

Jesus schaute nach hinten. In dem schmalen Gang standen seine Begleiter dicht gedrängt und blickten auf den Holo-Schirm oder zum Durchgang, als erwarteten sie, dass sich von dort gleich ein Monster auf sie stürzen würde. Er befreite sich von den düsteren Gedanken. Es half sowieso alles nichts. Sie mussten warten, bis die fliegenden Augen ihre Arbeit erledigt hatten und ein Bild des Hohlraums lieferten. Dann erst konnten sie entscheiden, wie sie weiter vorgehen wollten.

Es dauerte nicht lange, bis der Holo-Schirm aufleuchtete und sich ein Bild der Höhle abzeichnete. Am Rand leuchteten einige Daten auf. Jesus konnte die Größe der Höhle, die Strahlenbelastung und einige andere Daten ablesen. Die Höhle war fast sechzig Meter Hoch, vierhundertzehn Meter lang und etwa sechzig Meter breit. In seiner Mitte lag ein dunkles Objekt, das, da es keine Wärme ausstrahlte, als schwarzer Fleck auf dem Holo-Schirm erschien. Vom Umriss her konnte es das gesuchte Wotan-Schiff sein. Die Form war annähernd pyramidenförmig, auch wenn das Schiff auf der Seite lag. Von den Archiv-Bildern wusste Jesus, dass die Singlariton Garr Go einer lang gezogenen Pyramide mit vielen fremdartigen Auswüchsen glich.

Die fliegenden Augen begannen damit, die Höhle mit verschiedenen Strahlen zu beschießen. Neben Infrarot-, Thermal- und Röntgenstrahlen wurden auch fremdartige Energiesignaturen verwendet. Nach ein paar Minuten änderte sich das Holo-Bild erneut. Nun konnte man deutlich mehr Einzelheiten erkennen. Es wurden zu jedem Objekt detaillierte Daten über Beschaffenheit und Dichte der einzelnen Materialien angezeigt. Gefährliche atomare Strahlung wurde in der Höhle keine gemessen. Jesus nahm als erster seinen Helm ab, die anderen folgten seinem Beispiel. Große Strahler wurden neben dem Durchgang aufgebaut und leuchteten die Höhle aus. Jesus hatte zuvor die Konstruktionsbilder studiert und wusste, wo er nach einem möglichen Eingang in das Schiff suchen musste. Zwei Soldaten blieben als Absicherung am Durchgang zurück, der Rest folgte ihm langsam zur Singlariton Garr Go. Vor dem Schiff blieb Jesus ehrfürchtig stehen. Sein Herz schlug wild in seiner Brust. So viel konnte von dem abhängen, was sie in seinem Inneren vorfanden. Jesus zog seinen Handschuh aus und legte langsam seine Hand auf das Schiff. Es fühlte sich kalt und fremdartig an. Ehrfürchtig fuhr Jesus mit seinen Fingern die Riefen und Furchen der Außenhaut entlang. Sie war keineswegs glatt und fugenlos wie die eines terranischen Schiffs. Vielmehr sah die Hülle aus, als ob sie nur grob aus einem schwarzen Granitstein gehauen wurde. Es gab viele Vertiefungen, die manchmal ein Muster bildeten oder wahllos in die Haut geritzt worden waren.

An der Stelle, wo sich normalerweise das Schott befinden sollte, starrte sie ein schwarzes Loch an. Jemand hatte das Schott offengelassen, zuckte es durch Jesus` Kopf. Eine kleine Rampe führte von der Öffnung zum Boden. Ein seltsames Gefühl beschlich Jesus. Das schwarze quadratische Loch zog ihn magisch an. Konnte es so einfach sein? Es wirkte wie eine Einladung, die man besser ausschlagen sollte. Wer weiß, was sie im Inneren des Schiffs erwartete?

Die anwesenden Männer und Frauen schienen das Gleiche zu denken. Niemand machte sich auf, das Schiff zu betreten. Alle schauten auf Jesus, der sich unschlüssig umsah.

Das Schiff schien keinerlei Energie mehr zu besitzen. Hatte man deshalb das Schott offengelassen? Das Schiff war fast 5.000 Jahre alt, da war es normal, dass seine Energiereserven erschöpft waren. Andererseits war die Station von Wally viel älter und verfügte immer noch über genügend Reserven. Fragend blickte er zu Nils und Einar. Nils trat neben ihn.

»Was hat das zu bedeuten? Es wirkt auf mich wie eine unmoralische Einladung.«

»Ich weiß, Nils. Mir ergeht es nicht anders. Das Loch scheint mich magisch anzuziehen und gleichzeitig abzustoßen. Das ist alles viel zu einfach.«

»Was sollen wir machen?«

»Wenn ich das nur wüsste. Zumindest sollten wir keine unnötigen Risiken eingehen, auch wenn die Zeit drängt. Die Wotan waren ein gefährliches Volk und wer weiß, ob sie ihr Schiff nicht gegen unbefugtes Betreten gesichert haben.«

»Sollen wir es also nicht betreten?«, fragte Einar unsicher.

Jesus schüttelte energisch den Kopf. »Wir müssen es betreten. Wie sonst sollten wir ihm seine Geheimnisse entlocken? Es gibt keine Alternative. Ich denke aber, dass wir die Gefahr auf ein Minimum reduzieren sollten.«

»Das heißt?«

Jesus sah sich grübelnd um. »Dass wir das Schiff nur mit einem kleinen Team betreten werden.«

Schnell kristallisierte sich eine kleine Gruppe heraus, die das Schiff erkunden sollte. Jesus wollte außer Einar und Nils nur noch zwei Soldaten und zwei Wissenschaftler mit ins Schiff nehmen.

Die restlichen Leute sollten vor dem Schiff Posten beziehen und ein Basis-Lager aufbauen. Mit seinem Comband rief er erneut die Daten des Schiffs ab. Er studierte die spärlichen Informationen, die er über das Schiff besaß und suchte nach dem kürzesten Weg zur Brücke. Schnell gab er seinen Plan auf. Das Wotan-Schiff war zu geheim, als dass ihm die Pläne weitergeholfen hätten. Vom Inneren des Schiffs gab es nur unzulängliche Daten, die ihm nicht weiterhalfen. Sie mussten wohl oder übel selber nach einem

Weg zur Brücke suchen. Da sich die Brücke im vorderen Teil des Schiffs befand und sie am Heck standen, würde das sicher ein interessanter Ausflug werden.

»Könnten wir das Schiff mit neuer Energie versorgen?«, fragte ihn Einar.

Jesus sah ihn überrascht an. »Die Idee hatte ich auch schon, nur dazu müssten wir auf die Brücke und in den Maschinenraum. Erst dann kann ich sagen, ob das überhaupt möglich wäre und was wir dafür benötigen. Leider konnte uns Wally in dieser Hinsicht nicht weiterhelfen. Die Singlariton Garr Go war so geheim, dass er keine Konstruktionspläne herunterladen konnte. Viel mehr als die Grundform und vage Andeutungen waren nicht zu beschaffen.«

14 - Die Falle

Die Columbia löste sich vom Asteroiden und nahm die Verfolgung der drei Tauronen-Schiffe auf. Fast zwei Wochen hatten die Tauronen das System gescannt und alle Planeten gründlich untersucht. Zu gründlich, wie Kat fand. Das alleine machte sie schon verdächtig. Es war nicht auszuschließen, dass sie Spuren der Menschen entdeckt hatten. Zum Glück hatte die Zeit gereicht, Adnans Plan in die Tat umzusetzen. Auf der Columbia war alles vorbereitet. Die Tauronen würden nicht bemerken, dass sie verfolgt wurden. Sie standen kurz vor ihrem Hypersprung und die Columbia war viel zu weit entfernt, als dass sie sie orten könnten. Sobald die Tauronen-Schiffe in den Hyperraum sprangen, tat die Columbia es ihnen nach.

Mithilfe des Spürgeräts von Wally fiel es der Columbia leicht, den drei Schiffen zu folgen. Vor einer Entdeckung waren sie relativ sicher, da die Tauronen-Schiffe nicht über eine ähnliche Technik verfügten. Nun konnten sie nur noch abwarten und hoffen, dass ihr toller Plan auch funktionieren würde. Sollte er scheitern, kam nur noch eine Aufgabe von New Eden in Betracht. Soweit durfte es nicht kommen, auf keinen Fall.

Nach einer gefühlten Ewigkeit fielen sie endlich aus dem Hyperraum. Der Computer der Columbia reagierte sofort und folgte dem Beispiel der Tauronen. Aufwendige Scans der näheren Umgebung lieferten einen ersten Überblick. Sekündlich trafen neue Meldungen ein. Kat blickte auf den Standard Holo-Schirm. Eine 3D Sternenkarte der Umgebung baute sich auf. Bis auf die drei Tauronen-Schiffe wurden im Umkreis von fünf Lichtstunden keine weiteren Schiffe geortet. Die Schiffe waren im Leerraum zwischen zwei Systemen aus dem Hyperraum gefallen. Hier gab es nichts außer endloser Schwärze.

Kat biss sich auf die Unterlippe. Die drei Schiffe hatten die Columbia bestimmt auch sofort entdeckt, als sie ihnen aus dem Hyperraum gefolgt waren. Sie müssten auf den Anzeigen als greller Punkt aufleuchten. Nun galt es, den Plan von Adnan schnell in die Tat umzusetzen. Zeit war ein essenzieller Teil des Plans. Allen war bewusst, dass die Tauronen keine Gelegenheit haben durften, die Basss zu warnen. Die Columbia war mit nur zwei Lichtminuten Entfernung zu den drei Schiffen aus dem Hyperraum gefallen. Kat autorisierte die Freigabe ihrer Geheimwaffe, die sogleich aus dem Hangar schoss, während sie sich mit fast annähender Lichtgeschwindigkeit den drei Schiffen näherten. Sicherlich würden die drei Tauronen-Kapitäne sich verzweifelt fragen, wo dieses Erdenschiff so plötzlich herkam. Die große Frage war nur, wie sie darauf reagieren würden? Sollten sie die Gefahr eines einzelnen Schiffs, das zudem auch noch viel kleiner war als ihre eigenen, unterschätzen? Dann hatte Kat schon fast gewonnen. War aber einer von ihnen so schlau und setzte einen Funkspruch ab oder trat die sofortige Flucht an, könnte es brenzlig werden.

Kat starrte auf die Anzeigen. Die drei Tauronen-Schiffe hatten sich in Richtung der Columbia gedreht und ihre Front-Schilde hochgefahren. Ihre Waffenbänke wurden geladen. Kat konnte sich ein Lächeln nicht verkneifen. Die Tauronen reagierten genauso, wie Wally es vorausgeplant hatte. Sie sahen die Columbia nicht als wirkliche Gefahr an, eher als lästiger und interessanter Zeitvertreib.

»Wie lange noch, bis wir in Feuerreichweite kommen?«, rief Kat durch die Brücke.

»Zehn Sekunden!«, lautete die knappe Antwort.

»Volle Breitseite der Laserbänke und schießt alles an Torpedos ab, was wir haben«, brüllte sie durch den Lärm der Alarmsirene. Die Brücke wurde in ein rotes Licht getaucht und ein wiederkehrendes Signal ertönte. Es sollte die Besatzung sensibilisieren und zu einer erhöhten Aufmerksamkeit beitragen. Wissenschaftler hatten errechnet, dass man so eine um fünfundzwanzig Prozent erhöhte Reaktionszeit erzielen konnte und die Besatzung konzentrierter ihren Aufgaben nachging.

Die ersten Laser trafen auf die Tauronen-Schiffe und zerplatzende Feuerblumen erschienen auf dessen Schirmen. Torpedos schossen auf die Schiffe zu, wurden aber leichte Beute der Abwehrbatterien der drei Schiffe. Die Columbia war zwischen den Tauronen-

Schiffen hindurchgeschossen und hatte sie dabei auseinandergetrieben. Die Schiffe formierten sich hinter ihr neu und nahmen die Verfolgung auf. Dadurch, dass die Columbia direkt zwischen den Schiffen hindurchgeflogen war, konnten sie das Erdenschiff nicht mit ihren stärksten Waffen beschießen. Zu groß wäre die Gefahr gewesen, die eigenen Schiffe zu treffen. Zusätzlich hatte man vorsorglich die Schilde der Columbia verstärkt. Nun aber flog das Schiff direkt vor den drei Tauronen-Schiffen. Es gab keine Beschränkung mehr und die starken Waffenbatterien wurden geladen. Die Jagd hatte begonnen und der Spaß soeben auch.

In einer Dreiecksformation jagten die Schiffe hinter der Columbia her, die sich schon ein ganzes Stück von ihnen entfernt hatte. Die komplette Aufmerksamkeit der Schiffe lag auf der Columbia. Mit einer anderen Gefahr rechneten die Tauronen-Kapitäne hier im Niemandsland zwischen den Sternen nicht. Ihre Heckschilde wurden sträflich vernachlässigt. Die meiste Energie galt den vorderen Schirmen und dem Aufladen der Waffenbänke. Adnan und Kat hatten fest damit gerechnet, dass die Tauronen genauso auf sie reagieren würden. Ein kleiner Impuls ließ die drei Wotan-Roboterschiffe, die gut getarnt hinter den Tauronen-Schiffen lauerten, in Aktion treten. Längst hatten sie sich in Position gebracht und warteten nur auf das Signal der Columbia. Zum Feuern mussten sie ihre Tarnfunktion aufgeben. Zwar würden sie dann von den Tauronen-Schiffen sofort entdeckt werden, aber das sollte von untergeordneter Rolle sein.

Die Columbia floh vor den Tauronen. Immer wieder schleuderte sie den drei Verfolgern Laserschüsse entgegen. Diese waren viel zu schwach, um den drei Schiffen gefährlich werden zu können, beschäftigten sie aber und nahm ihnen die Konzentration auf die nähere Umgebung.

Die kleinen Wotanschiffe senkten ihre Tarnvorrichtungen. Mittlerweile waren sie auf wenige Kilometer an die Tauronen-Schiffe herangeflogen und feuerten auf das vereinbarte Signal ihr komplettes Waffenarsenal ab. Damit hatte niemand auf den Tauronen-Schiffen gerechnet. Sie hatten nur die Columbia als Gefahrenquelle ausgemacht und ihre Heckpartie nicht ausreichend geschützt. Die Heckschirme wurden nur unzureichend mit Energie versorgt und versagten bei den ersten Lasertreffern. Sie flackerten kurz auf, bevor sie endgültig in sich zusammenbrachen. Zwei Tauronen-Schiffe vergingen sofort in einer fürchterlichen Explosion, als sie von Torpedos getroffen wurden. Dass Dritte, dass den anderen vorausgeflogen war, wurde stark beschädigt und trieb brennend und antriebslos im All. Darauf hatte Kat gewartet. Die Columbia flog eine enge Kurve, warf eine EMP-Bombe auf das torkelnde Tauronen-Schiff und näherte sich vorsichtig dem angeschlagenen Gegner. Jeglicher Energie beraubt taumelte es durch die Schwärze des Weltalls. Kat wusste, dass man von dem Wrack in absehbarer Zeit keinen Notruf mehr absetzen konnte. Der Kampf hatte nur wenige Minuten gedauert. Dennoch blickte Kat nervös zur Seite. Hatten die Tauronen noch einen Notruf senden können oder war ihr riskanter Plan aufgegangen?

15 - Das Wotan-Schiff

Jesus blickte unsicher über seine Schulter. Hinter ihm standen außer Nils und Einar noch die beiden Soldaten. Markus Schenk und Natalie Urma, beides hochdekorierte Marines, die einiges an Kampferfahrung mitbrachten. Sie hielten ihre Phaser im Anschlag und in ihren Gürteln und Taschen tummelte sich noch die eine oder andere Waffe. Hinter den Soldaten warteten die beiden Wissenschaftler nervös darauf, dass es endlich losging. Jesus sah ihnen an, dass sie neugierig auf das bevorstehende Abenteuer waren, aber gleichzeitig auch Angst vor dem Unbekannten hatten. Wer wollte es ihnen verübeln? Er spürte ja selbst ein Gefühl, das er nicht zu erklären vermochte. Es war fast so, als ob ihn das Schiff rief. Was natürlich blanker Unsinn war.

Lee Edward Havert und Nisha Moglai folgten den anderen mit klopfendem Herzen in das Dunkle des Schiffs. Man hatte sie in unförmige Kampfanzüge gesteckt, in denen sie sich sichtlich unwohl fühlten. Ihre Helme waren geschlossen, was Nisha deutlich mehr zu schaffen machte als Lee. Als Biologin war sie es gewohnt, in ihrem Labor zu sitzen und Experimente am Computer zu analysieren. Hier an der Front, das war nicht ihr Metier. Lee war da anders gestrickt. Als Techniker für außerirdische Technologie war er an Außeneinsätze gewöhnt und ein uraltes, fremdes Schiff zu erkunden, was gab es da Aufregenderes?

Jesus ging voran. Seine beiden Helmstrahler vertrieben die dunklen Schatten. Der Gang hinter der Öffnung lag verlassen vor ihnen. Jesus atmete tief durch, vergewisserte sich, dass sein Strahler entsichert war, und trat über die Schwelle des Schotts. Vor ihm führte der Gang etwa zwei Meter in das Schiff, bevor er vor einem weiteren Schott endete. Fragend sah er seine Mitstreiter an. »Was machen wir jetzt? Ich glaube, es wird sich ohne Energie nicht öffnen lassen.«

Nils zuckte mit den Schultern. »Dann brennen wir uns eben durch«, antwortete er gefühllos über Funk.

Lee trat neben Jesus und beäugte das Schott ausgiebig. »Ich bin noch nicht bereit, Gewalt anzuwenden. Zuvor möchte ich noch etwas anderes versuchen«. Er ging in die Hocke, öffnete eine verborgene Platte neben dem Schott und machte sich mit einem mitgebrachten Gerät an der entstandenen Öffnung zu schaffen. Jesus konnte hinter der Klappe einige metallene Strukturen erkennen, die im Licht der Helmstrahler geheimnisvoll funkelten.

Lee zog Kabel aus seinem mitgebrachten Gerät, steckte sie in die Öffnung und schaltete das Gerät ein. Ein leises Summen ertönte, bevor das Schott geräuschlos zur Seite fuhr. Lee löste die Kabel und ließ sie in seinem Gerät verschwinden. Er stand auf und drehte sich zu Jesus um.

»Ich habe mich zuvor über die alte Wotan-Technologie schlaugemacht«, grinste er. »Das ist sozusagen ein mobiler Energieakku. Ich habe ihn mit meinem Team gebaut. Damit sollten wir die alten Schotts öffnen können, auch wenn es im Schiff keine Energie mehr gibt. Leider wird es für größere Systeme nicht funktionieren, da diese deutlich mehr Energie bräuchten als so ein simples Schott.«

Jesus nickte dankbar. »Danke, Lee. Das hilft uns schon weiter.« Jesus leuchtete in den neuen Gang. Er führte ein paar Meter in das Schiff, bevor er sich in zwei Stränge aufteilte. Der Boden bestand aus einer Legierung, die sich wie Gummi anfühlte und in etwa die gleichen Rutsch-Spezifikationen besaß. Die Wände waren leicht nach oben gebogen. Der Gang war für menschliche Verhältnisse eher niedrig. Jesus schätzte ihn auf höchstens 1,90 Meter. Die Decke wölbte sich in der Mitte leicht nach oben, was den Gang wie eine Höhle wirken ließ. Verstärkt wurde der Effekt durch die raue, unruhige Beschaffenheit der Wände. Jesus legte seine Hand auf eine von ihnen und drückte leicht dagegen. Sie gab erstaunlich leicht nach. Ganz so, als ob sie aus Leder oder Gummi bestehen würde. Überrascht zog er die Hand zurück. Nisha tat es Jesus gleich. Sie hielt ein kleines Gerät vor die Wand und nahm einige Schaltungen vor. Auf dem kleinen Bildschirm erschienen kurz darauf einige Daten. Sie las sie laut ab und ein überraschter Laut verließ ihren Mund. Jesus schaute sie fragend an. »Was haben Sie, Nisha?«

»Die Wand, wie sage ich es am besten, sie besteht aus keiner uns bekannten Legierung. Ich kann sie nicht einmal deklarieren.«

»Was heißt das?«, fragte Nils neugierig.

»Nun, es gibt kein festes Material, das diesem gleichkommen würde. Wenn ich raten müsste, würde ich es eher als ein tierisches Produkt bezeichnen.«

»Tierisch!«, Jesus zog überrascht die Augenbrauen hoch. »Das ist wirklich seltsam. Ich dachte bisher immer, dass wir im Grunde dieselbe Wotan-Technologie benutzen, wie sie auch vor 5.000 Jahren verwendet wurde.«

»Das dachte ich bisher auch, die Daten sind mehr als verwirrend. Am besten nehme ich eine Probe und untersuche sie in meinem Labor genauer.«

Sie kramte einen kleinen Laserstrahler aus ihrer Tasche und versuchte, ein Stück aus der Wand zu lösen. Die Stelle, die der Laser traf, zog sich schlagartig zusammen und wurde zu einer harten, glatten Fläche, der selbst die mehrere hundert Grad heiße Flamme nichts mehr anhaben konnte. Ratlos blickte Nisha ihren Strahler an.

Jesus postierte sich neben der Frau. Er zog seinen Handschuh aus und legte seine nackte Hand vorsichtig auf die nun glatte Stelle. »Sie ist kalt!«, flüsterte er perplex. »Das ist wirklich seltsam. Wir sollten das auf jeden Fall genauer untersuchen, aber zunächst gibt es Wichtigeres zu tun. Wir müssen die Brücke und den Maschinenraum finden, bevor uns die Basss dazwischen funken.«

Sie wählten den linken Weg. Er würde sie wohl eher zur Brücke bringen, da er Richtung Bug führte. Der neue Gang war etwas breiter, vielleicht vier Meter, wölbte sich aber ansonsten genauso wie der Alte. Jesus musterte nachdenklich die alle paar Meter auftauchenden, spitz zulaufenden Verdickungen. Sie erinnerten ihn an etwas, es wollte ihm aber nicht einfallen, wo er so etwas schon einmal gesehen hatte.

»Lee! Sie haben doch sicher auch diese Verdickungen bemerkt. Wofür halten Sie das?«

Lee beeilte sich, an die Seite von Jesus zu kommen. »Ja, die sind mir auch schon aufgefallen. Zunächst habe ich sie als einfache Verstärkungen angesehen. Sie tauchen alle paar Meter auf und laufen nach oben spitz zu. Merkwürdig finde ich, dass sie sich den Gängen anzupassen scheinen. Je nach Gang sind sie dünner oder dicker.«

»Ja, das ist mir auch aufgefallen. Irgendwie kommt mir ihre Form bekannt vor, ich kann sie aber nicht richtig zuordnen.«

»So ging es mir zunächst auch. Aber wenn man sie genauer betrachtet, diese Regelmäßigkeit und die doch seltsame Form.« Die beiden Männer waren stehen geblieben und starrten in den Gang, der sich grade vor ihnen ausbreitete. In regelmäßigen Abständen konnte man die Verdickungen sehen.

»Und? Kommt Ihnen das bekannt vor?«, fragte Lee leise.

Jesus zuckte hilflos mit den Schultern.

»Ich finde, sie sehen aus wie die Rippen eines Dinosaurierskeletts, das ich mal auf einem Foto gesehen habe«, mischte sich Einar in das Gespräch ein.

Jesus blickte überrascht über seine Schulter. »Du hast recht, Einar. Daran haben mich die Verdickungen erinnert. Jetzt sehe ich es auch. Aber was hat das zu bedeuten?«

»Das ist die Frage, auf die ich noch eine ausreichende Antwort suche. Ich habe aber zumindest die eine oder andere Theorie.«

»Und die wären? Nur raus damit, Lee.«

»Nun, es könnte sein, dass sich die Wotan beim Bau dieses Schiffs an einem Tier orientiert haben. Sie könnten also quasi einfach nur die Natur kopiert haben. Das fängt mit der seltsamen Struktur der Wände an und endet mit den rippenförmigen Verstärkungen der Wände oder …«

»Oder?«

»Es könnte einfach nur Zufall sein und es steckt etwas ganz anderes dahinter. Das ist leider schwer zu sagen. Interessanter finde ich, dass dieses Schiff ein völlig anderes Design hat, wie wir es von heutigen Wotan-Schiffen gewohnt sind.«

»Das ist mir auch schon aufgefallen. Das Design ist ein völlig anderes. Fast so, als ob es eine andere

Spezies gebaut hätte. Aber woran kann das liegen? Sie sind der Experte, Lee. Sagen Sie es mir!«

Lee lächelte ergeben. »Ich bin nicht wirklich ein Spezialist für Wotan-Technologie. Aber ich habe mir so meine Gedanken gemacht. Wissen wir eigentlich, wann die Wotan aus der Galaxie verschwunden sind und wer sie letztendlich ausgerottet hat?«

»Ehrlich gesagt, weiß ich das nicht. Wally hat da sehr ausweichend reagiert. Sie sollen sich selbst ausgerottet haben durch ein missglücktes Experiment, aber in der ganzen Galaxie? Das erscheint mir doch sehr unglaubwürdig. Sie sind vor ungefähr 2.000 Jahren verschwunden und in deren Verlauf haben die Basss die Macht übernommen. Wer aber die letzten Wotan getötet hat oder ob sie überhaupt ausgerottet wurden, weiß ich nicht. Dabei stellt sich mir auch eine andere Frage. Wie haben sie es geschafft, solch ein großes Reich zu kontrollieren und ihre Technik soweit zu verfeinern, wie sie sich uns heute präsentiert?«

»Wieso finden Sie das seltsam, Jesus?«

»Wenn ich Wally richtig verstanden habe, waren die Wotan ein äußerst kriegerisches Volk, das nur den Kampf und den Tod seines Gegners kannte. Über seinen Gegner zu triumphieren war das Größte für sie. Wäre solch ein Volk, mit diesen Veranlagungen, überhaupt fähig, eine derartige Technologie zu entwickeln?«

»Ich dachte, sie haben ihre Technologie von anderen Spezies geklaut, die sie zuvor unterworfen hatten?«

»So stand es in den Berichten von Wally. Nur, seien wir doch mal ehrlich. Ein Volk, das man militärisch unterworfen hat, dessen Technologie der Eigenen unterlegen war, was sollte man von denen gebrauchen können und wer sollte das für die Wotan nutzbar machen? Ich kann kaum glauben, dass die Wotan Interesse an Wissenschaft und Forschung hatten. Sie lebten für den Kampf, andere Interessen hatten sie nicht. Ich kann mir auch nicht vorstellen, dass sich ein Wotan dazu hinreißen ließ, mit fremder Technologie zu forschen. Das spräche so gar nicht für ihre Lebensweise. Es muss irgendetwas anderes dahinter stecken, das spüre ich. Wally kann oder will uns das leider nicht sagen. Auch finde ich es seltsam, dass dieses Schiff sich so komplett von den heutigen Wotan-Schiffen unterscheidet. Irgendetwas muss in den letzten 5.000 Jahren passiert sein. Selbst wenn das ein Experimental-Schiff war, so kann doch das Design nicht so völlig anders und fremdartig sein. Und wir dürfen auch nicht das überaus große Interesse von Wally vergessen. Er war regelrecht darauf versessen, dieses Schiff zu finden. Mit ziemlicher Sicherheit hat er uns längst nicht alles über dieses Schiff erzählt.«

»Eine KI, die lügt! Ein sehr interessanter Gedanke.«

»Ich würde nicht sagen, dass sie gelogen hat, eher hat sie die Wahrheit etwas verdreht, was aber wohl auf dasselbe hinaus läuft.«

»Dann ist es ja gut, dass wir dieses Schiff ohne ihn untersuchen können.«

»Können wir das wirklich, Lee? Denken Sie nur an die fliegenden Augen. Wir wissen über deren Technologie fast nichts. Für Wally wären sie sicher hervorragende Spione.«

Lee sah Jesus entgeistert an. »Daran habe ich noch gar nicht gedacht. Aber je mehr ich darüber nachdenke, umso mehr glaube ich, dass Sie damit recht haben könnten.«

Langsam drangen sie in das dunkle Schiff vor. Niemand von ihnen sagte etwas, alle hingen ihren eigenen Gedanken nach. Der Gang war breiter geworden und es gab erste Schotts, die von ihm abgingen. Jesus versuchte, einige von ihnen öffnen zu lassen, aber sie waren elektronisch gesichert und ohne weiteres Equipment war es Lee nicht möglich, sie zu öffnen. Nur ein kleines Schott konnte er öffnen, aber selbst dafür benötigte er mehrere Minuten. Enttäuscht fanden sie einen kleinen, leeren Raum vor. Wofür man ihn ursprünglich benutzt hatte, ließ sich auf die Schnelle nicht erkennen. Da die Zeit drängte, beschlossen sie zunächst nur noch die großen Hauptschotts zu öffnen, da sich die Brücke nicht hinter einem kleinen Schott verbergen würde.

Nach etwa dreißig Metern knickte der Gang nach links ab. Überrascht blieben sie stehen. Der Hauptgang teilte sich erneut in drei gleich aussehende, kleinere Gänge auf. Sie waren zwar beschriftet, aber der Computer konnte die Zeichen nicht entschlüsseln.

Jesus kam das mehr als seltsam vor. Ihre Computer waren von Wally mit den alten Schriftzeichen der Wotan synchronisiert worden. Warum er also nicht in der Lage war, die Zeichen zu entschlüsseln, konnte er einfach nicht verstehen.

»Was machen wir nun? Sollen wir uns aufteilen?«

»Auf keinen Fall, Nils. Wir bleiben zusammen. Auch wenn wir noch nichts Bedrohliches entdeckt haben, heißt das nicht, dass das so bleiben muss. Außerdem kann von uns nur Lee die geschlossenen Schotts öffnen.«

Jesus` Argumente ließen sich nicht von der Hand weisen und so entschlossen sie sich, dem mittleren Gang zu folgen. Dieser unterschied sich in nichts von den bisherigen Gängen. Wie sollte man sich in einem Schiff zurechtfinden, in dem alles gleich aussah? Ab und zu eine kurze Beschriftung mit irgendwelchen Zeichen, das war`s. Auf menschlichen Schiffen gab es zumindest andere Farben oder das Design änderte sich. Aber hier war alles irgendwie gleich und düster.

Ein großes Doppelschott stoppte sie nach einigen Minuten. Sofort machte sich Lee an ihm zu schaffen. Er brauchte diesmal deutlich länger, um es zu öffnen, was Jesus für ein gutes Zeichen hielt. Es war besser gesichert und das deutete im Allgemeinen auf etwas Wichtiges hin.

Lautlos fuhr das Schott auseinander und die Anwesenden blickten überrascht in den großen Raum dahinter. Die Decke erstreckte sich fünf Meter in die Höhe und Jesus schätzte, dass der rechteckige Raum mindestens zehn Meter lang und acht Meter breit war. Das Design unterschied sich nicht viel von den vorigen Gängen. Die Decke wölbte sich in einem Halbkreis über ihren Köpfen und alle paar Meter gab es diese rippenartigen Wülste. Ansonsten war er komplett leer. Man konnte auf dem Boden noch Spuren erkennen, dass sich hier einmal das eine oder andere Gerät befunden hatte, aber die Halle war komplett entkernt worden.

»Was ist hier passiert?«, fragte Nisha mit belegter Stimme.

»Wenn ich das nur wüsste. Irgendjemand hat alles entfernt, was nicht niet- und nagelfest war. Warum hatte man das bloß gemacht?«, murmelte er nachdenklich.

Dass es sich bei diesem Raum nicht um die gesuchte Brücke handelte, war ihm bewusst, da sie sich mitten im Schiff befanden und kein Schiffsbauer käme auf die wahnwitzige Idee, eine Brücke mitten im Schiff zu installieren.

Auf der anderen Seite des Raumes gab es ein weiteres großes Doppelschott. Lee öffnete es für sie. Diesmal ging es deutlich schneller, da der Computer die Verschlüsselung geknackt zu haben schien. Wie nicht anders zu erwarten ging es mit einem Gang weiter, der dem Alten bis aufs letzte Molekül glich. Interessanterweise endete er nach wenigen Metern in einem runden Platz, von dem acht gleichgroße Gänge abgingen.

Unschlüssig standen sie in der Mitte des fünf Meter großen Raumes. Die Decke wölbte sich wie eine Kuppel über ihren Köpfen.

»Und nun?«, fragte Einar unschlüssig.

Jesus zuckte hilflos mit den Schultern. Mittlerweile hatte auch er die Orientierung verloren. Wo es hier zum Bug des Schiffs ging, konnte er beim besten Willen nicht sagen.

»Ich habe eine Idee!«, verkündete Lee. »Ich glaube aber, dass sie Ihnen nicht gefallen wird, Jesus.«

Er sah Lee überrascht an. »Ob sie mir gefällt, sage ich Ihnen, wenn Sie mir Ihre Gedanken mitteilen.«

»Okay, wir könnten die fliegenden Augen in die Gänge schicken. So können wir zumindest die ungefähre Richtung am Computer ablesen. Kompasse funktionieren in diesem Schiff ja nicht.«

Jesus sah ihn nachdenklich an. »Sie haben Recht, Lee. Der Gedanke, die Augen erneut einzusetzen, missfällt mir wirklich. Aber da ich auch keine bessere Idee habe, sollten wir es wohl in Betracht ziehen. Wenn wir einen Weg zur Brücke gefunden haben, deaktivieren wir sie aber sofort wieder. Sie wissen ja, warum.«

Lee nickte verstehend. Er holte die drei Augen vorsichtig aus dem metallenen Koffer und ließ sie in die Höhe schweben. Nils hatte derweil die Programmierung der drei Augen übernommen. Leise schwirrten sie in unterschiedliche Richtungen davon. Eines flog den Weg zum Ausgang zurück, die beiden anderen erkundeten die sieben Gänge vor ihnen.

»Hast du schon eine Idee, warum kein Kompass in diesem Schiff funktioniert, Einar?«

»Es scheint ein starkes Magnetfeld im Inneren des Schiffs zu geben. Ich kann es aber nicht genau messen. Laut den Anzeigen ist das ganze Schiff ein einziger Magnet, was natürlich blanker Unsinn ist.«

Lange brauchten sie nicht zu warten, bis auf dem Holo-Schirm eine Skizze des Schiffs aufleuchtete. Eine rote Linie zeigte ihren bisherigen Weg, ein rotes Kreuz ihre aktuelle Position. Die sieben Abzweigungen führten in unterschiedliche Richtungen, aber nur eine führte in Richtung Bug. Sie warteten, bis die drei fliegenden Augen zurückgekehrt waren und Lee sie sicher in seinem Koffer verstaut hatte, dann wählten sie den Weg, der zur vermeintlichen Brücke führte.

Jesus war nicht besonders erfreut darüber, die Augen eingesetzt zu haben, aber in Anbetracht der wenigen Zeit, die ihnen blieb, war es wohl alternativlos gewesen.

Nach drei weiteren geöffneten Schotts erreichten sie einen Gang, der sanft in die Höhe führte. Er war besonders breit und endete vor einem speziellen Schott. Es war bedeutend größer und viele Muster und Linien gaben ihm ein besonderes Erscheinungsbild. Trotz intensiver Bemühungen schaffte es Lee nicht, dieses Schott zu öffnen.

»Ich verstehe das nicht. Irgendetwas verhindert, dass sich das Schott öffnet.«

»Was könnte der Grund sein?«, erkundigte sich Nisha neugierig.

»Ich bin mir nicht sicher. Es könnte von innen blockiert sein, entweder elektronisch oder physisch. Ich weiß es leider nicht. Wir kommen hier wohl nur mit Gewalt weiter.«

Jesus sah sich das Schott genauer an. Er fuhr sanft mit seinen Fingern die seltsamen Rillen und Furchen nach, die ein krudes Muster zu bilden schienen. Leise murmelte er dabei vor sich hin. In seinem Kopf fügten sich die Gedanken zu einem Bild zusammen. Wenn dies der Weg zur Brücke des Schiffs war, dann könnte es besonders gut gegen unbefugtes Eindringen gesichert sein. Auf Erdenschiffen war es ähnlich. Schließlich sollte niemand so einfach das Herzstück des Schiffs betreten können. Wie würde man das auf einem ihrer Schiffe bewerkstelligen? Vielleicht mit einem besonderen Brückencode. Wenn man das hier ähnlich gesichert hatte, könnte eine Wotan-DNA helfen. Jesus suchte mit den Augen einen Platz, auf den er seine Hand legen konnte. Es gab hier aber nichts dergleichen. Er sah auch keine Kameralinse, in die er schauen konnte. Er besprach seine Gedanken mit den anderen, die ihm zwar zustimmten, aber auch keine anderen Ideen hatten, wie man sich ansonsten legitimieren könnte.

»Ich weiß ja nicht allzu viel über die alte Wotan-Technologie, aber ich könnte mir vorstellen, dass uns jemand helfen könnte, der ein besonderes Gen in sich trägt«, dachte Nils laut.

Jesus zuckte unmerklich zusammen. »Das meinst du nicht im Ernst!«, flüsterte er mit belegter Stimme.

»Eigentlich doch. Wenn du keine andere, bessere Idee hast, dann hilft uns ansonsten nur noch rohe Gewalt und die willst du ja ums Verrecken nicht anwenden.«

»Das ist richtig. Wir wissen nicht, wie das Schiff auf rohe Gewalt reagiert. In den heutigen Wotan-Schiffen kann das schnell mal zur Selbstzerstörung des Schiffs führen. Die Wotan teilen ihren technologischen Vorsprung nicht gerne mit anderen. Ich befürchte, dass das hier nicht viel anders sein wird.«

»Dann ist meine Idee wohl alternativlos!«, stieß Nils grimmig hervor.

»Ich verstehe gerade nicht, was Nils damit meint?«, flüsterte Nihan verwirrt.

Jesus sah sie mit schmalen Augen an. Sein Mund war zu einem Strich geschlossen.

»Er meint, dass wir Luna hierher bringen sollen, weil er glaubt, dass sie mit ihrer besonderen Wotan-DNA das Schott für uns öffnen kann.«

16 - Enterkommando

Die Columbia setzte sich neben das antriebslose Tauronen-Schiff und zog es mit einem starken Traktorstrahl zu sich heran. Es gab einige Hüllenbrüche, aus denen noch immer Atmosphäre ins All entwich. An einigen Stellen waren Brände ausgebrochen. Kat sah lange Flammenzungen, die aus dem Schiff ins All schossen. Dichter Rauch wurde nach draußen gezogen. Sie konnte sich gut vorstellen, welches Durcheinander auf dem anderen Schiff herrschte. Der Gegner war angeschlagen, aber nicht wehrlos. Es gab für Kat nur zwei Optionen. Sie konnte das Schiff einfach zerstören, aber dann beraubte sie sich wertvoller Informationen. Sie könnten noch wichtig sein, da niemand wirklich wusste, was die Tauronen herausgefunden hatten.

Die zweite Option war weitaus gefährlicher. Kat könnte ein Enterkommando auf das fremde Schiff schicken und so versuchen, an die wichtigen Informationen zu gelangen. Aller Voraussicht nach würden sie dabei auf heftigen Widerstand stoßen, aber es war die Sache wert. Ein Teil ihres Plans, der bisher so perfekt funktioniert hatte, beinhaltete solch ein Szenario. Kat hatte vor Beginn der Jagd ein Enterkommando zusammengestellt und sie war fest entschlossen, selber daran teilzunehmen. Adnan hatte sich nicht davon abbringen lassen, Kat zu begleiten. Auch wenn

Kat seine wahren Beweggründe nicht kannte, hatte sie dennoch widerwillig zugestimmt.

Ein beweglicher Tunnel wurde an das Tauronen-Schiff angedockt und verankerte sich selbstständig. Automatisch wurde der Tunnel mit Atmosphäre geflutet und zwei Roboter begannen damit, die Außenhaut des fremden Schiffs aufzuschweißen. Kat verfolgte das alles auf einem Holo-Schirm. Die beiden Roboter schnitten ein zwei Meter großes Loch in die Außenhülle des Tauronen-Schiffs. Krachend fiel das metallene Stück in das Schiffsinnere. Sekunden später zuckten Laserstrahlen durch die Öffnung und verdampften die beiden Roboter zu einem Haufen glühenden Metalls. Kat hatte damit gerechnet. Sie gab einigen schwer bewaffneten Soldaten ein Zeichen, die daraufhin vorrückten und mit schweren Waffen zurückfeuerten. Einer von ihnen warf eine Handgranate durch die Öffnung. Kurz darauf erhellte ein grelles Licht das Tauronen-Schiff und der Laserbeschuss erstarb. Schnell rückte ein gutes Dutzend Soldaten vor und sprang durch die Öffnung. Über ihre Helmkameras konnte Kat den weiteren Kampf durch ihr Comband verfolgen, das die Bilder vor ihrem inneren Auge erscheinen ließ. Es gab nur noch sehr wenig Widerstand, da die meisten Gegner bei der Explosion der Handgranate gestorben waren. Als Kat das Signal erhielt, dass der Übergang gesichert war, setzte sie mit Adnan und dem Rest der Männer auf das

Schiff über. Sie mussten schnellstens die Brücke erreichen, bevor die Tauronen die Energie wieder herstellen konnten. Nicht dass sie noch die Chance erhielten, einen Notruf abzusetzen oder die Selbstzerstörung des Schiffs zu aktivieren. Kat wusste, dass sie dazu Energie benötigten, da eine Selbstzerstörung ohne einen funktionierenden Computer nicht möglich war. Alternativ könnten sie das Schiff auf herkömmliche Weise sprengen. Dazu müssten sie nur eine Bombe im Maschinenraum zünden. Aus Sicherheitsgründen wurden dort aber keine Bomben gelagert. Das verriet einem schon die bloße Vernunft. Niemand würde scharfe Waffen in der Nähe der Antriebsmaschinen aufbewahren. Auch die Tauronen bildeten da keine Ausnahme. Sie dort zu deponieren, würde Zeit benötigen und diese Zeit wollte Kat den Tauronen nicht geben. Das Vorrücken gestaltete sich mühseliger als zuvor gedacht. Die Schwerkraft im Schiff war ausgefallen und nur mithilfe ihrer Magnetstiefel konnten sie überhaupt verhindern, dass sie hilflos durch das Schiff schwebten.

 Ein Team unter Major Hank Schmula sollte sich zum Maschinenraum durchkämpfen und Kat gedachte, mit dem Rest des Einsatzkommandos zur Brücke vorzurücken. Da die Zeit eine nicht untergeordnete Rolle spielte, hatte Kat befohlen, rücksichtslos vorzugehen. Zeit für lange Kampfgeplänkel musste unter allen Umständen vermieden werden. Zusätzlich sollten zwei Jäger den vorrückenden Soldaten Schützenhilfe leisten und ihre Gegner, wenn nötig, von außen bekämpfen.

Schnell ließen sie die ersten Meter hinter sich, da sie nur sporadisch angegriffen wurden. Die Marines erledigten ihre Aufgabe routiniert und schalteten die wenigen Gegner schnell aus. Leider gab es keine genauen Pläne des Tauronen-Schiffs, sodass sie sich nach den Beschriftungen der Gänge orientieren mussten, was mehr Zeit in Anspruch nahm, als Kat es sich gewünscht hätte.

Kat lief hinter zwei Soldaten, die in ihren Kampfanzügen und den schweren Strahlengewehren auf die Tauronen furchterregend wirken mussten. Sich ihnen leicht bewaffnet entgegenzuwerfen, grenzte schon fast an Selbstmord. Dennoch war sich Kat bewusst, dass die Tauronen sie um jeden Preis von der Brücke fernhalten wollten. Die bisherige Gegenwehr würde sich, je näher sie der Brücke kamen, sicher deutlich erhöhen.

»Wo müssen wir hin?«, rief einer der vorauslaufenden Soldaten, als sie eine erneute Abzweigung erreichten. Kat schaute auf ihr Comband. Sie scannte die Zeichen an den Wänden und ihr Comband übersetzte sie ins Terranische. »Wir nehmen den Weg geradeaus und an der nächsten Abzweigung den Linken!«, rief sie den Soldaten zu, die sich schon wieder in Bewegung gesetzt hatten.

Der Gang führte in einer leichten Rechtskurve weiter und die vorderen Soldaten verschwanden aus Kats Blickwinkel. Entsetzt registrierte sie das plötzlich auftretende, schwere Abwehrfeuer. Im Gang vor ihr blitzte es mehrfach auf und die Schreie ihrer getroffenen Männer drangen über Funk in ihre Ohren. Rauch breitete sich aus und Kat hörte das typische Fauchen der schweren Plasmagewehre ihrer Soldaten. Wie viele von ihnen waren verletzt? Alles war viel zu chaotisch und im Funk herrschte ein völliges Durcheinander. Kommandos wurden gebrüllt, während man versuchte weiter vorzurücken.

Kat hastete um die Ecke und konnte endlich das Kampffeld überblicken. Alles war voller Rauch und ihr Kampfanzug schaltete automatisch die Sicht auf Infrarot um. Kat zählte vier Soldaten, die am Boden lagen. Wie schwer sie verwundet waren, ließ sich von hier aus nicht sagen. In ihrem Taktik-Display leuchtete über einem der Männer ein rotes Licht auf. Er war gefallen und für ihn kam jede Hilfe zu spät. Mit Tränen in den Augen warf sie sich zu Boden und hob ihren Strahler in Richtung der Tauronen. Nur wohin sollte sie zielen? Ein Gegner war nicht auszumachen. Sie waren entweder schon tot oder hatten sich hinter irgendwelchen mobilen Abwehrwänden zurückgezogen. Ab und zu tauchte einer von ihnen auf, wenn er seine Deckung verließ, um auf die Menschen zu feuern. Sie wurden meistens schnell von den Marines erledigt. Kat kam nicht einmal dazu, einen der Tauronen mit ihrem Gewehr anzuvisieren.

»Mac Gregor!«, rief sie in den Funk. »Wie sieht es dort vorne aus? Mit wie vielen Gegnern haben wir es hier zu tun?«

»Können wir noch nicht genau sagen. Die schirmen sich irgendwie ab. Im Radar ist nichts zu sehen. Wir können sie nur erkennen, wenn sie sich hinter ihren Deckungen hervorwagen. Sollen wir mit schweren Geschützen vordringen?«

»Nein, wir versuchen es lieber mit einem der Jäger. Aktivieren Sie Ihre Magnetklammern, nicht dass noch jemand ins All gesaugt wird.«

»Okay, verstanden!«, kam es umgehend zurück. Kat registrierte, wie sich die Mitglieder des Einsatzkommandos auf den bevorstehenden Druckverlust vorbereiteten. Kat missfiel es zwar, so viele unschuldige Tauronen töten zu müssen, aber sie sah in Anbetracht ihres straffen Zeitfensters keine Alternative. Sie gab den Jägerpiloten ihre Position durch und autorisierte den Beschuss mit einem nicht nuklearen Torpedo. Dreißig Sekunden später erschütterte eine heftige Explosion den Bereich vor ihnen. Schlagartig wurde die Atmosphäre in diesem Teil des Schiffs in das Weltall gesaugt. Der Torpedo hatte ein zwanzig Quadratmeter großes Loch in die Außenhülle des Schiffs gerissen. Zwar befanden sie sich nicht unmittelbar an der Außenwand des Schiffs, aber durch den plötzlichen Druckverlust wurde alles, was nicht fest mit dem

Schiff verankert war, nach draußen gesaugt. Die Tauronen hatten keine Chance. Kat hatte traurig den Kopf gesenkt und schaute wieder auf, als sich der Druckausgleich angeglichen hatte. Der Rauch war verschwunden, genauso wie die gefallenen Tauronen und ihre mobilen Abwehrwände. Durch das große Loch sah sie vereinzelt Sterne blitzen. Der Torpedo war tief in das Schiff eingedrungen und hatte dementsprechend große Schäden hinterlassen.

»Wir müssen weiter!«, brüllte sie mit belegter Stimme in den Funk. Sie stürmte hinter den Marines her, die schon aufgesprungen waren und sich nach vorne kämpften. Zwei Männer kümmerten sich um die Verwundeten und versorgten ihre Wunden, so gut sie das vor Ort konnten. Sie hatten zwei Marines verloren und unzählige Tauronen waren zu Tode gekommen. Bis zur Brücke gab es nun keine Gegenwehr mehr. Das große Schott, das zur Brücke führte, war geschlossen und Kat ordnete an, es aus Zeitmangel einfach aufzusprengen. Ein Soldat brachte eine der Fusionsbomben an das Schott an.

Ein dumpfer Knall ertönte, als sie explodierte und das Schott auseinanderriss. Die Brückenbesatzung hatte keine Chance, als auch auf der Brücke die Luft schlagartig entwich und alle, die nicht angeschnallt waren, mit sich riss. Die Marines sprangen aus ihren Deckungen und drangen auf die Brücke vor. Einer von ihnen warf eine Blendgranate durch das gesprengte Schott, bevor sie mit gezückten Waffen vorrückten. Ein kurzes, heftiges Feuergefecht tauchte die Brücke in ein geisterhaftes Licht, bevor es ruhig wurde. Kat folgte kurz darauf ihren Soldaten. Einige der Tauronen hingen leblos in ihren Sitzen, andere hatten die Hände gehoben und blickten ängstlich durch ihre Visiere auf die hereinstürmenden Soldaten. Kat schaute in ihre bleichen Gesichter, die sie unter ihren Helmvisieren kaum ausmachen konnte.

»Wer ist Ihr Kapitän?«, fragte sie gefährlich leise. Ihr Kommunikator übersetzte ihre Worte ins Tauronische, aber sie bekam keine Antwort.

»Muss ich erst Weitere von Ihnen töten, bevor Sie mir helfen?«

Eine Frau, die an der Funkstation saß, zeigte ängstlich auf ein Schott am Ende der Brücke. Kat nickte verstehend. »Mac Gregor, kümmern Sie sich darum!«, forderte sie ihren Sicherheitschef auf. Der positionierte sich mit drei Mann am Schott und versuchte, es manuell zu öffnen. Als ihm dies nicht gelang, drehte er sich um und schaute Kat fragend an. »Kann man von hier das Schott öffnen?«, erkundigte sich Kat bei der Funkoffizierin. Sie sah Kat erschrocken an und nickte schnell mit dem Kopf. »Gut, dann öffnen Sie es«, forderte Kat die Frau auf.

Langsam löste sie ihren Gurt, wurde sofort von der Schwerelosigkeit erfasst und schwebte durch die Brücke. Einer der Marines kam ihr zu Hilfe und zog sie zu sich heran. Darauf hatte die Frau nur gewartet. Mit einem schnellen Griff angelte sie nach einer der Handgranaten, die an seinem Gürtel baumelten und zog den Sicherungsstift. Ehe Kat oder einer der anderen reagieren konnten, explodierte die Handgranate und zerriss den Soldaten mitsamt der Tauronin. Kat sah entsetzt auf die sich ausbreitende Blutwolke. Damit hatte sie nicht gerechnet und Tränen der Wut schossen ihr ins Gesicht. Der Tod dieser beiden war völlig sinnlos gewesen. Mac Gregor riss seinen schweren Plasma-Strahler hoch und feuerte voller Wut auf das Schott.

Das Schott begann hell zu leuchten und langsam löste es sich in seine Bestandteile auf und glühende Reste tropften zu Boden. Ein Loch bildete sich, das schnell größer wurde. Als es etwa einen halben Meter groß war, zuckten Laserstrahlen auf die Marines, die sich vor dem Schott positioniert hatten. Sie wichen zur Seite aus und erwiderten das Feuer. Ein lauter Schmerzensschrei drang zu ihnen und das Laserfeuer erstarb. Mac Gregor feuerte weiter mit seinem Plasma-Gewehr und vergrößerte das Loch so weit, bis einer seiner Leute durch das Loch springen konnte. Mit gezücktem Gewehr warf er sich durch das zerstörte Schott, bereit, auf eventuelle Gefahren sofort reagieren zu können.

Sie fanden den Kapitän des Schiffs auf dem Boden hinter seinem wuchtigen Schreibtisch. Ein Laserstrahl hatte ihn in die Brust getroffen. Seine gebrochenen Augen sagten mehr als tausend Worte. Er war tot und würde den Menschen keine Fragen mehr beantworten. Das würde Kat sicher nicht gefallen, dachte Mac Gregor beim Anblick des toten Kapitäns bedauernd.

***

Major Hank Schmula kämpfte sich mit seinen Leuten Richtung Maschinenraum vor. Er traf nur auf sporadischen Widerstand und kam zügig voran. Ihr Vormarsch wurde erst gestoppt, als sie einen Teil des Schiffs erreichten, der von einem Torpedo getroffen worden war. Die Verwüstung war so massiv, dass sie ohne schweres Gerät nicht weiterkommen würden. Sie mussten sich wohl oder übel einen anderen Weg zum Maschinenraum suchen. Zähneknirschend drehten sie um und suchten an der letzten Abzweigung nach einem anderen Weg.

Hank studierte die Bezeichnungen an den Wänden, wurde aber wenig schlau daraus. Die meisten Bezeichnungen sagten ihm nichts, obwohl sein Comband sie ihm übersetzte. Es gab wohl keine Bezeichnungen für die meisten Orte hier im Terranischen. Grübelnd sah er sich nach seinen Leuten um. Henry Roulot, ein kleiner Mann Mitte dreißig mit roten Haaren und einer dicken Narbe im Gesicht, trat neben ihn und zuckte genauso hilflos mit den Schultern wie sein Major. »Haben Sie eine Idee, Henry?«

Er lächelte verlegen. »Nein, aber es ist doch auch egal, wohin wir laufen. Da wir nicht wissen, welcher

Weg zum Maschinenraum führt, ist die Entscheidung doch relativ einfach.«

Hank sah ihn irritiert an. »Wie meinen Sie das, Henry?«

»Nun, wir nehmen natürlich den rechten Gang. Der führt grob in Richtung des Maschinenraums, während die beiden anderen von ihm wegführen. An der nächsten Abzweigung sehen wir dann weiter. Hauptsache wir bleiben auf dem Deck. Es gibt bestimmt mehrere Wege zum Maschinenraum. Oder glauben Sie das nicht?«

»Doch, doch. Der Raum ist für ein Schiff viel zu wichtig, als dass man ihn nur durch einen Zugang erreichen könnte«, er atmete erleichtert durch und winkte seine Männer zum Aufbruch auf. Schließlich drängte die Zeit.

***

Kat ließ die drei überlebenden Tauronen auf eine kleine Bank setzen, die an der Wand der Brücke befestigt war. Sie diente wohl Besuchern, die die Brückenarbeit verfolgen wollten. Kat baute sich vor den Dreien auf und schaute sie mit ernster Miene an, sagte aber kein Wort zu ihnen. Unsicher schauten sich die Tauronen an. Keiner von ihnen wusste, was die Menschen mit ihnen vorhatten. Kat gab einem der Marines ein Zeichen und er zerrte einen der Tauronen hoch und schleifte ihn ein paar Meter bis zur Mitte der Brücke. Langsam zog er seinen Phaser und zielte auf den

Kopf des Unglücklichen. Der schrie verängstigt auf und fing leise an, vor sich hinzumurmeln. Kat verstand die tauronischen Worte nicht. Ihr Kommunikator versuchte zwar, die Worte zu übersetzen, sie ergaben aber keinen Sinn. Kat nahm daher an, dass es sich um ein Gebet handelte und der Computer einen Großteil der Worte nicht ins Terranische übersetzen konnte, da es keine vergleichbaren Worte gab. Kat brauchte Informationen über das, was die Tauronen über ihr System herausgefunden hatten. Des Weiteren musste sie wissen, ob sie gerade im Begriff waren, das Schiff zu zerstören. Die Computer der Brücke war vor unerlaubtem Zugriff geschützt und ihre Techniker hatten es bisher nicht geschafft, diesen zu knacken. Kat glaubte auch nicht, dass sie das in den nächsten Stunden schaffen würden. So viel Zeit blieb ihr aber sicher nicht mehr. Solange ihre Männer nicht den Maschinenraum unter Kontrolle hatten, war Zeit ein wichtiger Faktor. Jeder Zeit konnten die Tauronen-Techniker die Energiezufuhr wiederherstellen und das durfte auf keinen Fall passieren. Kat brauchte nun schnell Informationen und wenn es dazu Gewalt benötigte, dann war sie dafür bereit.

Der Marine zielte noch immer mit der Waffe auf den Kopf des Tauronen. Er blickte unsicher zu Kat, die kaum merklich nickte, während ihr Tränen in die Augen schossen. Das Zischen des Phasers ließ sie zusammenzucken und sich angewidert wegdrehen. Der tote Körper des Tauronen trieb in der Schwerelosigkeit langsam zur Seite. Kat beachtete ihn nicht weiter. Sie baute sich erneut vor den beiden Überlebenden auf und starrte sie kalt an. Sie konnte das Unbehagen und die Angst der beiden spüren. Einer der Überlebenden war eine junge Tauronin. Vor lauter Angst brach sie zusammen und rutschte von der Bank. Einer der Marines sprang vor und hielt sie am Arm fest, ehe sie den Boden erreichte. Er schaute kurz zu Kat, die nickte ihm traurig zu und der Marine zog sie hoch und schleifte die Frau in die Mitte des Raumes. Trotzig schaute sie Kat an. Ihr Gesicht war deutlich hinter dem Visier des Helms zu erkennen. Kat wollte sie nicht töten, aber sie brauchten nun mal Informationen und die beiden machten bisher keine Anstalten, ihr etwas zu verraten. Eigentlich fühlte Kat so etwas wie Bewunderung für die beiden. Sie waren ihrem Kapitän und ihrem Volk loyale Soldaten. Genau solche Soldaten hätte sich jeder Anführer gewünscht. Selbst im Angesicht des Todes blieben sie standhaft und ihren Prinzipien treu. Ihr Leben zu beenden, obwohl sie nur ihre Befehle befolgten, das widerstrebte Kat zutiefst. Jedes Leben im Universum war wertvoll, auch das ihrer Feinde, wobei die Tauronen genau genommen eigentlich nicht ihre Feinde waren. Das waren, wenn überhaupt, die Basss und selbst da war sich Kat nicht so sicher, ob damit alle Basss gemeint waren oder nur ein kleiner Teil von Hass zerfressener fanatischer Ideologen.

»Ich, ich werde Ihnen sagen, was Sie wissen wollen!«

Kat drehte sich um und sah den Tauronen verwundert an. Er saß aufrecht und stolz auf der Bank und blickte sie emotionslos an.

»Warum wollen Sie so plötzlich reden?«, fragte Kat argwöhnisch. Wieso hatte er so plötzlich seine Meinung geändert? Dann huschte ein Lächeln über ihr Gesicht. Sie schaute über ihre Schulter. Der Tauron schien etwas für die Frau zu empfinden. Das erkannte Kat in dem Ausdruck, wie er die Frau ansah. Kat lächelte kurz. Das Glück hatte ihr in die Karten gespielt und sie gedachte das für sich zu nutzen.

17 - Das Schiff

Nihan sah Jesus erschrocken an. »Das ist nicht Ihr Ernst! Sie können doch nicht ernsthaft in Betracht ziehen, ein kleines Mädchen an diesen Ort zu bringen. Niemand weiß, was uns hier noch erwartet«, stieß sie ungläubig hervor.

Jesus sah sie traurig an. »Ich teile ja Ihre Ansicht, Frau Moglai, aber ich sehe im Moment keine andere Lösung.«

»Sie wissen doch gar nicht, ob Luna überhaupt in der Lage ist, das Schott zu öffnen. Sie dürfen das nicht tun.«

»Ich teile Ihre Befürchtungen, das können Sie mir glauben, aber es steht so viel auf dem Spiel und die Zeit läuft gegen uns«, er zuckte hilflos mit den Achseln. »Was soll ich machen, manchmal muss man Risiken eingehen, auch wenn man es eigentlich nicht möchte«, Jesus hob seinen Arm und aktivierte sein Comband. »Susie, kannst du mich hören?«

»Ja, Jesus ich höre dich. Was gibt es Neues?«

»Kannst du mit Luna zu uns ins Wotan-Schiff kommen?«

»Ich soll was machen? Kannst du das bitte noch einmal wiederholen?«

Jesus lächelte gequält. »Du hast mich schon richtig verstanden, Susie. Und bitte beeilt euch. Ich werde Nils zum Eingang schicken, um euch abzuholen.«

Er drehte sich zu Nils um, der das Gespräch mitbekommen hatte und sofort mit einem Soldaten aufbrach, um Susie und Luna am Eingang des Schiffs abzuholen.

Zwanzig Minuten später traf Susie mit Luna auf dem Arm in der Höhle ein. Ehrfürchtig schaute sie sich um. Die Höhle war riesig und das fremde, schwarze Schiff wirkte bedrohlich auf die beiden. Luna krallte sich fest an Susie. Sie begann leicht zu zittern, sodass Susie sich genötigt sah, beruhigend auf sie einzureden. Vorsichtig streichelte sie dem Mädchen über das blonde Haar. »Du brauchst keine Angst zu haben. Wir werden gleich Onkel Jesus und die anderen treffen.«
»Ich habe keine Angst, Tante Susie.«
Verwundert sah sie das Mädchen an. Luna sprach nur sehr wenig und wenn, dann selten in ganzen Sätzen.
»Lasse mich bitte herunter. Ich möchte mit dem Schiff reden!«
Susie blieb verwundert stehen. Was hatte Luna da eben zu ihr gesagt? Ungläubig starrte sie dem Mädchen in die Augen und ließ sie von ihrem Arm rutschen. Luna ließ ihre Hand los und ging mit sicheren Schritten auf das Schiff zu. Luna legte ihre Hand auf die schwarze Außenhaut des Wotan-Schiffs. Kaum näherte sich ihre Hand dem Schiff, als die seltsamen Furchen und Zeichen in der Nähe ihrer Hand zu leuchten begannen.

Susie bekam vor Schreck nicht einmal den Mund zu. Was hatte das zu bedeuten? Verwirrt und von der Szene ergriffen, torkelte sie ungelenk hinter Luna her, die zielstrebig zum Schott marschierte, in dem gerade der wuschelige Haarschopf von Nils auftauchte. Er lächelte den beiden entgegen, bis er das Leuchten bemerkte und ihm seine Gesichtszüge entglitten. Er gab den Weg frei und Luna trat an ihm vorbei und schaute sich suchend im Schiff um. Nils schaute Susie fragend an, die aber nur verwundert mit den Schultern zucken konnte.

»Luna, wie hast du das gemacht?«, erkundigte er sich mit heiserer Stimme.

»Ich weiß nicht, was du meinst, Onkel Nils?«

»Na, ich meine, warum das Schiff anfängt zu leuchten, wenn du an ihm vorbeigehst?«

Luna sah zu ihm hinauf. »Ich rede mit ihm und es antwortet mir. Redet es mit dir nicht?«

»Äh, nein«, er runzelte die Stirn. »Und du kannst mit dem Schiff reden? Was sagt es denn?«

Luna sah ihn verwundert an und ging forsch an ihm vorbei. Der Gang neben und vor ihr begann hell zu leuchten und wies ihnen den Weg.

Kurze Zeit später standen sie neben den anderen. Jesus hatte Nils und Susie fragend angeblickt, als der Gang hell aufleuchtete, nachdem sie um die Ecke gebogen waren.

»Ich weiß nicht, wie sie das macht, Jesus. Sie sagt, sie redet mit dem Schiff, was immer das auch heißen mag.«

Jesus nickte verstehend. »Luna, mein Schatz. Was erzählt dir das Schiff?«

»Ich verstehe deine Frage nicht?«

»Nun, zu uns spricht das Schiff nicht. Es redet nur mit dir. Kannst du es fragen, ob es uns den Weg zur Brücke zeigen kann?«

»Ja, das kann ich machen.« Sie schaute konzentriert zum Schott, auf dem kurz darauf die Zeichen bläulich zu leuchten begannen und es sich geräuschlos öffnete. Ungläubig blickten die Anwesenden in den Raum, der sich ihnen präsentierte. Die Beleuchtung des Raums sprang an und tauchte den großen, runden Raum in gleißendes Licht. Der Raum maß etwa dreißig Meter im Durchmesser und war kreisrund. Er wirkte seltsam leer und kalt. Vorsichtig betrat der kleine Trupp die Brücke des alten Wotan-Schiffs. Ehrfürchtig blieben sie in der Mitte des Raumes stehen und sahen sich neugierig um. Es gab keine Maschinen, Kontrollpaneele oder der gleichen. Bis auf ein paar Sessel war der Raum leer. Jesus konnte das nicht verstehen. Wo waren all die Dinge geblieben? Es gab keine Computer, Monitore oder Eingabepults. Wie hatten die alten Wotan das Schiff gesteuert?

»Luna, kannst du für mich das Schiff fragen, wo die ganzen Geräte und Maschinen geblieben sind?«

Luna nickte schnell mit dem Kopf. »Ja, ich glaube, das kann ich machen«, sie stand mitten im Raum und sah konzentriert die helle, leere Wand an. Nach ein paar Sekunden drehte sie sich zu Jesus um.

»Das Schiff sagt, dass sie alles fortgeschafft haben. Schon vor sehr langer Zeit. Wenn wir mehr wissen möchten, sollen wir das Eimatikum fragen.«

»Das Eimatikum? Was soll das sein?«

Luna sah Jesus verwirrt an. »Das weiß ich nicht. Das Schiff hat sonst nichts weiter zu mir gesagt.«

»Weißt du, wo wir das Eimatikum finden können?«, fragte Jesus sie.

»Nein, das hat Schiff mir nicht gesagt. Weißt du es denn nicht?«

Jesus schüttelte den Kopf. »Nein, das weiß ich leider nicht. Aber lass uns doch einfach danach suchen. Kannst du das Schiff fragen, ob es uns den Weg zeigen kann?«

Luna nickte eifrig. »Ja, das mache ich.« Einige Sekunden wurde ihr Blick starr, dann lächelte sie Jesus entschuldigend an. »Schiff kann uns nicht helfen. Wir müssen das Eimatikum selber finden. Es ist aber nicht mehr im Schiff, so viel hat es mir verraten.«

Sie suchten noch einige Räume im Schiff auf, aber alles Wichtige und auch Unwichtige schien man geplündert zu haben. Mithilfe von Luna ließen sich nun alle Türen problemlos öffnen, aber immer bot sich ihnen der gleiche verlassene Anblick. In manchen Räumen hatte man Geräte und Mobiliar mit brachialer Gewalt aus den Wänden und Verankerungen gerissen. Die Zerstörung war allgegenwärtig und zog sich durch alle Räume des Schiffs. Den Maschinenraum wollte oder konnte das Schiff ihnen nicht zeigen und in der Kürze der Zeit konnten sie ihn nicht finden. Es gab einfach zu viele Räume und Gänge, als dass man alle in der Kürze der Zeit hätte durchsuchen können. Das würde sicher Tage oder Wochen dauern. Und die Basss konnten jeden Augenblick im System auftauchen. Schweren Herzens entschied sich Jesus, die Suche im Schiff abzubrechen und außerhalb nach dem Eimatikum zu suchen. Wenn er auch nicht wirklich wusste, wo er mit der Suche beginnen sollte.

***

In der Höhle angekommen atmeten alle erst mal durch. In der Enge des Schiffs hatten sich die Menschen mehr als unwohl gefühlt, erst recht als Luna wie von Geisterhand Schotts öffnete und Gänge und Räume erhellen konnte. Das Ganze hatte etwas von Magie und gegen die hatten die meisten Menschen eine natürliche Abneigung.

»Was machen wir jetzt, Jesus?«

Er blickte sich zu Susie um, die Luna an der Hand hielt und ihn fragend anschaute. »Ich habe keine Ahnung. Wir sollten das Eimatikum suchen, was immer das auch ist.«

»Wenn wir wenigstens wüssten, wonach wir genau suchen sollen, das würde das Ganze sicher vereinfachen«, murmelte Nils verbittert.

»Luna weiß auch nicht, was das Eimatikum ist und wie es aussieht. Sie wird es erkennen, wenn es so weit ist, da bin ich mir sicher.«

»Wir können aber schlecht die ganze Erde nach dem Ding absuchen, weder haben wir die Zeit noch die nötigen Ressourcen. Das könnte Jahre oder Jahrzehnte dauern, wenn wir es überhaupt finden würden.«

»Ich weiß, deswegen müssen wir uns etwas anderes einfallen lassen oder wir finden das Ding nie.«

»Gut, was schlägst du vor, Jesus?«, Nils sah seinen Kapitän Hilfe suchend an.

Jesus blieb stehen und drehte sich zum Schiff um. Er studierte seine Form und betrachtete die Zeichen. Von Weitem sahen sie ganz anders aus als von Nahem. Sie erinnerten ihn an alte Runen, die er mal in Büchern gesehen hatte. Aber konnte das sein? Würde das nicht bedeuten, dass die Menschen diese Zeichen früher schon einmal gesehen hatten und sie einfach nur kopiert hatten. Sein Blick schweifte weiter und blieb auf der Höhlenwand hängen. Durch die Strahler, die man herangeschafft hatte, wurde auch der letzte Winkel gut ausgeleuchtet. Die Wände sahen gar nicht so zufällig aus, wie er zuerst angenommen hatte. Sie wirkten eher, als ob sie von jemandem erschaffen worden waren. Zielstrebig ging er zur nächstgelegenen Wand. Sie war glatt, wurde aber immer wieder von tiefen waagerechten und senkrechten Furchen unterbrochen. Das Ganze wirkte wie große Steinplatten, die man aufeinandergestapelt hatte. Zugegeben sehr große Platten. Jede von ihnen war drei Meter lang und zwei Meter hoch. Jesus trat ein paar Meter zurück und schaute sich die Wand grübelnd an. Er hatte recht, die Wand sah aus, als ob sie jemand gemauert hätte. Wobei die Platten aus dem gleichen, harten Material bestanden wie die Fugen. Die Wände waren aus einem dunklen Stein gefertigt worden, der Jesus an schwarzes Marmor erinnerte. Einem Werkstoff, den die Wotans nicht kannten, soviel er wusste. Sie bevorzugten Metalle und Kohleverbundstoffe. Wer auch immer diese Höhle geschaffen hatte, die Wotan waren es sicher nicht gewesen. Aber konnte er mit dieser Information irgendetwas anfangen? Er wusste es nicht.

Langsam trat er wieder an die Wand. Sie war glatt, so wie er es von Marmor erwartet hatte, aber etwas anderes irritierte ihn. Sie war nicht kalt wie Stein. Die Wand fühlte sich warm an und ein leichtes Kribbeln zog in seine Finger. Schnell ließ er sie wieder los.

»Was hast du, Jesus?«

Jesus blickte über seine Schulter. Hinter ihm standen Nils und die anderen und sahen ihn interessiert an.

»Ich bin mir nicht sicher«, erklärte er den anderen seine Entdeckung. Gemeinsam versuchten sie, der seltsamen Wand auf die Schliche zu kommen. Aber niemand von ihnen hatte eine brauchbare Erklärung, sodass sie erst einmal beschlossen, die Höhle nach weiteren Hohlräumen oder geheimen Gängen abzusuchen.

Sie schritten die gesamte Höhle ab. Es gab aber weder versteckte Gänge noch andere Hohlräume. Vielmehr schien die Höhle um das Wotan-Schiff herum gebaut worden zu sein. Warum man das getan hatte, erschloss sich ihnen nicht. Es gab unzählige Vermutungen, aber letztendlich tappten sie im Dunklen. Ohne weitere Informationen würde das auch niemand aufklären können.

Jesus ließ die Höhle von außen vermessen, um ihrem Geheimnis auf die Spur zu kommen. Verwundert schaute er die anderen an, als er die Nachricht erhielt, dass man außer einem Hohlraum nichts erkennen konnte. Es schien fast so, als ob die Höhle leer wäre. Weder konnte man ihre genaue Größe bestimmen, noch ließ sich ihr Inhalt scannen. Jesus` Bauch regte sich. Das war mehr als seltsam. Eigentlich ließ sich jedes natürliche Material von Strahlen durchdringen. Dass es hier nicht funktionierte, verwunderte ihn in einem Maße, das ihn alle seine Sinne schärfen ließ. Wer immer diese Höhle auch geschaffen hatte, der wollte nicht, dass man erkennen konnte, was sich in ihr verbarg.

***

Sie waren ihrem Ziel noch keinen Schritt näher gekommen und es kam noch schlimmer. Ein Funkspruch aus dem Orbit verhieß nichts Gutes. Einige Schiffe waren aus dem Hyperraum gefallen und näherten sich schnell der Erde. Anhand der Energiesignaturen vermutete man, dass es sich um Basss-Schiffe handelte.

»Wann treffen die Schiffe hier ein?«, erkundigte sich Jesus mit belegter Stimme.

»Wenn sie ihre derzeitige Geschwindigkeit beibehalten, sollten sie in etwa vier Stunden die Erde erreicht haben«, schallte es aus dem Comband von Jesus.

»Nur vier Stunden, verdammt!«, verzweifelt schaute Jesus in die Runde.

»Wir schaffen es niemals, rechtzeitig auf unsere Schiffe zurückzukehren. Geschweige denn können wir in so kurzer Zeit wirksam unsere Spuren verwischen. Sie werden das Wotan-Schiff bestimmt entdecken«, fluchte Einar.

Jesus wusste nur zu gut, dass er recht hatte. Bis sie alle wieder auf ihren Schiffen waren, würden sicher zwei bis drei Stunden vergehen. Die verbliebene Zeit würde nicht ausreichen, um den Basss-Schiffen, die deutlich schneller fliegen konnten, zu entkommen. Schweren Herzens befahl Jesus den Korvetten, von hier zu verschwinden, solange sie noch Zeit dazu hatten. Vielleicht würden die Basss den Schiffen folgen und sich nicht weiter um die Erde kümmern. Sicher war das nicht, aber eine bessere Chance sah er im Moment nicht.

Schnell reifte ein waghalsiger Plan in seinem Kopf. Er studierte die Größe der Höhle und verglich sie mit den Daten, die er von den fliegenden Augen erhalten hatte. Der vorhandene Platz würde reichen, um die Kentucky hier drin zu verstecken. Dazu müssten sie nur den Eingang vergrößern und ihn rechtzeitig von außen wieder verschließen, bevor die Basss-Schiffe in Sensor-Reichweite kamen. Zwar würden sie nicht alle in der Kentucky Platz finden, aber zumindest gab es ausreichend Lebensmittel und Wasser im Schiff, sodass sie einige Zeit in der Höhle überleben konnten. Hoffentlich bis ihnen jemand zu Hilfe kam.

Jesus erklärte den Anwesenden seinen Plan und nachdem sie ihn einstimmig abgenickt hatten, begannen sie sofort mit der Umsetzung desselben.

Nils und Einar eilten zur Kentucky und vergrößerten mit dem Hauptlaser den Tunnel zur Höhle. Währenddessen brachten die anderen Sprengsätze an den Tunnelwänden an, um den neu geschaffenen Eingang verschließen zu können. Zwar würden die Basss die Explosion messen, aber da man in der Höhle nichts scannen konnte, würde man sie und die Kentucky nicht entdecken. Warum man etwas auf der verseuchten Erde gesprengt hatte, würde den Basss sicher Rätsel aufgeben. Aber sollten sie doch glauben, was sie wollten, Hauptsache sie suchten nicht allzu genau und fanden eine Spur, die zu ihnen führte.

18 - Verrat

Major Hank Schmula rannte mit seinen Leuten durch die verwinkelten Gänge des Tauronen-Schiffs. Längst hatte er die Orientierung verloren. Er kannte die ungefähre Richtung und versuchte, sie bei jeder neuen Abzweigung einzuhalten.

Grimmig sah er auf sein Comband. Die Zeit verrann unaufhörlich. Sie suchten jetzt schon seit mehr als zwanzig Minuten nach einem anderen Zugang zum Maschinenraum. Eine lange Zeit, in der die Tauronen wer weiß was anstellen konnten. Sicherlich gab es auch unter ihnen Experten, die es schaffen konnten, die Energie nach einer EMP-Bombe wieder herzustellen. Sollte ihnen das gelingen, würde ihre Mission nicht nur schwieriger werden, sie könnte auch ganz scheitern. Hank trieb seine Leute zu noch größerer Eile an. Erschwerend kam hinzu, dass sie sich in der Schwerelosigkeit, die noch immer im Schiff herrschte, nicht so schnell bewegen konnten, wie sie es gerne getan hätten. Mit ihren Magnetschuhen war ein zügiges Laufen unmöglich.

»Sir, da scheint es zum Maschinenraum zu gehen.« Einer seiner Männer zeigte auf ein Zeichen an der Wand, das er zweifelsfrei als Hinweis für den Maschinenraum erkannt hatte. Hank nickte ihm zu und sie eilten in die vorgegebene Richtung. Er führte leicht nach unten und bog dann scharf rechts ab, bis er vor einem großen Doppelschott endete.

»Öffnen!«, befahl er laut und begab sich mit seinen Männern in Deckung, während einer von ihnen eine Sprengladung am Schott anbrachte. Hank hatte wenig Lust, noch mehr Zeit zu verlieren, deswegen wählte er die Vorschlaghammer-Methode.

***

»Dann erzählen Sie mal, was haben Sie über das System herausgefunden?«

Der Taurone wandte sich unruhig auf der Bank. Kat gab ihrem Mann ein Zeichen und der hob seinen Phaser erneut an den Kopf der Tauronen-Frau. Mit großen Augen verfolgte der Taurone die Bewegung des Soldaten. »Bitte, bitte, tun Sie das nicht. Ich werde Ihnen erzählen, was Sie wissen wollen, nur nehmen Sie die Waffe herunter«, flehte er mit brüchiger Stimme.

»Okay! Meils, machen Sie, was er sagt.« Ohne hinzuschauen, wusste Kat, dass Meils die Waffe senkte. Mit einem Lächeln auf den Lippen blickte sie den Tauronen erwartungsvoll an.

»Alles, was wir über Ihr System erfahren haben, finden Sie in unseren Datenbanken.«

»Das weiß ich. Kennen Sie denn das Passwort?«

»Äh, nein!«

»Dann sind Sie für mich wertlos, es sei denn Sie können mir auch ohne Computer sagen, was Sie über unser System erfahren haben und warum Sie überhaupt dort waren. Aber fangen wir erst einmal damit an, wie Sie überhaupt heißen und welche Position Sie im Schiff innehaben.«

Der Taurone blickte sie entsetzt an. »Ich, ich heiße, Isuto Poor und kümmere mich auf dem Schiff um den -Bolgaris- Bereich.«

»Den was?«, Kat sah den Tauronen fragend an. Ihr Kommunikator hatte das Wort nicht übersetzen können. Sie runzelte die Stirn. »Können Sie mir Ihre Aufgabe näher erläutern? Der Universalübersetzer kann mit Ihrer Angabe nichts anfangen.«

»Ja, also ich helfe der Schiffsführung, den richtigen Kurs zu finden.«

»Ah, okay, Sie gehören dem Navigationsteam an. Gut Isuto, was wissen Sie darüber, warum Sie in das System geflogen sind?«

Der Tauronen rutschte erneut unruhig auf der Bank hin und her. Er wollte die Fragen der Fremden ja beantworten, aber auch keine Geheimnisse ausplaudern, die seinen sofortigen Tod bedeuten könnten. Es war in der Flotte der Tauronen üblich, dass man nicht mit seinen Feinden redete. Nur waren die Tauronen kein sehr mutiges Volk. Die bloße Androhung, eines grausamen Todes zu sterben, hielt sie davon ab, nicht sofort alles auszuplaudern. Es gab aber bis auf Kilanhisch Garr keine weiteren überlebenden Tauronen auf der Brücke. Das Schiff war ohne Energie und somit gab es für den Computer auch keine Möglichkeit, das folgende Gespräch aufzuzeichnen. Wenn er also Geheimnisse verriet, würde das niemand erfahren außer den Aliens und die würden ihn kaum verraten. »Wir arbeiten eng mit den Skor Dorblad Ski zusammen und erledigen für sie einfache Aufträge.«

»Das ist mir schon bekannt, Isuto.«

»Ja, ja sicher. Den genauen Auftrag kenne ich natürlich nicht, den kennt nur jemand aus der Schiffsführung, aber wir untersuchen schon seit Monaten mit unseren Schiffen diesen Teil der Galaxie nach Spuren Ihres Volkes.«

»Soll das heißen, die Basss wissen, dass wir noch leben?«

»Das weiß ich nicht, es gab keine genauen Suchvorgaben, nur ein vages Suchgebiet. Daher vermute ich, dass man glauben könnte, dass Sie sich irgendwo versteckt halten. Genauere Beweise dafür scheint man aber nicht zu haben. Vor einigen Wochen erhielten wir einen Notruf von einem unserer Schiffe. Unsere Führung hat uns und unsere beiden Schwesterschiffe damit beauftragt, den Grund des Notrufs herauszufinden.«

»Und was haben Sie herausgefunden?«

»Ich, ich weiß es nicht.«

»Sie wissen es nicht?«, Kat sah ihn böse an.

»Ich weiß es nicht genau«, antwortete er schnell. »Mein Kapitän hat natürlich nicht mit mir darüber geredet.«

»Aber Sie haben doch bestimmt etwas aufgeschnappt. Oder soll ich mal Ihre kleine Freundin befragen?«, Kat drehte sich langsam zu der Tauronen-Frau um, die mit zitternden Knien im Raum schwebte und ängstlich Isuto und die Alien-Frau anstarrte.

»Nein, nein sie weiß doch auch nichts«, flehte er. »Ich habe ein Gespräch mitbekommen, das unser Kapitän mit einem der Wissenschaftler geführt hat.«

Kat drehte sich wieder Isuto zu. »Über was haben sie gesprochen?«

»Der Wissenschaftler, er heißt Piro Huna Trok, scheint Spuren auf einem der Monde gefunden zu haben.«

»Spuren?«

»Ja, welcher Art diese Spuren waren, habe ich nicht mitbekommen. Mein Kapitän war nach dem Gespräch aufgeregt in seinem Raum verschwunden. Kurz darauf haben wir uns mit den anderen Schiffen getroffen. Die Kapitäne unterhielten sich in einem Neun-Augen-Gespräch und kurz darauf haben wir das System fast fluchtartig verlassen.«

»Und das war seltsam? Vielleicht wurden Sie zurückbeordert.«

Isuto blickte Kat verwundert an. »Das war mehr als seltsam. Kurz vor dem Gespräch hatte er noch den Befehl gegeben, dass wir noch mindestens zwei Wochen im System verbleiben würden. Auch hatten wir das Wrack noch nicht geborgen. Solch eine wichtige Ressource würden wir ohne einen triftigen Grund niemals zurücklassen.«

»Was könnte denn so ein wichtiger Grund sein?«

»Eigentlich könnte ich mir nur vorstellen, dass wir unseren Auftrag erfüllt haben.«

»Sie meinen, dass Sie eine Spur von unserem Volk gefunden haben?«

»Ja, das könnte ein Grund gewesen sein.«

»Aber warum haben Sie dann nicht einfach einen Funkspruch an die Basss geschickt und um Verstärkung gebeten?«

Isuto sah Kat konsterniert an. »Das ist nicht Ihr ernst, oder?«

Jetzt war es an Kat, den Tauronen ungläubig anzustarren. »Ich verstehe gerade nicht, was Sie mir damit sagen wollen.«

»Was wissen Sie eigentlich über die Skor Dorblad Ski? Anscheinend nicht sehr viel, wie mir scheint.«

In Kats Kopf führten ihre Gedanken einen wilden Tango auf. Was meinte Isuto damit? Was hatte sie übersehen oder besser, was wussten sie über die Basss nicht? Nervös knibbelte sie mit ihren Fingern. Im Gedanken ging sie die eben gehörten Fakten durch. Und dann wusste sie, was Isuto gemeint hatte, und ein kalter Schauer lief über ihren Rücken.

19 - Versteck

Klaus lenkte die Kentucky vorsichtig durch den engen Tunnel bis in die Höhle. Jesus wusste, wie schwierig dieses Flugmanöver war, da der Tunnel nur einen Meter breiter war als die Kentucky. Klaus stoppte die Energiezufuhr zu den Triebwerken und wartete, bis sich alle Menschen in der Kentucky versammelt hatten. Es wurde ziemliche eng im Schiff, aber da es nicht für lange Zeit sein würde, nahmen das alle ohne Murren in Kauf.

Nils fuhr den Schutzschild hoch und verschmolz mit dem Laser den Eingang zur Höhle. Nachdem er seine Arbeit beendet hatte, nickte er Jesus kurz zu. Der aktivierte an seinem Comband die Sprengsätze, die sie zuvor an der Planetenoberfläche angebracht hatten. Eine heftige Explosion schüttelte die Höhle durch. Kleinere Steine fielen von der Höhlendecke und eine dichte Staubwolke waberte durch die Höhle. Ob alles so funktioniert hatte, wie sie es geplant hatten, konnten sie von hier unten leider nicht feststellen. Man konnte diese Höhle nicht scannen, aber leider galt das auch anders herum. Keiner ihrer Scanner konnten die Höhlenwände durchdringen und so blieben sie hier blind zurück. Sie waren fürs Erste eingesperrt und mussten auf mögliche Hilfe warten. Zwar könnten sie sich mit der Kentucky einen Weg nach oben brennen, aber da sie nicht wussten, ob dort die Basss auf sie warten würden, war es besser, sich erst einmal still zu verhalten, bis die Luft wieder rein war.

***

Die vier verbliebenen Korvetten fuhren ihre Maschinen hoch und flohen aus dem System. Selbst mit Höchstgeschwindigkeit würden sie es so gerade schaffen, in den Hyperraum zu springen, bevor die Basss in Feuerreichweite kamen. Niemand wollte sich auf einen Kampf mit einem überlegenen Gegner einlassen. Sie mussten den Basss entkommen, um später wieder zurückkommen zu können. Jesus und seine Männer vertrauten darauf, dass sie ihnen zur Hilfe kommen würden. Zunächst hatte aber ihre eigene Sicherheit oberste Priorität.

»Wie viele Schiffe folgen uns?«, fragte Kapitän Lagerhol von der Manhattan.

»Nur zwei, eines der Schiffe ist im Orbit um die Erde eingeschwenkt. Sie haben sicherlich die Explosion gemessen und werden das nun untersuchen wollen«, kam die prompte Antwort des Navigators.

»Das habe ich befürchtet. Hoffen wir, dass sie nichts finden. Wir verschwinden erst einmal in den Hyperraum und dann sammeln wir uns an diesen Koordinaten«, er übermittelte der Navigation die Daten, die diese den anderen Schiffen mitteilte.

Eine halbe Stunde später waren sie schnell genug, um in den Hyperraum zu springen. Die zwei Basss-Schiffe hatten das Nachsehen. Sie drehten ab und flogen zur Erde zurück, um bei der Untersuchung der Explosion mitzuhelfen.

***

Sie saßen nun seit fast einer Woche in der Höhle fest. Von den Basss hatten sie weder etwas gehört, noch gesehen. Ob das ein gutes oder ein schlechtes Zeichen war, konnte niemand sagen. Die kleine Gruppe hatte es sich in der Höhle bequem gemacht, so gut es ging. Man hatte einige einfache Unterkünfte aufgebaut, die mehr an Zelte als an Hütten erinnerten. Durch die Kentucky gab es genügend Lebensmittel und Sauerstoff für die nächsten drei Monate. Bis dahin mussten sie eine Lösung für ihre Situation gefunden haben.

Lee und Nisha hatten damit begonnen, die Höhle und ihre besondere Bauweise zu untersuchen. Sie wollten ihr unbedingt ihr Geheimnis entlocken. Sofern das mit ihren bescheidenen Mitteln überhaupt möglich war.

Jesus und die anderen Crewmitglieder der Kentucky untersuchten derweil die Singlariton Garr Go. Sie öffneten mithilfe von Luna einen Raum nach dem anderen. Immer wieder bot sich ihnen das gleiche traurige Bild. Die Räume waren ausgeräumt oder geplündert worden. Alles, was sich lösen ließ, hatte man fortgeschafft. Langsam verzweifelte Jesus. In diesem Schiff gab es nichts mehr, was für sie noch von Wert gewesen wäre. Schon gar nicht einen Computer oder andere interessante Dinge wie Waffen oder Schildgeneratoren. Von diesem ominösen Eimatikum, von dem das Schiff Luna erzählt hatte, fanden sie nicht die geringste Spur. Das Ganze war mehr als frustrierend. So hatte er sich die Untersuchung des alten Schiffs nicht vorgestellt.

»Ich kann diese Tür nicht öffnen!«

Jesus schreckte aus seinen Gedanken hoch. »Was hast du gesagt, Luna?«, er schaute das Mädchen fragend an.

»Diese komische Tür will nicht aufgehen«, erklärte sie ihm und zeigte wütend auf ein unscheinbares Schott am Ende des Ganges.

Jesus kratzte sich verwundert am Kopf. Bisher hatte Luna alle Schotts problemlos aufbekommen. Warum war das bei diesem anders? Jesus trat näher an das Schott und untersuchte es auf Beschädigungen. Seine Neugierde war geweckt. Er entdeckte aber keinerlei Beschädigungen und auch sonst sah das Schott aus wie jedes andere in diesem Schiff. Sicherlich gab es unzählige Möglichkeiten, warum Luna es nicht aufbekam. Vielleicht hatte man es elektronisch gesperrt. Ohne Energie ließ es sich dann natürlich nicht öffnen. Jesus hoffte aber, dass Lee die Energieversorgung in den nächsten Tagen wieder herstellen konnte. Zumindest hatte er ihm das in Aussicht gestellt.

Bis auf dieses eine Schott konnte Luna alle mit ihren Gedanken öffnen. Jesus war sich sicher, dass es hinter dem Schott etwas geben musste. Es könnte sogar sein, dass es der einzige Raum oder Abschnitt war, den man nicht geplündert hatte. Nach Lees Berechnungen sollte sich hinter dem Schott ein Hohlraum von dreißig Meter Länge befinden. Das ließ darauf schließen, dass es entweder ein sehr großer Raum war oder es mehrere kleine Räume gab. Auch hatten sie nichts entdeckt, das man als Maschinenraum bezeichnen könnte. Zwar waren alle Räume verwüstet und entkernt worden, aber den Maschinenraum hätte man doch eigentlich erkennen müssen.

Lee hatte einen Generator aus der Kentucky so umgemodelt, dass er ihn an die vorhandenen Kabel und Leitungen des Wotan-Schiffs anschließen konnte. Ob das funktionieren würde, ließ sich nicht sagen, da die Technik des alten Schiffs fremdartig und völlig anders war, als alles, was man bisher von den Wotan gewöhnt war.

»Wann können wir den ersten Versuch starten?«, erkundigte sich Jesus bei den Wissenschaftlern, die emsig um den Generator wuselten.

»Ich denke, in zehn Minuten könnten wir einen ersten Versuch wagen«, erklärte Lee gedankenverloren.

Jesus konnte hier nicht viel helfen, dazu verstand er viel zu wenig von der Materie. Suchend blickte er sich um und entdeckte Nils, der sich mit zwei Soldaten unterhielt. Sie lachten und schienen Scherze zu machen. Jesus schlenderte zu ihnen hinüber. Sofort verstummte das Lachen und sie sahen ihn fragend an.

»Kann ich dir helfen, Jesus?«

»Äh, nein Nils. Ich muss nur etwas Zeit totschlagen, bis wir mit dem ersten Versuch starten können. Da dachte ich mir, ich quatsche ein bisschen mit euch.«

Nils sah ihn an, als ob er ihn nicht verstanden hätte. Verlegen kratzte er sich am Hinterkopf. »Ja, natürlich kannst du dich zu uns stellen.«

Jesus blickte die beiden Soldaten an und ihm war sofort klar, dass sie sich in seiner Gesellschaft unwohl fühlten. Er musste laut lachen, was sie noch weiter verwirrte.

»Ich merke schon, dass ich hier nicht erwünscht bin«, er drehte sich um und war gerade im Begriff zu gehen, als Nils ihn an seinem Ärmel festhielt.

»Nein, bleib doch hier. Wir, wir waren nur verwundert, dass du dich mit uns unterhalten wolltest.«

»Warum wart ihr verwirrt? Bin ich so schlimm oder rieche ich streng?«, er schaute sie mit einem entwaffneten Lächeln an.

»Nein, Sir. Es ist nur ...«, stammelte einer der Soldaten.

»Ja, was ist nur, Markus?«

»Es ist nur, wie sage ich es Ihnen am besten?«

»Einfach frei heraus. Ich beiße nicht, oder Nils?«

»Nein, natürlich nicht«, jetzt musste auch Nils lachen.

»Ich fühle mich nicht so frei, wenn Sie in der Nähe sind«, presste Markus leise hervor.

Jesus sah ihn traurig an. »Das ist doch Blödsinn. Ich habe mich in den letzten Jahren nicht verändert und bin immer noch der normale Typ von nebenan geblieben.«

Nils schüttelte lachend den Kopf. »So würde ich das nicht sehen, Jesus. Seit du so etwas wie unser Führer bist, sehen die Leute zu dir auf und keiner möchte dich enttäuschen. Man ist in deiner Gegenwart einfach gehemmt, so wie wenn man mit seinem Chef arbeiten müsste. Da ist man auch nicht so frei wie mit einem einfachen Kollegen.«

»Oh und ich dachte, über so einen lächerlichen Quatsch wären wir längst hinweg.«

»Ich glaube, wir könnten einen ersten Versuch starten!«, Lee winkte Jesus zu sich. Die vier Männer gingen die wenigen Schritte zu den Wissenschaftlern herüber. Lee erklärte ihnen noch einmal den genauen Versuchsaufbau, wobei Jesus die Hälfte davon nicht verstand.

»Wenn ich nun diesen Schalter umlege, wird der Generator Energie in diese Plasma-Leitungen schicken und hoffentlich reicht die Energie dann aus, um einige Geräte zu aktivieren, die sicherlich noch in den Schiffswänden verborgen sind.«

»Okay Lee, dann lassen Sie es uns versuchen.«

Alle starrten gebannt auf Lee, der angespannt auf seinen mobilen Holo-Schirm blickte und einige Felder auf dem Holo-Menü aktivierte. Der Generator erwachte zum Leben. Einige Kontrolllampen leuchteten auf und ein leises Summen ertönte. Alle Anwesenden hielten den Atem an. Was würde nun passieren?

Aber selbst nach mehr als einer Minute tat sich nichts. Bis auf das leise Summen passierte rein gar nichts. Lee sah Jesus verunsichert an.

»Ich weiß nicht, warum das nicht funktioniert. Eigentlich müsste etwas passieren, irgendetwas ...«, murmelte er gedankenverloren vor sich hin.

»Ich glaube, wir sollten den Versuch abbrechen und Sie gehen noch einmal in sich und schauen, woran es liegen könnte.«

Lee sah Jesus enttäuscht an, ließ die Schultern hängen und schaltete den Generator aus. Sofort entbrannte unter den Wissenschaftlern eine heiße Diskussion, woran es gelegen haben könnte. Jesus war das Fachchinesisch zu viel und er verabschiedete sich schnell. Gemeinsam mit Nils und den beiden Soldaten schlenderte er zum Ausgang des Schiffs. Auf halbem Weg kamen ihnen Susie und Luna entgegen. Luna hatte vor Aufregung ganz rote Wangen und sprang Jesus in die ausgebreiteten Arme.

»Was hast du, Kleine?«, fragte er sie besorgt, während er mit seinem Blick Susie musterte, die langsam wieder zu Atem kam.

»Das Schiff hat mit mir gesprochen«, erklärte ihm Luna mit sich überschlagender Stimme.

»Das Schiff hat mit dir gesprochen?«, wunderte sich Jesus.

»Ja, das hat es, aber jetzt ist es wieder stumm.«

»Was hat es dir denn gesagt?«

»Es hat mich gerufen.«

»Es hat dich gerufen! So, so. Wohin solltest du denn kommen?«, Jesus sah Luna erwartungsvoll an.

»Zum Schiff, natürlich.«

Verwundert zog er seine Stirn kraus. »Ich verstehe zwar nicht, was genau du damit meinst, aber wann hat das Schiff denn angefangen mit dir zu reden?«

»Ich habe es bis vor Kurzem noch gehört und dann war es einfach wieder still.«

Jesus wandte sich Susie zu, die mittlerweile wieder reden konnte. Sie zuckte hilflos die Schultern. »Sie kam vor ein paar Minuten zu mir angelaufen und dann haben wir uns auch sofort auf den Weg gemacht. Ich wusste ja, dass du dich im Schiff aufhältst.«

»Kannst du mir genauer sagen, wann Luna zu dir gekommen ist?«

»Ja, also ich denke, das ist so etwa zehn Minuten her.«

Jesus legte seine Hand ans Kinn. Mit dem Daumen und Zeigefinger fuhr er rhythmisch von seinem Mund herunter zum Kinn. Im Gedanken ließ er die letzten zehn Minuten Revue passieren. Zeitlich könnte das mit dem Anschalten des Generators zusammenhängen. Er schob Luna ein Stück nach oben. Ernst schaute er ihr in die Augen. »Ich glaube, ich weiß, warum das Schiff mit dir gesprochen hat. Sollen wir das noch einmal versuchen?«

»Au ja, ich mag es, wenn das Schiff mit mir redet«, jubelte sie freudig und lächelte Jesus an. Sie klammerte sich enger an ihn und gab ihm einen Kuss auf die Wange, was er verwundert quittierte.

20 - Das Signal

Kat sah Isuto mit bleichem Gesicht an. »Sie haben die ganze Zeit nicht von den Basss gesprochen«, erklärte sie ihm mit kratzender Stimme. »Sie haben von den Skor Dorblad Ski geredet, wenn Sie die Basss meinten.«

Der Taurone blickte Kat verwundert an, bis er die Worte von Kat richtig zuordnen konnte. »Sie haben Recht. Unser Auftraggeber ist nicht das Basss-Kollektiv. Wir wurden von den Skor Dorblad Ski beauftragt, nach Ihnen zu suchen.«

»Und das ist ein Unterschied?«

»Wissen Sie denn gar nichts über die Basss?«

»Eigentlich dachten wir das schon. Aber so langsam dämmert es mir, dass dem wohl nicht so ist. Wie stehen die Skor Dorblad Ski denn zu den Basss? Ich dachte eigentlich, dass sie so etwas wie der Geheimdienst der Basss sind.«

»Das trifft im Grunde ja auch zu, nur haben sich die Skor Dorblad Ski schon vor langer Zeit von den Basss abgespalten. Sie haben ihre eigene Führung und stehen nicht unter dem Kommando des Basss-Kollektiv. Sie sind sozusagen der rechte Flügel, der andere Spezies unterdrücken oder ausrotten möchte. Für sie zählen nur die Basss, andere Völker benutzen sie nur als Mittel zum Zweck. Sie sind gnadenlos und brutal. Niemand möchte sie zum Feind haben. Wenn irgendwo die schwarzen Schiffe auftauchen, hat das nie etwas Gutes zu bedeuten und Angst und Schrecken werden verbreitet.«

»Und die Skor Dorblad Ski suchen nach uns?«

»Ja, der Auftrag kam von den Skor Dorblad Ski, da bin ich mir sicher.«

»Was ich noch nicht verstehe, warum konnten Sie den Skor Dorblad Ski nicht einfach eine Nachricht schicken?«

»Das geht nicht. Die Skor Dorblad Ski gehören zwar auch zu den Basss, aber dem Kollektiv gefällt längst nicht alles, was sie machen. Es würde zu Spannungen im Reich kommen, wenn sie davon erfahren würden. Von daher kontaktiert man die Skor Dorblad Ski nicht mit einem schnöden Funkspruch, dem man leicht abfangen könnte.«

»Sondern?«

»Man fliegt zu einem verlassenen Sternensystem. Das wird einem normalerweise bei Erteilung des Auftrags mitgeteilt. Dort wartet meistens eine Kitara-Sonde. Man teilt ihr sein Anliegen mit und kurz darauf erscheint eines der schwarzen Schiffe. Dann setzen die Kapitäne mit einem Beiboot zum Schiff rüber. Was dort dann vor sich geht, entzieht sich meiner Kenntnis. Ich nehme aber an, dass sie dort einen Agenten der Skor Dorblad Ski treffen.«

»Einen Agenten?«

»Ja, ich weiß über die Agenten leider fast nichts. Normale Tauronen wie mich interessieren sie nicht und von daher habe ich noch nie einen gesehen, sondern nur Geschichten über sie gehört. Und da war meist nichts Erfreuliches dabei.«

Kat sah den Tauronen entsetzt an. Das hatte sie nicht gewusst, höchstens tief in ihrem Inneren geahnt. Etwas über die inneren Abläufe der Basss zu erfahren, hatte sich schon immer als äußerst schwierig herausgestellt. Selbst als sie noch auf dem Weltenschiff zusammengelebt hatten, war das Leben der Basss ein großes Rätsel für die Menschen geblieben. Sie wussten wohl noch viel weniger über sie, als sie geahnt hatten. Das mussten sie schleunigst ändern. Sobald Jesus wieder da war, würde sie mit ihm darüber reden müssen. So viel stand fest.

»Wissen Sie, wo diese Sonde auf Sie warten sollte?«

»Ja, natürlich.«

»Dann nennen Sie mir die Koordinaten.«

Der Taurone sah Kat mit einem befreienden Lächeln an. Zumindest interpretierte sie das Verziehen seines Mundes als Lächeln.

»Wieso wollen Sie die Koordinaten überhaupt noch haben? Wir haben den Ort doch längst erreicht«, erklärte er ihr mit ruhiger, kalter Stimme.

***

Mit einem lauten Knall wurde das Schott aufgesprengt. Trümmerteile stoben davon und wirbelten in der Schwerelosigkeit umher. Hank schaute um die Ecke des Ganges, hinter der er sich zurückgezogen hatte. Das Schott zum Maschinenraum gab es nicht mehr. Befriedigt winkte er seinen Männern zu, ihm zu folgen. Sie stürmten mit ihren Waffen im Anschlag auf das Loch zu, hinter dem sie den Maschinenraum vermuteten. Lichtblitze zuckten aus dem Dunklen des Raumes und trafen den ersten Marine. Getroffen wirbelte er zur Seite. Mit einem Blick erkannte Hank, dass für ihn jede Hilfe zu spät kam. Einer der Laserstrahlen hatte sein Visier mittig getroffen und seinen Kopf explodieren lassen.

Die ersten Marines gingen neben dem Schott in Deckung und eröffneten ebenfalls das Feuer. Nach einem kurzen Gefecht, in dem sich der Raum mit dichtem Qualm gefüllt hatte, zuckten immer weniger Laserstrahlen aus dem Maschinenraum und schließlich erstarben sie vollends. Die ersten Soldaten stürmten vor und sicherten den Eingang zum Maschinenraum, damit die Nachfolgenden gefahrlos folgen konnten. Hank bot sich ein skurriles Bild. In der Mitte des Raums befand sich das Herzstück des Raumschiffs, ein Hypertrans-Konverter. Einige Tauronen lagen in gekrümmter Haltung am Boden und rührten sich nicht mehr, während andere sich vor Schmerzen wälzten. Energie gab es auch hier noch nicht. Alle Holo-Schirme waren dunkel und es brannte noch nicht einmal eine Notbeleuchtung. Nur ein paar, eilig herbeigeschaffte Lampen erhellten spärlich die Szenerie.

Hank verschaffte sich einen ersten Überblick. Vor einem besonders großen Wandterminal lagen die meisten der Tauronen. Was sie an dem Terminal gearbeitet hatten, ließ sich auf den ersten Blick nicht feststellen. Nur einer von ihnen schien noch am Leben zu sein. Er zog sich gerade schwer atmend an einem Geländer hoch und lehnte sich mit dem Rücken dagegen. Er blickte Hank schwerfällig an. Blut lief aus seinem Mund.

»Können Sie mich verstehen?«, fragte ihn Hank, während er mit seinem Phaser auf ihn zielte.

»Ja, ich kann Sie verstehen.« Er hustete und Blut spritzte an die Innenseite seines Visiers. Ein krächzendes Lachen verließ seinen Mund. »Denken Sie, Sie haben gewonnen?«

Hank sah ihn irritiert an. Wieso stellte er im Angesicht des Todes so eine seltsame Frage? »Was meinen Sie?«

»Was ist daran so ... so schwer zu verstehen?«, presste er mühsam hervor.

Hank zuckte die Achseln. »Sie sollten lieber Ihre Kraft sparen. Ich bin mir sicher, dass Ihnen bald geholfen wird. Wir sind nicht gekommen, um Sie zu töten. Wir durften Sie nur nicht mit den Informationen entkommen lassen.«

Ich weiß, Sie sind die gute Spezies. Die immer nur das Beste will. Man hat uns vor Ihnen gewarnt. Kein Taurone würde Ihnen auch nur das geringste ... glauben.« Erneut wurde sein Körper von einem Hustenanfall geschüttelt.

Hank sah sich fragend um. Im Maschinenraum lebte kein weiterer der Tauronen mehr. Er zählte mindestens ein dutzend Leichen. Viele von ihnen wiesen Schusswunden auf. Bei anderen konnte er die Todesursache nicht feststellen.

»Warum haben Sie mich gefragt, ob ich glaube, dass wir gewonnen haben?«

»Weil, weil Sie unser Schiff ...«, er musste eine Pause einlegen. Ihm fehlte die Kraft, um weiterzusprechen. »Überfallen haben. Aber Sie haben verloren ...«, er verzog seinen Mund zu einem Lächeln und drückte mit letzter Kraft auf ein Gerät, das er in seiner linken Hand verborgen hielt.

Erst jetzt sah Hank den kleinen Auslöser, aber es war zu spät um den Tauronen an seiner Tat zu hindern. Zwar sprang Hank nach vorne und entriss dem Sterbenden das Gerät, aber es war zu spät. Das mit einem Kabel verbundene Gerät hatte eine Sonde gestartet, die mit einer altertümlichen Feststoffrakete versehen war. Die Sonde schoss aus dem Schiff und entfernte sich schnell. Hank funkte sofort die Columbia an, damit sie die Sonde abschießen konnten. Er wartete gebannt auf die Nachricht, dass sein Auftrag erledigt war.

»Hank, wir haben die Sonde abgeschossen, aber wir konnten nicht verhindern, dass sie eine Nachricht gesendet hat.«

»Wie lautet die Nachricht? Und wohin wurde sie gesendet?«

»Wohin können wir nicht genau sagen. Aber die Nachricht lautete: **Wir haben die Menschen gefunden!**«

Als Kat davon erfuhr, verzog sie ärgerlich das Gesicht. Ihr war sofort klar, dass sie verloren hatten. Die Basss waren gewarnt und nichts und niemand konnte das jetzt noch ändern. Sie ordnete den sofortigen Rückzug auf die Columbia an. Die beiden Tauronen von der Brücke nahm sie mit, genauso wie einige der Datenkristalle, die man aus den Computern ausgebaut hatte. Ob man sie auslesen konnte, war noch nicht sicher, aber ein Versuch war es alle mal wert.

Die Columbia hatte sich gerade von dem Tauronen-Schiff gelöst, als die Scanner drei schwarze Schiffe anzeigten, die soeben aus dem Hyperraum fielen.

»Es sind drei Schiffe der Skor Dorblad Ski. Sie sind in zehn Minuten in Feuerreichweite«, rief der diensthabende Offizier von der Navigation.

Kat sah verbissen auf den Holo-Schirm, auf dem man deutlich die drei schwarzen Schiffe sehen konnte.

»Wir verschwinden von hier!«, brüllte sie durch die Brücke der Columbia. »Und vergesst nicht, das Tauronen-Schiff zu vernichten.«

Der Waffenoffizier fuhr mit seinen Fingern über das Pad und drei nukleare Torpedos verließen den Bauch des Schiffs. Noch bevor sie das Tauronen-Schiff erreicht hatten, jagte die Columbia mit Höchstgeschwindigkeit davon. Ehe die Skor Dorblad Ski in Feuerreichweite kamen, verschwand die Columbia in den Hyperraum. Auch wenn die Mission gescheitert war, so war die Columbia zunächst im Hyperraum in Sicherheit. Durch ihr Scheitern wussten die Basss nun, dass die Menschheit noch lebte und sie würden kommen, um das Kapitel endgültig zu beenden. Dessen war sich Kat sicher. Der Kampf der letzten Menschen ging weiter. Kat konnte jetzt nur noch hoffen, dass Jesus auf seiner Mission erfolgreicher war, als sie. Sollte auch er gescheitert sein, dann ….

21 - Vergangenheit

Luna führte Jesus und die anderen vor das Schott, das sich nicht öffnen ließ. Sie zeigte mit ihrer kleinen Hand auf eine unscheinbare Fläche an der Wand.

Lee verstand sofort und entfernte die Abdeckung, die ihnen bisher entgangen war. Er zog vorsichtig einige der Leitungen heraus, die sich dahinter verbargen. Sie bestanden aus einer gelartigen Konsistenz. Mit einem silbernen Vibrations-Messer entfernte er die äußere, schwarze Schicht und ein durchsichtiger Kern kam zum Vorschein. Diesen versah er mit einer Kupplung und verband sie mit dem mobilen Generator.

Auf ein Zeichen von Jesus startete er ihn erneut und das typische Summen ertönte. Ansonsten geschah nichts weiter. Jesus schaute Lee gereizt an. Wieder ein Fehlschlag, wenn das so weiter ging, würde er noch verrückt werden. Er wollte endlich wissen, was sich hinter dem Schott befand. Jesus schaute sich um und sah in das angespannte Gesicht von Susie. Verwirrt folgte er ihrem Blick und sah Luna, die starr vor dem Schott stand und die Augen geschlossen hielt. Jesus trat neben sie und berührte das Mädchen leicht am Arm. Sie reagierte aber nicht auf seine Berührung. Jesus ging in die Hocke und drehte sie, bis er in ihr Gesicht blicken konnte.

»Luna, Luna kannst du mich hören?«, redete er beunruhigt auf sie ein. Er schüttelte Luna leicht an beiden Armen, aber das Mädchen reagierte nicht auf ihn. Es war fast so, als ob sie in einer anderen Welt wäre.

Zwei Minuten starrte Luna nun schon das Schott an. Zwei Minuten, die Jesus wie Stunden vorkamen. Irgendwie musste Luna mental mit dem Schiff in Verbindung stehen, auch wenn Jesus sich nicht vorstellen konnte, wie das überhaupt möglich war.

Erst nach einer gefühlten Ewigkeit löste sich Luna aus ihrer Starre. Sie lächelte Jesus verlegen an und warf sich in seine Arme. »Jesus!«

»Ja, Luna. Möchtest du etwas trinken?«

Sie nickte mit ihrem Kopf und ihre langen, blonden Haare wippten auf und ab. Jesus gab Susie ein Zeichen und sie reichte ihm eine Flasche Wasser. Gierig trank Luna einige Züge. Leise flüsterte sie Jesus ins Ohr. »Ich habe mit dem Schiff gesprochen. Es ist schon sehr alt, musst du wissen.«

»Ja, das weiß ich. Was hat es dir denn erzählt? Kannst du mir das sagen?«

»Es hat mir Bilder gezeigt.«

»Bilder?«, wunderte sich Jesus.

»Ja. Bilder. Dort wurde gekämpft und es gab viel Rauch und Feuer. Es war laut, Leute haben geschrien und immer wieder donnerte es laut. Ich, ich hatte fürchterliche Angst.« Luna klammerte sich an Jesus, der sie fest an sich drückte und ihr beruhigend über den Rücken strich.

Jesus musste schlucken. Was erzählte Luna ihm da? Es hörte sich so an, als ob sie einen Kriegsfilm geschaut hätte.

»Ich bin über die Leute geflogen. Dann änderte sich plötzlich alles und ich stand vor einem großen, schwarzen Ei, auf dem seltsame blaue Zeichen leuchteten.«

»Das Eimatikum!«, flüsterte Jesus.

»Das Schiff sagte mir, dass wir das Ei finden müssen. Das wäre ganz wichtig und sollten wir scheitern, könnte das die ganze Galaxie vernichten. Jesus? Was ist eine Galaxie?«

Jesus schob Luna ein Stück von sich, sodass er in ihre blauen Augen blicken konnte. »Eine Galaxie, das sind all die vielen weißen Punkte, die du auf der Kentucky immer bewundert hast. Das alles nennt man Galaxie. Es gibt viele verschiedene Galaxien. Die, in der wir leben, nennt man Milchstraße.«

»Und warum glaubt das Schiff, dass sie in Gefahr ist?«

»Das weiß ich leider nicht, mein Schatz. Dazu müssen wir wohl erst das Eimatikum finden. Hat dir das Schiff gesagt, wo wir es finden können?«

Luna schüttelte ihren blonden Schopf. »Nein, ich glaube, dass es nicht hier ist. Wir sollen an einem anderen Ort danach suchen.«

»An einem anderen Ort? Wie soll ich das verstehen?«

»Komm mit, ich zeige es dir«, Luna rutschte von Jesus` Arm und zog ihn mit sich zum Schott. »Schiff hat mit gezeigt, was zu tun ist.« Luna kniete neben dem Generator und nahm einige Einstellungen vor. Lee wollte protestieren und Luna davon abhalten, aber Jesus hielt ihn zurück. »Lassen Sie Luna ruhig machen!«, zischte er leise. Lee öffnete seinen Mund. Ein Blick in Jesus` Augen ließ ihn aber verstummen.

Luna hatte ihre Arbeit beendet. Sie erhob sich und legte ihre Hand auf das Schott. Der Generator wurde immer lauter. Aus dem leisen Summen war ein lautes Knistern geworden.

»Der Generator fliegt uns gleich um die Ohren!«, rief Lee entsetzt. »Sie hat ihn viel zu hoch eingestellt. So viel Energie kann er nicht durch die dünnen Verbindungen schleusen!«, schrie er entsetzt. Er sprang nach vorne, um den Generator auszuschalten. Einar, der neben Jesus stand, packte ihn am Arm und hielt ihn davon ab, den Generator abzuschalten.

Das Knistern wurde immer lauter und violette Blitze zuckten aus dem Gehäuse. Alle wichen von dem Generator zurück. Jesus konnte nur hoffen, dass Luna wusste, was sie da getan hatte. Das Schiff, wie sie die Stimme in ihrem Kopf nannte, hatte ihr wohl genaue Anweisungen gegeben. Jesus vergaß, dass Luna erst sechs Jahre alt war und solche Dinge niemals wissen konnte. Was, wenn sie einen Fehler gemacht hatte?

***

Die Blitze zuckten immer schneller aus dem Generator. Das Knistern war so laut, dass es alle anderen Geräusche übertönte. Qualm stieg aus dem Generator und es roch nach verbranntem Gummi. Jesus sprang nach vorne und riss Luna mit sich. Die schrie laut auf und riss sich los. Immer noch schreiend, legte sie ihre Hand erneut auf das Schott. Mit einem ohrenbetäubenden Knall explodierte der Generator. Jesus sah alles wie in Zeitlupe. Das Gehäuse blähte sich auf, bevor es von innen heraus zerrissen wurde. Ein violettes Licht schoss aus der Explosion und verteilte sich gleichmäßig in alle Richtungen. Die Menschen wurden in das Licht gehüllt und ihre Bewegungen erstarben augenblicklich.

Jesus drehte schwerfällig seinen Kopf und blickte sich nach Luna um, die immer noch unbeeindruckt der Geschehnisse vor dem Schott stand und leise vor sich hin murmelte.

Langsam schob sich das Schott auseinander und saugte Luna, Jesus und die anderen in sich hinein. Jesus konnte sich nur schwerfällig drehen. Er schwebte mit den anderen einen Meter über dem Boden. Das Schott schloss sich hinter ihnen. Als es komplett geschlossen war, lief die Zeit wieder normal weiter. Die Menschen wurden durch die Luft geschleudert und fielen krachend auf den Boden. Einige stöhnten laut, andere rappelten sich gerade wieder auf.

Jesus lag auf dem Boden, sein Gesicht schmerzte, da er mit ihm über den harten, rauen Boden gerutscht war. Suchend blickte er sich nach Luna um. In der Mitte des Raumes fand er sie. Das Mädchen stand vor einer blau leuchtenden Kugel von ca. drei Metern Durchmesser. Sie schien damit zu sprechen, wenn auch kein Laut ihren Mund verließ.

Jesus richtete sich mühsam auf, hielt sich die schmerzende Wange und ging neben Luna in die Knie. »Ist das Schiff?«, fragte er sie leise.

»Ja, das ist Schiff. Ist es nicht wunderschön?«

Jesus blickte auf die Kugel. Gedanken strömten mit der Wucht eines Vorschlaghammers in seinen Kopf ein. Jesus schrie laut auf und hielt sich verzweifelt beide Hände an den Kopf. Sein Verstand schaffte es kaum, die einzelnen Informationen verarbeiten zu können, die unaufhörlich auf ihn einströmten. Nur langsam ließ der Schmerz nach und pendelte sich auf einem erträglichen Niveau ein. Unbemerkt von Luna und Jesus hatten sich die anderen Menschen um die beiden versammelt. Alle starrten mit leerem Blick in die Kugel. Ein unbeteiligter Zuschauer hätte glauben können, dass die Menschen besessen waren. Sie standen stumm da und blickten auf eine blau leuchtende Kugel.

***

Nun sah auch Jesus die Schlacht. Die Luft roch verbrannt und die Schreie, der Verwundeten klangen schmerzhaft in seinen Ohren. Wo er auch hinsah, sah er nur Tod und Verderben. Das Schlachtfeld erstreckte sich bis zum Ende des Horizonts. Es mussten hunderte, wenn nicht sogar tausende von Kämpfern beteiligt sein. Jesus schwebte einige Meter über der Schlacht. Wann und wo sich diese zugetragen hatte, ließ sich nicht erkennen. Einige sahen wie Menschen aus, andere eher wie Wotans. Dann tauchten wieder Kämpfer auf, die ihn an Basss erinnerten. Es gab auch Vertreter von Spezies, die er noch nie zuvor gesehen hatte. Warum sie miteinander kämpften, konnte er nicht sagen. Er wusste noch nicht einmal, auf welchem Planeten der Kampf stattfand. Alles kam ihm surreal und doch echt vor. Jesus haderte mit diesen Widersprüchen. Der Flug ging weiter oder war es gar kein Flug? Jesus schloss die Augen und als er sie wieder öffnete, hatte sich erneut alles verändert.

 Er befand sich in einem langen Gang, der ihn an einen der Gänge aus dem alten Wotan-Schiff erinnerte. Etwas war anders, er war hell erleuchtet und wirkte irgendwie lebendiger. Einige Wotans bogen gerade um die Ecke. Jesus wollte ausweichen, was in dem schmalen Gang fast unmöglich war. Abwehrend hob er seine Arme, aber zu seiner Verwunderung liefen die Wotans einfach durch ihn hindurch. Ganz so, als ob er nur ein Geist wäre. In Jesus` Gehirn begann es zu arbeiten. Wo befand er sich wirklich? War er überhaupt hier? Nur waren die Wotans eben einfach durch ihn hindurch gelaufen und sie hatten ihn nicht einmal wahrgenommen. Genauso müsste sich ein Geist fühlen. Geister, die es nicht wirklich gab, oder? Jesus fand darauf keine Antwort. Aber seine Neugierde war geweckt. In diesem Schiff, zu dieser Zeit, gab es noch lebende Wotans und alles schien noch zu funktionieren. Er sah sich neugierig um. In beide Richtungen erstreckte sich der Gang. Eine Richtung sah aus wie die andere. Da Jesus nicht wusste, wo er sich im Schiff befand, ging er einfach in die Richtung, in die auch die Wotans gelaufen waren. Vor einem geschlossenen Schott blieb er grübelnd stehen. Wie sollte er es öffnen? Normalerweise reagierten die Schotts auf Wotan-Schiffen auf die Gehirnwellenmuster seiner Besitzer. Nur hier schien das nicht zu funktionieren. Unschlüssig sah er hinter sich. Kein Wotan war zu sehen, der das Schott für ihn hätte öffnen können. Er musste einen anderen Weg finden, dieses Schott zu öffnen. Nur so würde dieser Traum einen Sinn ergeben. Langsam streckte Jesus seine Hand aus und legte sie auf das Schott, aber sie glitt einfach hindurch, als ob es nur eine Projektion wäre. Erschrocken zog er sie zurück. Misstrauisch drehte er sie, aber sie hatte keinen Schaden genommen und fühlte sich auch noch völlig normal an. Erneut streckte er seine Hand durch das Schott. Was Jesus auch erwartet hatte, es erfüllte sich nicht. Er schluckte noch einmal und schob vorsichtig seinen Kopf nach vorne. Langsam fuhr er durch das Schott. Ein leichtes Kribbeln war zu spüren, mehr nicht. Ungläubig sah er sich um. Er schaute in einen Raum des Schiffs, in dem es von Wotans nur so wimmelte. Erstaunt erkannte er, dass es sich um die Brücke handelte. Ohne zu zögern, machte er einen weiteren Schritt nach vorne und stand nun auf der Brücke des Wotan-Schiffs. Gut ein Dutzend Wotans hielten sich hier auf. Jesus schaute sich in aller Ruhe die einzelnen Arbeitsplätze an. Einige, wie die Navigation oder die Taktik, erkannte er sofort. Andere waren ihm fremd und ihre Funktionen erschlossen sich ihm nicht sofort. Auf einem großen Bildschirm, der die ganze vordere Wand einnahm, konnte er das Weltall sehen. Zu seinem Erstaunen flog das Schiff gerade durch den Hyperraum. Über das Ziel konnte er nur spekulieren. Zwar konnte er auf dem Navigationspult die Zielkoordinaten ablesen, aber die Daten sagten ihm nichts. Jesus merkte schnell, dass er sich auf der Brücke frei bewegen konnte. Niemand schien von ihm Notiz zu nehmen. Kommandos, die gebrüllt wurden, klangen für ihn seltsam fremd. Ein paar Silben kamen ihm bekannt vor, aber die meisten konnte er nicht zuordnen. Sie klangen in seinen Ohren seltsam skurril und wenig melodisch. Welche Sprache das auch war, er konnte sie keiner Spezies zuordnen. Wahrscheinlich war es eine alte Wotansprache. Jesus sah sich die Zeichen auf den Pads der einzelnen Stationen an. Auch diese konnte er bis auf wenige Ausnahmen nicht entziffern.

Das Licht wurde abgedunkelt und es wurde zunehmend hektischer auf der Brücke. Interessiert blickte

Jesus zum großen Bildschirm. Schnell erkannte er, dass sie gerade aus dem Hyperraum fielen. Er trat neben den Kapitän und schaute ihm über die Schultern. Er war ein besonders großes Exemplar von einem Wotan. Er trug einen prunkvoll verzierten Umhang und blickte stolz und ruhig zum großen Holo-Schirm. Erneut wurden Kommandos gebrüllt. Die Anspannung der Crew war selbst für Jesus spürbar. Nun erkannte er auch den Grund. Das Wotan-Schiff war in den Normalraum zurückgefallen, mitten in eine Weltraumschlacht. Laser zuckten durch die Schwärze des Alls. Explosionsblumen blühten auf und vergingen genauso schnell wieder. Wer sich da gerade bekämpfte, ließ sich von hier aus nicht sagen. Die Schiffsmodelle, die er zu Gesicht bekam, sagten ihm alle nichts. Grübelnd versuchte er, wenigstens herauszufinden, in welcher Ecke der Galaxis er sich befand. Vielleicht sagte ihm eine der Sternenkonstellationen ja etwas. Durch die vielen Laser und die Explosionen waren sie nicht sehr gut zu erkennen. Einige kamen ihm bekannt vor, aber sicher war er sich nicht. Gerade drehte sich das Schiff und ein Planet schob sich in den Blickwinkel des Holo-Schirms. Verblüfft hielt Jesus den Atem an. Diesen Planeten kannte er. Das war unverkennbar der Saturn und ein Stück hinter ihm und noch ganz klein, erkannte er die Erde.

***

Jesus` Mund war wie ausgetrocknet und das Schlucken fiel ihm schwer. Was hatte das zu bedeuten? Eine riesige Weltraumschlacht in der Nähe der Erde? Davon war ihm nichts bekannt und hier kämpften einige hundert Raumschiffe miteinander. Was hatte das zu bedeuten? War das alles nur eine Fiktion oder sah er hier ein Ereignis, das viele tausend Jahre alt war?

Das Schiff wurde schwer durchgeschüttelt. Alarmsirenen heulten laut auf und es wurde zunehmend konfuser und unübersichtlicher. Ein großer Schlachtkreuzer schob sich in das Holo-Bild. Unaufhörlich zuckten Laserstrahlen vom Schlachtkreuzer in Richtung des Wotan-Schiffs. Ein gutes Dutzend Torpedos machte sich auf den Weg, das Wotan-Schiff zu zerstören. Abwehrbatterien feuerten unaufhörlich auf die anfliegenden Torpedos und vernichteten einen Großteil von ihnen. Andere Torpedos wurden Opfer von Tauschkörpern, die mit über 2.000 Grad verbrannten. Damit verwirrten sie die Sensoren der Torpedos, indem sie sie auf eine falsche Fährte lockten und sie so nutzlos an den Tauschkörpern explodierten. Nur einer der Torpedos ließ sich nicht beirren. Jesus erkannte, dass ein baldiger Einschlag unvermeidlich war. Der Schlachtkreuzer, der deutlich größer war, als das Wotan-Schiff, drehte ihm seine Breitseite zu. Jesus wusste, was jetzt kommen würde. Sobald der Torpedo den Schutzschild schwächen oder durchschlagen sollte, würde der Schlachtkreuzer versuchen, dem Wotan-Schiff einen Gnadenstoß zu versetzen. Nervös biss er sich auf die Lippen. Wenn er sich auf der Singlariton Garr Go befand und dessen war er sich sicher, durfte das eigentlich nicht geschehen. Das Schiff existierte noch, wenn es sich auch in einem sehr mitleidsfähigen Zustand befand.

Ein greller Blitz ließ Jesus die Augen schließen. Etwas hatte den Schlachtkreuzer getroffen, der brennend abdriftete. Vorsichtig öffnete er seine Augen. Von dem riesigen Schiff war nichts mehr zu sehen. Wer oder was das Schiff angegriffen hatte, konnte er nicht erkennen. Es musste aber etwas Gigantisches gewesen sein.

Unruhig blickte er sich um. Die Besatzung schien die plötzliche Waffenruhe nicht weiter zu beunruhigen. Es war fast so, als ob sie damit gerechnet hatten. Aber konnte das sein? Welche Waffe wäre dazu imstande? Selbst der Xeno-Werfer, eine der stärksten Waffen, die Jesus kannte, hätte niemals mit nur einem einzigen Schuss ein so großes Schiff kampfunfähig schießen können. Ein Gigant solcher Größe besaß bestimmt Schutzschirme, die sich nicht so leicht überwinden ließen. Wenn es solch eine Waffe gab, dann war sie von unschätzbaren Wert für ihn und Jesus musste einfach mehr darüber erfahren. Mit solch einer Waffe könnten ihm die Basss oder sonst wer im bekannten Universum nicht weiter gefährlich werden. Noch während Jesus über die Waffe nachgrübelte, sah er aus den Augenwinkeln den Torpedo heranrasen. Er explodierte direkt vor dem Wotan-Schiff und setzte seine zerstörerische Energie frei. Augenblicklich begann der Schutzschirm zu flackern und fiel dann komplett aus. Noch ehe er sich wieder aufbauen konnte, wurde das Schiff von zwei kleineren Einheiten angegriffen. Laserstrahlen schlugen in das Schiff ein, da sie nun von keinem Schutzschild mehr aufgehalten wurden. Das Schiff schüttelte sich. Es fing leicht an zu trudeln. Einige Hüllenbrüche von verschiedenen Decks wurden gemeldet und Atmosphäre entwich ins All. Dennoch war es nicht wehrlos. Die eigenen Geschütze feuerten auf die beiden kleineren Einheiten und zwangen sie, ihren Angriff erst einmal abzubrechen.

Jesus beobachtete fasziniert das hektische Treiben auf der Brücke. Immer wieder brüllte der Kapitän laut seine Befehle. Irgendetwas schien nicht mehr zu funktionieren. Der Schutzschild konnte zwar wieder aufgebaut werden, aber anscheinend nur mit geringer Kapazität, wie er den Anzeigen entnehmen konnte. Viel mehr als ein paar leichte Treffer würde er nicht überstehen.

Die beiden kleinen Einheiten tauchten wieder auf dem Holo-Schirm auf und versuchten, das Wotan-Schiff in die Zange zu nehmen. Erneut schlugen Laserstrahlen in den Schutzschirm und ließen ihn aufflackern. Lange würde er den Beschuss sicher nicht mehr standhalten.

Ohne dass Jesus es bemerkt hatte, waren sie der Erde immer näher gekommen. Die Crew des Wotan-Schiffs war gut ausgebildet. Geschickt wichen sie den meisten Laserschüssen aus und schafften es sogar, ihrerseits einige Treffer zu setzen. Einer der beiden Angreifer verlor seinen Schutzschild und musste abdrehen. Die Mannschaft jubelte laut auf. Dabei hatten sie den zweiten Angreifer aus den Augen verloren. Ein erneuter Treffer ließ nicht nur den Schild zusammenbrechen, sondern schleuderte das Schiff auch in Richtung Erde. Mittlerweile war man dem Planeten so nahe gekommen, dass Jesus einzelne Kontinente erkennen konnte. Eines der zwei Triebwerke hatte leichte Aussetzer und so gab es kein Entrinnen mehr. Das Wotan-Schiff würde auf dem Planeten abstürzen, wenn nicht noch ein Wunder geschah.

***

Das Schiff stürzte mit hoher Geschwindigkeit auf die Erdoberfläche zu. Es zog einen gigantischen Feuerschweif hinter sich her. Den Aufprall würde niemand überleben können, dessen war sich Jesus sicher. Wenn man es nicht irgendwie noch schaffte, den viel zu steilen Winkel drastisch zu korrigieren, dann war eine Zerstörung des Schiffs unvermeidlich.

Einen Kilometer vor dem Boden nahm das zweite Triebwerk für ein paar Sekunden seinen Dienst wieder auf. Es reichte so gerade, um die Nase des Schiffs auf eine waagerechte Position zu heben. Hilflos steuerte es auf eine Wüste zu. Jesus sah die gelbe Wand immer näher kommen. Zwar versuchten die Wotans alles, um den Absturz zu verhindern, aber das würde ihnen nicht mehr gelingen. So viel konnte Jesus mit geübtem Blick erkennen.

Dann erfolgte der Aufschlag. Er war hart, aber nicht so hart, wie er es erwartet hatte. Irgendwie hatte es die Crew geschafft, die Geschwindigkeit weiter zu reduzieren. Der Winkel war auch äußerst günstig und so wurde das Schiff beim Aufschlag auf den gelben Wüstensand nach oben abgestoßen. Dabei verlor es weiter an Geschwindigkeit. In einer Art Schwebeflug setzte das Schiff erneut auf dem Sand auf. Diesmal wurde es nur noch leicht abgestoßen und bohrte sich kurz darauf in den weichen Sandboden und kam nach einigen hundert Metern zum Stehen.

Jesus schaute in die erleichterten Gesichter der Wotan-Crew. Es gab einige Verletzte und sicher auch Tote, aber im Allgemeinen hatte man den Absturz glimpflich überstanden. Das Schiff war nicht wie eine reife Tomate auseinandergebrochen. Jesus konnte sich das bei einem Erdenschiff kaum vorstellen. Solch einen Absturz hätte wahrscheinlich niemand überlebt, das Schiff schon gar nicht. Warum das hier anders war, konnte er nicht sagen. Zielstrebig ging er auf den großen Holo-Schirm zu und trat durch ihn hindurch. Nach ein paar weiteren Räumen und Wänden erreichte er endlich die Außenhaut des Schiffs und fiel in die Tiefe. Angsterfüllt ruderte Jesus mit den Armen, konnte den Sturz aber nicht mehr verhindern. Zu seiner Überraschung landete er butterweich in dem weichen Sand.

Ehrfürchtig blickte er nach oben. Jesus stand am Fuße des Schiffs und schaute an ihm in die Höhe. Gewaltig türmte sich das schwarze Schiff vor ihm auf. Der Anblick war gigantisch, aber es gab noch etwas anderes, das sein Herz einen Schlag vergessen ließ. Der Schiffsrumpf hatte einige deutliche Beschädigungen davongetragen. Über all sah er Hüllenbrüche und zum Teil klaffende Löcher in der Außenhaut des Schiffs. Die Beschädigungen waren doch größer, als er zuerst angenommen hatte. Aber etwas anderes zog seine Aufmerksamkeit auf sich. Links von ihm gab es ein besonders großes Loch im Rumpf und wenn Jesus nicht ganz den Verstand verloren hatte, begann es sich gerade zu schließen.

Verwundert rieb er sich die Augen. Das konnte doch gar nicht möglich sein, wie sollte ein Schiffskörper sich selber heilen können? Das war mehr als nur Science-Fiction. So etwas gab es nicht. Nicht damals und schon gar nicht heute. Dennoch schloss sich das Loch langsam und stetig.

Was könnte dafür verantwortlich sein? Hatten die alten Wotans kleine Reparatur-Roboter oder etwas in dieser Richtung erfunden? Jesus wusste es nicht, aber er war fest entschlossen, es herauszufinden.

Noch ehe er sich der Sache annehmen konnte, wurde es dunkel um ihn und die Szenerie änderte sich erneut. Er stand wieder vor der bläulich leuchtenden

Kugel und hielt die Hand von Luna. Deutlich vernahm er Lunas Stimme in seinem Kopf.

»Hallo, Jesus Carter. Ich freue mich, Sie endlich persönlich begrüßen zu können.« Jesus zuckte bei jedem Wort zusammen. Er blickte auf Luna, die still neben ihm stand und sich nicht rührte. »Bist, bist du Schiff?«, dachte er intensiv.

Ein heiseres Lachen erklang. »Du hast eine schnelle Auffassungsgabe. Aber ich habe von dir nichts anders erwartet.«

»Wie kommst du in meinen Kopf, noch dazu mit der Stimme von Luna?«

»Ich brauchte ein Medium, um mit dir in Kontakt treten zu können. Leider fehlte mir bis vor Kurzem noch die nötige Energie.«

Jesus zog seine Stirn kraus. »Ich dachte, dass man alles auf diesem Schiff geplündert hat.«

»Das stimmt auch fast. Man hat mich ausgeschlachtet, als klar wurde, dass ich nie mehr von hier abheben würde. Man hat alles fortgeschafft, bis auf meinen Kern, den ich zuverlässig vor den Übergriffen der Fremden schützen konnte.«

»Welcher Fremden?«

»Das ist im Moment nicht von Belangen. Ich weiß auch nicht, wer die Fremden waren. Das ist aber auch nicht wichtig. Ich habe dich aus einem bestimmten Grund zu mir geholt.«

»Was meinst du?«

»Als ihr das Äguhub betreten habt, habe ich sofort deine Aura gespürt. Es ist eine ganz besondere Aura. Und ich wusste sofort, dass du mir mit deinen Leuten helfen kannst, diesen Zustand zu ändern.«

»Welchen Zustand meinst du und bist du wirklich der Computer des Schiffs?«

»Ich meine, meinen Körper wiederzubekommen. Und ja, ich bin Schiff, wie du richtig erkannt hast.«

Jesus wurde es heiß und kalt. Verzweifelt versuchte er, die gehörten Worte richtig einzuordnen und zu verstehen. »Heißt das, dass dieses Schiff ein eigenes Bewusstsein hat? Ist so etwas überhaupt möglich? Bist du eine KI?«

Wieder erklang das raue Lachen. »Nein, ich bin keine KI, ich bin etwas völlig anderes, etwas was du nicht verstehen würdest. Aber wie ich das sehe, brauchen wir beide einander. Du möchtest von hier verschwinden, genau wie ich auch.«

»Inwieweit kann ich dir dabei helfen? Es ist fast nichts mehr übrig von deinem Körper, außer der Hülle natürlich. Ich verstehe nicht, wie wir dir helfen könnten, von hier wegzukommen. Meinst du, wir sollen dich in unserem Schiff mitnehmen?«

»Nein, so einfach ist das leider nicht.«

»Was sollen wir dann für dich tun?«

»Ihr müsst für mich das Eimatikum finden und es zu mir bringen. Der Rest erledigt sich dann von alleine.«

Jesus stutzte kurz. Davon hatte Luna auch schon gesprochen. »Was ist das Eimatikum?«, fragte er grübelnd.

»Das ist schwer zu erklären. Wahrscheinlich zu schwer für deinen beschränkten Geist.«

»Danke, dass du so große Stücke von mir hältst.«

Wieder erklang das Lachen in seinem Kopf. »Man hat mir das Eimatikum gestohlen und du sollst es zu mir zurückbringen. Das ist alles, was ich von dir verlange.«

»Wer hat es denn gestohlen und wo sollen wir es suchen?«

»Wer es gestohlen hat, weiß ich leider nicht. Ich weiß nur, wann man es gestohlen hat.«

»Und wann war das?«

»Nach eurer Zeitrechnung vor ziemlich genau 4.805 Jahren.«

***

Jesus glaubte, sich verhört zu haben. Er lachte laut auf. »Wenn das der Wahrheit entspricht, dann kann ich dir nicht helfen. Mittlerweile kann das Eimatikum überall in der Galaxie sein. Da ist eine Suche wohl nicht nur aussichtslos, sondern schlicht unmöglich.«

»Du denkst in zu kleinen Bahnen, Jesus Carter. Ich habe natürlich, wenn auch nur sehr begrenzt, Möglichkeiten, dir zu helfen.«

»Und die wären? Gibt es eine Art Scanner, mit dem ich das Eimatikum aufspüren kann, oder an was dachtest du?«

Wieder dieses gruselige Lachen. »Nein, so etwas gibt es nicht, obwohl mir die Idee gefällt. Nein, ich habe etwas gänzlich anderes im Sinn. Du musst einfach nur verhindern, dass es überhaupt gestohlen wird.«

In Jesus` Kopf hallten die Worte von Schiff nach. Irgendwie hatte er ihren Sinn nicht richtig verstanden. So etwas war doch unmöglich. Wie sollte er verhindern, was vor fast 5.000 Jahren geschehen war?

»Schiff! Ich bin nicht zu Späßen aufgelegt. Du weißt genauso gut wie ich, dass das Eimatikum vor langer Zeit gestohlen wurde. Genauer gesagt, vor fast 5000 Jahren. Wie soll ich dir dabei helfen? Das ist physikalisch unmöglich.«

»Jesus Carter, du denkst in viel zu kleinen Regionen und du verkennst die Möglichkeiten meiner Macht.«

Jesus verstand die Worte, aber verstehen konnte er sie nicht. Von welcher Macht sprach Schiff? Jesus sah die blaue Kugel nachdenklich an. Oder konnte es tatsächlich möglich sein? Verfügte Schiff über eine Zeitmaschine?

***

Wieder erklang das scheußliche Lachen. »Du hast eine schnelle Auffassungsgabe, Jesus Carter. Ich bin mir sicher, dass du und deine Leute die Richtigen für diesen Auftrag sind. In Anbetracht der Lage, dass ihr auch die Einzigen seid, erübrigt sich das aber sowieso.«

»Du kannst uns also tatsächlich in die Vergangenheit schicken?«

»Ja, diese Macht besitze ich!«

Jesus begann zu schwitzen. Wenn es eine Zeitmaschine gab, dann könnte man damit vielleicht auch verhindern, dass die Erde atomar verseucht wurde. Nur die bloße Möglichkeit ließ Jesus am ganzen Körper zittern. Sofort begann er damit, einen Plan auszutüfteln, um dieses Unglück ungeschehen zu machen.

»Ich spüre deine Gedanken, Jesus Carter. Du musst dich davon lösen. Ich kann dir dabei nicht helfen, solange ich nicht im Besitz des Eimatikum bin.«

Jesus blickte ertappt die blaue Kugel an. »Warum kannst du mir nicht helfen? Wenn du mir nicht hilfst, dann helfen wir dir auch nicht.«

»Du verstehst nicht, Jesus Carter. Wenn ich das Eimatikum nicht zurückbekomme, wird die ganze Galaxie untergehen.«

»Was, nein, das glaube ich dir nicht. Du lügst mich an, damit ich dir helfe!«, schrie Jesus verzweifelt.

»Nein, ich kann gar nicht lügen. Meine Energiereserven gehen zur Neige. Mit deinen beschränkten Möglichkeiten kannst du meinen Energiespeicher nur für einen Sprung aufladen.«

»Und dann? Heißt das, ich und meine Leute stranden in der Vergangenheit?«

Diesmal brauchte die Stimme etwas länger, um zu antworten. »Ja, genau das heißt es. Außer ihr seid erfolgreich, dann besteht zumindest die Möglichkeit, dass ich euch in diese Zeit zurückholen kann.«

»Wieso kannst du uns nicht einfach wieder zurückschicken? Vor 4.800 Jahren solltest du doch genug Energiereserven besessen haben?«

»Das ist richtig und auch falsch. Um euch durch die Zeit zu schicken, benötige ich nicht nur Energie.«

»Was brauchst du dazu noch? Vielleicht können wir es besorgen?«

Wieder lachte Schiff laut in Jesus` Kopf. »Nein, dazu benötigen wir Holoren-Quarze.«

»Gut, dann besorgen wir dir welche. Wo finden wir solche Quarze?«

»Das weiß ich nicht. Wir haben nur ein paar erbeutet. Von einer sehr alten Rasse, den Zuraniten. Sie haben vor sehr langer Zeit gelebt. Nach deiner Zeitrechnung vor 65 Millionen Jahren. Niemand außer den Zuraniten kannte das Geheimnis der Holoren-Quarze. So weit könnte ich euch, selbst wenn ich es wollte, nicht in die Vergangenheit schicken.«

Jesus blickte geknickt auf die Kugel. »Aber du sagtest doch, dass es eine Möglichkeit gibt, uns in unsere Zeit zurückzuholen.«

»Ja, es gibt vielleicht eine Möglichkeit. Es hat noch niemand versucht, aber meinen Berechnungen zu Folge ist die Chance sehr hoch, dass es klappen könnte. Die Erfolgsaussichten dafür liegen bei über vierzig Prozent.«

»Vierzig Prozent«, stieß Jesus verächtlich hervor. »Eine bessere Quote hast du nicht für uns. Wir sollen unser Leben riskieren, dir helfen, dein Eimatikum zurückzubekommen, für lächerliche vierzig Prozent. Da musst du dir schon etwas Besseres einfallen lassen, das wir unsere Meinung diesbezüglich ändern. Dafür riskiere ich nicht mein Leben und das meines Volkes.«

»Oh, Jesus. Du verstehst mich falsch. Ich bitte euch nicht, mir zu helfen. Ihr werdet mir freiwillig helfen.«

»Nein, niemals! Warum sollten wir? Wie willst du uns zwingen? Nun, sag schon!«, rief Jesus aufgebracht.

Die Kugel begann, heller zu werden. Jesus hielt sich mit schmerzverzerrtem Gesicht die Hände vor die Augen. Viel half das nicht. Die Kugel wurde immer heller und Überladungsblitze zuckten aus ihrem Inneren. Sie begann sich zu drehen, erst langsam, dann immer schneller. Ein Geräusch, das Jesus an einen jaulenden Hund erinnerte, erfüllte den Raum. Es wurde immer lauter, sodass sich Jesus nun auch noch die Ohren zuhalten musste, während er vor Schmerzen laut aufschrie. Er sank auf die Knie, ließ seinen Kopf mit der Stirn auf den Boden fallen und presste seine beiden Oberarme gegen seine Ohren. Das Licht war so hell geworden, dass man, hätte man in die Kugel geschaut, wohl sein Augenlicht verloren hätte. Die Kugel sah mittlerweile aus wie eine kleine, blaue Sonne, die sich wild um die eigene Achse drehte.

Dann hörte das Jaulen abrupt auf und das Licht erlosch. Die Kugel schwebte wieder ruhig auf ihrer Position, als wäre das nie anders gewesen. Jesus und die anderen Menschen lagen in gekrümmter Haltung auf dem Boden. Alles schien wie vor dem wilden Tanz der Kugel zu sein. Aber es hatte sich etwas verändert, nur eine Kleinigkeit, aber diese Kleinigkeit hatte einen weitreichenden Einfluss auf Jesus und seine Crew.

Dumpf drangen die Geräusche in seinen Kopf. Jemand sprach mit ihm, rief laut seinen Namen. Etwas Kaltes legte sich auf seine Wangen. Wieder diese Stimme, die flehend seinen Namen rief. Stöhnend versuchte Jesus, die Augen zu öffnen. Es fiel ihm unglaublich schwer und er musste seine ganze Kraft aufwenden, um die Augenlider wenigstens ein Stückchen zu öffnen. Er blickte in das bleiche Gesicht von Luna, die ihre Hände auf seinen Wangen liegen hatte und immer wieder seinen Namen rief. Er versuchte zu lächeln, was ihm kläglich misslang. Der Schmerz in seinem Kopf hörte einfach nicht auf und drohte, ihn erneut in die Ohnmacht zu ziehen. Was war nur geschehen?

Jesus atmete tief durch. Von Atemzug zu Atemzug ging es ihm besser. Der hämmernde Schmerz hinter seinen Schläfen ebbte langsam ab. Mithilfe von Luna schaffte er es, sich aufzurichten und an der Wand anzulehnen. Jesus blickte sich vorsichtig um, da er Angst hatte, eine schnelle Bewegung würde seinen Kopf zerreißen. Um ihn herum lagen seine Freunde, als ob sie von einer überdimensionalen Kegelkugel umgeschmissen worden wären. Alle schienen das Bewusstsein verloren zu haben. Warum gerade Luna als Erstes aufgewacht war, das konnte sich Jesus nicht erklären, oder hatte sie gar nicht das Bewusstsein verloren? Er hatte die Vermutung, dass es mit ihren besonderen Fähigkeiten zu tun haben könnte.

»Kannst du mir sagen, was da gerade passiert ist?«

Luna blickte ihn fragend an. »Ich, ich weiß es nicht. Die, die Kugel… sie ist plötzlich verrückt geworden. Sie ist ganz hell geworden und dann kam dieses laute Geräusch. Es war ein fürchterlich lautes Jaulen und dann, dann seid ihr alle umgefallen.«

»Und du, du bist nicht umgefallen?«, fragte sie Jesus verwundert.

»Nein, ich habe mir die Ohren und Augen zugehalten und mein Kopf tat ganz doll weh, aber ich bin nicht umgefallen. Als es wieder still wurde und das Licht nicht mehr so hell war, habe ich sofort versucht, dich aufzuwecken.«

»Ist dir sonst noch etwas aufgefallen? Ist etwas Ungewöhnliches passiert, als ich noch geschlafen habe?«

»Nein! Was meinst du?«

»Ich weiß auch nicht. Irgendetwas halt...«, Jesus hob seine Schultern fragend an.

»Nein, außer!«

»Außer?«, Jesus sah Luna erwartungsvoll an.

»Hm, Schiff redet nicht mehr mit mir.«

Jesus horchte in sich hinein. Luna hatte recht. Schiff war aus seinem Kopf verschwunden. Es reagierte auch nicht auf seine mentalen Rufe. Was hatte das nun wieder zu bedeuten?

Mühsam schaute sich Jesus um. Alles schien so zu sein, wie noch vor ein paar Minuten, ehe die blaue Kugel verrückt gespielt hatte. Oder hatte sich etwas verändert? Jesus war sich nicht sicher. Etwas war anders, aber er konnte nicht sagen, was.

»Luna!«

»Ja, Jesus?«

»Findest du, dass sich etwas verändert hat?«

Luna sah sich voller Neugier um. Nach ein paar Sekunden sah sie wieder Jesus an. Sie lächelte ihn freudig an. »Ja, es hat sich etwas verändert.«

Jesus schoss mit dem Kopf nach oben, was er sofort bitter bereute, da ein stechender Schmerz durch seinen Schädel schoss. »Was hat sich denn verändert? Was hast du bemerkt?«

»Die Wände, sie leben wieder«, erklärte sie ihm stolz.

Verwirrt blickte Jesus das Mädchen an. »Was meinst du damit, sie leben wieder?«

»Siehst du das nicht?«, fragte sie ihn verwundert. Sie zeigte auf eine Stelle neben der Kugel. Jesus konzentrierte sich auf die Stelle und dann sah er es. Es war fast so, als ob die Wand dort pulsieren würde. Es war nur eine leichte Bewegung und Jesus fiel sie nur auf, weil ihn Luna darauf hingewiesen hatte. Die Wand hob und senkte sich leicht, so wie bei einem Menschen, wenn sich beim Atmen der Brustkorb leicht hob und senkte. Aber warum gerade an dieser Stelle? Jesus sah sich weiter konzentriert um. Nun entdeckte er immer mehr Stellen, an denen sich die Wand hob und senkte. Was war hier los? Jesus konnte sich das nicht erklären, aber er musste diesem Geheimnis auf die Spur gehen. Ächzend zog er sich hoch und wankte zu der Stelle an der Wand. Luna stützte ihn dabei, so gut sie konnte. An der Stelle angekommen presste er seine Hand vorsichtig gegen die Wand. Sie kribbelte und ein leichtes Vibrieren war zu spüren. Aber noch etwas geschah. Von seiner Hand aus zogen sich leuchtende Linien über die Wand und bildeten fremde Zeichen und Muster. Erschrocken ließ Jesus die Wand wieder los und die Zeichen verblassten schnell. Jesus sah Luna fragend an. Sie lächelte ihn wissend an. Dieses seltsame Verhalten von ihr verwirrte ihn noch mehr. Was wusste Luna, von dem er keine Ahnung hatte?

Mithilfe von ihr schritt er zum Schott, das sich augenblicklich öffnete, als sie in seine Nähe kamen. Jesus schaute in den dahinter liegenden Gang. Er war hell erleuchtet und sah aus, als ob er gerade erst erschaffen worden war. Langsam, sich an Luna festhaltend, torkelte er in den Gang. Ein leises Brummen drang an seine Ohren. Dieses Brummen kannte er nicht. Zuvor hatte es keine Geräusche im Schiff gegeben. Dessen war sich Jesus sicher. Sie machten ein paar Schritte in den Gang bis zum nächsten Schott, das sich öffnete, als sie davor stehen blieben. Jesus sah in den Raum dahinter. Erschrocken vergaß er zu atmen. Der Raum, es war wohl nur ein einfaches Lager, war prall gefüllt mit silbernen Kisten, die in großen Regalen bis zur Decke gestapelt auf ihren Einsatz warteten. Jesus war sich sicher, dass dieser Raum vor einer halben Stunde noch genauso leer gewesen war wie alle anderen, die sie zuvor untersucht hatten. Was war hier geschehen?

***

Jesus wollte dem Gang weiter folgen, doch Luna rührte sich nicht von der Stelle. Verwundert blickte er zu ihr hinunter. Sie stand einfach nur da und schaute geistesabwesend die Wand an. Jesus erkannte sofort, dass Luna im mentalen Kontakt mit jemand Fremdes stand. Vermutlich mit Schiff, er war sich aber nicht sicher, da er selbst keinen Kontakt aufbauen konnte. Also ließ er Luna gewähren und wartete, bis sie sich wieder aus der Verbindung löste. Lange brauchte er nicht zu warten. Lunas Blick klärte sich auf und sie sah Jesus mit ernstem Gesicht an. »Wir müssen die anderen holen«, erklärte sie mit brüchiger Stimme.

Jesus sagte nichts, er nickte nur zustimmend und gemeinsam eilten sie zu den anderen. Die meisten waren mittlerweile aufgewacht. Als sie Jesus und Luna sahen, warfen sie den beiden fragende Blicke zu. Sofort kümmerte Jesus sich um die Bewusstlosen und versuchte, diese aufzuwecken. Nach und nach gelang ihm das auch. Einige hatten Wasserflaschen bei sich, die sie großzügig herumreichten. Jesus erklärte ihnen, was er herausgefunden hatte.

»Und du bist dir sicher, dass der Raum vorher leer gewesen war?«, erkundigte sich Nils.

»Ja, Nils. Ich bin mir hundertprozentig sicher. Der Raum war vor einer Stunde noch ratzekahl.«

»Aber wie kann das sein? Ich verstehe das nicht.«

Jesus hob resignierend die Schultern. »Ich habe keine Ahnung und nicht die geringste Erklärung dafür. Genauso wenig, warum das Schiff plötzlich Energie im Überfluss besitzt.«

Luna zog an Jesus` Hand. »Komm, wir müssen hier weg!«

»Warum müssen wir weg, Luna? Wer sagt das?«

»Schiff hat mir das gesagt, ich soll euch hier herausführen. Wir haben nicht mehr viel Zeit, also kommt«, drängelte sie mit eindringlicher Stimme.

Jesus sah die anderen hilflos an, folgte dem Mädchen aber zum Ausgang. Ein Blick über seine Schulter ließ ihn erkennen, dass die anderen ihm folgten.

Luna zog Jesus durch die Gänge des Schiffs. Das leise Brummen begleitete sie dabei. Nach ein paar Minuten erschütterte eine heftige Explosion das Schiff. Die Menschen mussten sich an den Wänden festhalten, um nicht zu stürzen. Ängstliche Blicke trafen Jesus, der sie ignorierte und sich von Luna weiterziehen ließ, die es nun noch eiliger zu haben schien.

Weitere Explosion waren zu hören, nur schienen diese weiter weg zu sein. Sie hasteten durch die Gänge des alten Wotan-Schiffs, bis sie endlich den Ausgang erreicht hatten. Überrascht blieben sie stehen und starrten ungläubig nach draußen. Am Firmament ging gerade die Sonne hinter den weit entfernten Bergen auf. Die noch kühle Luft umspielte ihre nassgeschwitzten Gesichter. In einiger Entfernung blitzte es kurz auf und das Grollen einer Explosion wehte zu ihnen herüber. Weitere Lichtblitze zuckten durch die Nacht und erhellten kurzfristig das Szenario. Jesus wollte nicht glauben, was er da sah. Eine große Schlacht tobte, keine zehn Kilometer von ihnen entfernt. Wer da gegen wen kämpfte, das ließ sich von ihrer Position nicht erkennen, aber das war im Moment zweitrangig. Zunächst musste er sich und die Menschen in Sicherheit bringen und dann konnte er sich über den Rest Gedanken machen. Sie liefen zielstrebig auf die Kentucky zu, die in ein paar Meter Entfernung im gelben Sand auf sie wartete. Die untere Schleuse war geöffnet, sodass sie keine weitere Zeit verloren. Jesus trieb sie zu großer Eile an und lief im Schiff sofort auf die Brücke. Nachdem alle im Schiff angekommen waren, schloss Klaus das Außenschott und startete mit heulenden Triebwerken. Sie mussten schleunigst verschwinden, bevor noch jemand auf die Idee kam, auf sie zu schießen.

Klaus steuerte die Kentucky in einem parallelen Winkel weg vom Kampfgeschehen und aktivierte den Tarnmodus.

Endlich konnten sie aufatmen. Neugierige Gesichter blickten ihren Kapitän und Luna an, die auf seinem Schoß saß und unschuldig in die fragenden Gesichter der Menschen schaute, die dicht gedrängt um sie herum standen.

Jesus gab Susie ein Zeichen, die sofort damit begann, den Funkverkehr abzuhören. Gebannt hangen alle an ihren Lippen. Nach einer gefühlten Ewigkeit blickte sie auf und fluchte leise vor sich hin.

»Was hast du gehört?«, fragte sie Jesus unsicher.

»Ich, ich bin mir nicht sicher. Ich habe viele verschiedene Funksprüche auf allen möglichen Frequenzen aufgefangen. Einige in Basss-Sprache, andere würde ich den Wotans zusprechen. Andere konnte ich nicht identifizieren. Dort unten und auf dem ganzen Planeten tobt ein Krieg von riesigen Ausmaßen. Es müssen hunderte von Schiffen beteiligt sein. Wer weiß, wie viele Armeen dort unten miteinander kämpfen.«

Auf der Brücke war es still. Alle hatten an Susies Lippen gehangen und ihrer zitternden Stimme gelauscht.

Nils sah Jesus verwirrt an. »Wo ist eigentlich die Höhle geblieben und müssten wir nicht hunderte Meter unter der Erde sein?«

Jesus blickte seinem Freund direkt in die Augen. »Ich habe da so eine Vermutung. Ich hoffe nur, ich habe Unrecht.«

»Wieso? Was befürchtest du?«

Jesus antwortete nicht. Er schaute zu Luna hinunter. »Weißt du, was passiert ist?«

Das Mädchen schaute Jesus mit einem vielsagenden Blick an und nickte leicht mit dem Kopf. »Ja, Schiff hat mir alles erklärt.«

»Dann lass uns an deinem Wissen teilhaben. Was hat Schiff dir gesagt?«

»Schiff hat dafür gesorgt, dass du das Eimatikum finden und zu ihm zurückbringen kannst.«

»Und wie hat Schiff das angestellt?«

»Es hat uns in die Vergangenheit geschickt. In die Zeit, als Schiff hier abgestützt ist zur Zeit des großen Kritanischen Krieges.«

»Was ist der Kritanische Krieg?«, wunderte sich Klaus.

Luna sah den Steuermann der Kentucky verwundert an. »Das weiß ich nicht. Schiff hat nur gesagt, dass wir das Eimatikum finden und beschützen müssen, ehe es zu spät ist. Dazu hat es uns über 4.805 Jahre in die Vergangenheit geschickt. Damit wir in der Zukunft unser Erbe antreten können …«

Ende Teil 2

Lexikon

Holo-Schirm

Neuartiger Bildschirm der Objekte, dreidimensional darstellt. Das Bild wird von einem Projektor frei schwebend erzeugt und vermittelt einem das Gefühl, seinem Gesprächspartner direkt gegenüber zu stehen.

Daten Scheibe

Eine kleine Scheibe aus Glas, in der in mehrere Schichten Daten eingebrannt werden können. Jede Scheibe hat einen Durchmesser von acht Zentimetern und ist vier Millimeter dick. Sie kann bis zu 5000 Terabyte an Daten speichern. Die Lebensdauer einer Scheibe beträgt über 1 Millionen Jahre und sie kann Temperaturen von über 1000 Grad Hitze unbeschadet überstehen.

Ionenantrieb

Erzeugt wird ein Ionenstrahl, in dem Gasteilchen (z. B. Xenon) oder Kleinsttröpfchen (wie z. B. Quecksilber) durch eine Kathode zunächst ionisiert werden. Anschließend werden sie in einem elektrischen Feld auf annähernde Lichtgeschwindigkeit beschleunigt. Nach der Passage des sogenannten Neutralisators, der dem Strahl wieder Elektronen zuführt und ihn somit elektrisch neutralisiert, werden die Teilchen in Form eines Strahls ausgestoßen.

Die Antriebsleistung ist nicht wie bei chemisch arbeitenden Raketen in den reagierenden Treibstoffkomponenten gebunden, sondern stammt vom angelegten elektromagnetischen Feld. Die Energie zur Erzeugung der Felder wird bisher meist mithilfe von Solarzellen gewonnen. Ein Treibstoff im herkömmlichen Sinne existiert nicht, jedoch geht die Stützmasse verloren.

Mit einem Ionenantrieb der fünften Generation lässt sich eine Geschwindigkeit von fast 99 Prozent der Lichtgeschwindigkeit erreichen.

Comband

Ein Uhr ähnliches Armband, das es einem Träger ermöglicht, über weite Strecken drahtlos zu kommunizieren. Es fungiert gleichzeitig als Uhr, Kommunikationsersatz und Computer, ähnlich einer Smartuhr, nur viel komplexer und mit weiteren nützlichen Funktionen. Ein Comband wird auf seinen jeweiligen Träger programmiert und lässt sich so nur von ihm bedienen.

KI-Band

Das KI-Band wurde von den Wotans entwickelt.
 Funktionen siehe Comband, nur wird dieses mit dem Körper des Trägers verschmolzen und lässt sich nur per Gedankenbefehl steuern. Dazu ist ein spezielles Gen nötig.

AE

AE = astronomische Einheit

1 AE = 499,004784 Lichtsekunden
1 AE = 149.597.870.700 m

Lichtjahre

Ein Lichtjahr ist die Strecke, die eine elektromagnetische Welle wie das Licht in einem julianischen Jahr im Vakuum zurücklegt. Das sind 9,461 Billionen Kilometer (9,461 · 1012 km).

Hyperraum

Raumschiffe, die durch den Hyperraum fliegen, erreichen ihr Ziel durch eine Krümmung im Zeitkontinuum. Ähnlich einem Blattpapier, auf dem eine Linie eine Entfernung von Punkt A nach B darstellt. Faltet man das Blatt nun so, dass Punkt A und Punkt B übereinanderliegen, wäre diese Verbindung gleichzeitig die neue Wegstrecke. Somit verkürzt sich die Strecke, die man für den Flug zurücklegen müsste, um ein Vielfaches. Man bewegt sich im Hyperraum nicht schneller als Lichtgeschwindigkeit, nur die zurückgelegte Strecke wird verkürzt. Je weiter das Ziel vom Ausgangspunkt entfernt liegt, um so höher ist die Zeitersparnis.

Da man sich im Hyperraum nur mit einer Geschwindigkeit bewegt, ist es nicht möglich, im Hyperraum überholt zu werden.

Neuartige Geräte, wie die Hypernasen, ermöglichen es, ein Schiff im Hyperraum verfolgen zu können.

Um in den Hyperraum zu gelangen, muss ein Schiff bis auf 98 % Lichtgeschwindigkeit beschleunigen. Ein Computer errechnet die Zeit, die man im Hyperraum verbringen muss, um sein Ziel zu erreichen.

Gefährlich kann es werden, wenn man den Zielort nicht kennt. Das erhöht die Wahrscheinlichkeit, gegen ein Objekt zu stoßen (Planet, Sonne, anderes Raumschiff, Asteroid ect.). Von daher wird bei unbekannten

Zielen meistens ein Zielpunkt außerhalb eines Sonnensystems gewählt.

Hyperraumantrieb

Den Hyperraumantrieb haben die Terraner von den Basss übernommen. Mit seiner Hilfe können sie große Strecken in kürzester Zeit zurücklegen. Ohne den Hyperraumantrieb würden Reisen zu anderen Systemen Jahrhunderte dauern.

Phaser

Standardbewaffnung der Terraner. Leichte Handfeuerwaffe mit einem Energiekristall, der es seinem Träger ermöglicht, gebündelte Laserenergie abzufeuern. Eine Energieladung reicht für mehrere zehntausend Schuss.

WEU

Nach dem großen Wirtschaftskrieg von 2060 war die WEU aus den Staaten des nordamerikanischen Kontinents und Mittel- und Osteuropa entstanden. Seine drei Milliarden Bewohner lebten zufrieden in Wohlstand und Demokratie. Das Gewaltpotenzial der Bevölkerung war auf ein Minimum gesunken. Fast jeder hatte Arbeit und es gab durch gezielte Steuerung von Gen manipulierten Lebensmitteln genug zu essen für alle. Die ersten interstellaren Stationen wurden auf dem Mond, Mars und dem Jupiter-Mond, Ganymed, errichtet.

Gewähltes Oberhaupt: Generalsekretär Peter Kowalski

Asiatischer Pakt

Ost-Asiatischer-Pakt, der sich aus den asiatischen Ländern und Russland gebildet hatte. Den Menschen, die dort lebten, immerhin fast 5 Milliarden, ging es deutlich schlechter als den Bewohnern der WEU.
Regierungshauptstadt ist Saigon.

Oberhaupt: Hoa-Meng Sun selbst ernannter Kaiser und Diktator

Bylerium und Carollerz

Seltene Erze, die in Tiefen von bis zu zweitausend Metern gefördert werden. Die Erze sind in ihrer Grundform äußerst instabil und der Abbau ist äußerst schwierig und gefährlich.

 Sie sind für Hyperantriebe und Waffen unersetzlich.

Holoren-Quarze

Seltene Quarze, die man für Zeitreisen benötigt. Seit 65 Millionen Jahren existierend, Herkunft unbekannt.

Singlariton Garr Go

Altes Forschungsschiff der Wotan.
Pyramidenförmiger Rumpf.
400 Meter lang und 50 Meter an der dicksten Stelle.

Völker

Basss

Name:**Basss**
  Heimatplanet: **Babylons**
  Gattung: **Humanoid**
  Lebenserwartung: **Bis zu 1500 Jahre**
  Aussehen: **Bis zu 1,20 Meter groß, zwei Arme und zwei Beine, aufrechter Gang, keine Körperbehaarung, nicht sehr widerstandsfähiger Körper**
  Wesensart: **intelligent und skrupellos**
  Existenz ihrer Raumfahrt seit: **seit über 4000 Jahre**

Beschreibung: **Die Basss waren eine der ersten Rassen, die in der Milchstraße die Raumfahrt entdeckt haben.**

Xelaner

Name: **Xelaner**
Heimatplanet: **Xelon**
Gattung: **Insektoid**
Lebenserwartung: **unbekannt**
Aussehen: **Ähnlichkeiten mit einer terranischen Gottesanbeterin, schwarze Hautfarbe**
Wesensart: **intelligent und skrupellos**
Existenz ihrer Raumfahrt seit: **seit über 4000 Jahre**

Beschreibung: **Die Xelaner waren eine der ersten Rassen, die in der Milchstraße die Raumfahrt entdeckt haben.**

Nog ar Isto

Name: **Nog ar Isto**
Heimatplanet: **Xelon**
Gattung: **Insektoid**
Lebenserwartung: **unbekannt**
Aussehen: **Bis zu 2,20 Meter groß, vier Arme und zwei Beine, aufrechter Gang. Grün/schwarze Hautfarbe, ähnlich einer Hornisse, große Beißwerkzeuge, kann andere Wesen mental beeinflussen.**
Wesensart: **Schwarmwesen und skrupellos**
Lebensart: **Leben in einem Staat, Königin wird Mutter genannt.**
Existenz ihrer Raumfahrt seit: **Keine eigene Raumfahrt**

Beschreibung: **Nog ar Isto werden von anderen Wesen mithilfe ihrer Mutter kontrolliert.**

Usambekken

Name: **Usambekken**
Heimatplanet: **Bekker**
Gattung: **Humanoid**
Lebenserwartung: **unbekannt**
Aussehen: **Ähnlichkeit mit einem Neandertaler. Haare dick und winden sich wie die Schlangen einer Medusa. Grüne, katzengleiche Augen.**
Wesensart: **unbekannt**
Lebensart: **unbekannt**
Existenz ihrer Raumfahrt seit: **über 4000 Jahre**

Alderaner

Name: **Alderaner**
Heimatplanet: **Aldena**
Gattung: **Humanoid**
Lebenserwartung: **unbekannt**
Aussehen: **Zwei stämmige Beine und vier Arme, tentakelähnliche Haare, vier Augen, wovon zwei an den Seiten angebracht sind, knollenförmige Nase und großer Mund mit gelben, spitzen Zähnen.**
Wesensart: **machtbesessen und skrupellos**
Lebensart: **Demokratie, geführt von einem Oberhaupt, Xincho genannt.**
Existenz ihrer Raumfahrt seit: **seit 2000 Jahre**

Beschreibung: **Nachfahren der Usambekken**

Wotans

Name: **Wotans**
Heimatplanet: **Wogar as Grorr**
Gattung: **Humanoid**
Lebenserwartung: **20 Jahre**
Aussehen: **Einen halben Meter groß, gedrungener Körper, besitzen keinen Hals, keine Behaarung, viele Augen um den ganzen Kopf verteilt, platte Nase, riesiger Mund, zwei Arme und zwei Beine, bewegen sich meistens auf allen Vieren fort.**
Wesensart: **aggressiv und kriegerisch**
Lebensart: **Aggressives Volk, das den Kampf über alles liebte.**
Existenz ihrer Raumfahrt seit: **mehr als 4500 Jahre.**

Beschreibung: **Geschlechtslos, legen Ei in Wirtskörper. Die Larve frisst den Wirt von innen auf und tötet ihn dabei gleichzeitig. Können alle möglichen Gase einatmen. Auch unter Wasser oder auf Methan-Planeten können sie überleben.**

Tauronen

Name: **Tauronen**
Heimatplanet: **Talon vier**
Gattung: **Humanoid**
Lebenserwartung: **unbekannt**
Aussehen:
Wesensart: **Ängstlich**
Lebensart: **Einfaches Hilfsvolk, das durch die Basss ein einflussreiches Leben führen können.**
Existenz ihrer Raumfahrt seit: **mehr als 2000 Jahre.**

Beschreibung: **Billige Arbeiter der Basss, die keine eigene Regierung besitzen und als einfaches Fußvolk der Basss die Drecksarbeit erledigen.**

Finn Gossa

Name: **Finn Gossa**
Heimatplanet: **Gossaer Trion**
Gattung: **Reptilien**
Lebenserwartung: **unbekannt**
Aussehen: **dünner, zwei Meter großer Körper. Runder, haarloser Schädel.**
Wesensart: **ängstlich**
Lebensart:
Existenz ihrer Raumfahrt seit: **Ca. 1000 Jahre.**

Beschreibung:

What´s App Newsletter

What´s App Autoren Newsletter

Das Buch ist zu Ende und Sie möchten wissen, wie und wann es weitergeht?
Dann abonnieren Sie unseren neuen What´s App Newsletter.

<u>**Gerne senden wir Ihnen einen der letzten Newsletter zu.**</u>
Schreiben Sie uns doch einfach an.

Ihre Vorteile:
News aus erster Hand
Wann erscheint das nächste Buch
Keine Rabattaktionen mehr verpassen
Gewinnspiele
Interessante Informationen über unsere Autoren
u.v.m.

Sie sind interessiert?
Dann melden Sie sich zu unserem **kostenlosen** What´s App Newsletter an.

Wie funktioniert das?
Senden Sie uns eine What´s App Nachricht an folgende Nummer: **01577 / 11 50 119** mit **START**

Speichern Sie unsere Nummer in Ihren Kontakten.

Sie werden dann in unseren Verteiler aufgenommen und erhalten ab sofort alle interessanten News unserer Autoren.

Es wird höchstens eine What's App Nachricht pro Woche verschickt.

Sie bekommen nur unsere Nachricht zu sehen, keine Kommentare oder dergleichen von anderen Lesern.

Was geschieht mit meinen Daten?
Ihre Daten werden vertraulich behandelt und sind von niemandem einsehbar.

Wir speichern nur Ihre Telefonnummer, ohne Ihren Namen.

Wie kann ich mich wieder abmelden?
Senden Sie einfach eine What's App Nachricht mit **STOPP** und wir werden Sie sofort aus dem Verteiler löschen.

Was kostet das Ganze?
Der Broadcast Newsletter ist natürlich völlig **kostenlos**.

Welche Autoren machen mit?
Derzeit:
Ilona Bulazel
Toby Winter

Volker Pfaffen
Sophie Lang
J.J. Sam

Weitere in Planung, aber nicht mehr als zehn bis zwölf.

Empfehlungen

Kosmische Intrigen

Das Weltenschiff

Ein atemberaubendes, episches Weltraumabenteuer für Liebhaber der klassischen Science-Fiction Literatur.

SciFi – Abenteuer:
399 Printseiten
eBook: **2,99 €**
Taschenbuch: **11,99 Euro**

Ein UFO wird in der Nähe des Pluto gesichtet.

Die Kentucky, unter dem Kommando von Jesus Carter, wird losgeschickt, um nach dem Rechten zu sehen.

Sie treffen dort auf Außerirdische und erfahren von ihnen Unglaubliches.

Die Menschheit ist in Gefahr und die Bedrohung ist so groß, dass sie das Ende der Menschheit bedeuten könnte.

Kapitän Carter und seine Crew versuchen in einem Akt der Verzweiflung, das Unvermeidliche noch zu verhindern.

Dabei kommen sie einer wahrlich kosmischen Intrige auf der Spur, in dessen Mittelpunkt die Menschheit zu stehen scheint.

Kann das Unvermeidliche noch aufgehalten werden oder ist das Ende der menschlichen Rasse längst besiegelt?

Erleben Sie ein spannendes Sci-Fi Abenteuer um Macht, Lüge und Verrat.

Erleben Sie Action und Spannung bis zum überraschenden Ende!

Leserstimmen:

Über eine Fortsetzung würde ich mich freuen. Denn insgesamt ist der Plot stimmig und flüssig geschrieben.

Ich habe das Buch in fast einem Zug gelesen, es hat mir sehr gut gefallen. Kritikpunkte habe ich keine an dieser Story, ein empfehlenswertes Science-Fiction Abenteuer.

Eine interessante Lektüre, spannend und unterhaltsam. Der Schluss lässt für mich eigentlich genug Platz offen, um die Story weiter zu führen??? Ich bin gespannt und werde es beobachten.

Besuchen Sie auch meine Homepage: www.diwa-marketing.de

Die Marsstation

Eine spannende Kurzgeschichte aus der Reihe: Kosmischen Intrigen!

SciFi – Kurzgeschichte:
211 Normseiten
eBook: **2,99 €**

Die Marsstation (Kurzgeschichte 47 Taschenbuchseiten)

Die Geschichte ist zeitlich vor dem Geschehen in -Das Weltenschiff- angesiedelt und beschreibt ein Abenteuer, das im Buch kurz angerissen wurde.

Kapitän Jesus Carter und seine Crew erhalten den einfachen Auftrag, einige wichtige Unterlagen von der WEU-Marsstation zu übernehmen.

Noch bevor sie den Auftrag erfüllen können, werden sie von einem Schiff des Asiatischen Pakts angegriffen.

Um nicht selbst vernichtet zu werden, müssen sie mit dem Schiff fliehen und zwei Besatzungsmitglieder ihrem Schicksal überlassen. Verletzt und ohne ausreichenden Sauerstoff werden sie keine zehn Stunden auf dem lebensfeindlichen, roten Planeten überleben können.

Verzweifelt versucht Carter, dem Paktschiff zu entkommen.

Wird er es schaffen, seinen Auftrag zu erfüllen und seine Crew-Mitglieder vor dem sicheren Tod zu bewahren?

Ein Katz- und Maus-Spiel mit unsicherem Ausgang entflammt. Wer es gewinnen wird, ist genauso unklar wie der Grund des hinterhältigen Angriffs.

Ein turbulentes Abenteuer um Pflichterfüllung und den Drang, die Interessen seiner Vorgesetzten mit den Bedürfnissen seiner Mannschaft in Einklang zu bringen.

Zusätzlich erhalten Sie eine XXL Leseprobe von: Kosmische Intrigen: das Weltenschiff (ca. 20 %)

und Leseproben von Chromosom 21: Entführt und Die Bestie in mir: Erwacht.

Das Gesamtvolumen beträgt 211 Norm-Seiten.

Besuchen Sie auch meine Homepage: **www.diwa-marketing.de**

Tief im Westen: Ein Ruhrpottkrimi aus Dortmund

Der Kodex

Nur wer die Rätsel der Vergangenheit löst, kann die Zukunft retten!

Thriller :
464 Printseiten
eBook : **0,99 €**
Taschenbuch: **12,99 Euro**

1990 versetzt eine Gruppe von Serienkillern, die sich selber das Dreigestirn nennt, Dortmund in Angst und Schrecken.

Vor jedem Anschlag erhält die Polizei kryptische Rätsel, die auf den nächsten Mord hinweisen.

Richard Kramer und seine Kollegen von der Kripo Dortmund setzen alles daran, die brutalen Mörder zu stoppen und ihrem perversen Spiel ein Ende zu bereiten.

Schnell entwickelt sich ein Katz- und Maus-Spiel, in dem die Attentäter der Polizei immer einen Schritt voraus zu sein scheinen.

Dreißig Jahre später stößt Marvin Hintz, ein junger Polizeianwärter, auf den alten Fall.

Er muss schmerzlich erfahren, dass der ungelöste Fall noch immer brandgefährlich ist.

Sein Leben und das seiner Liebsten wird von Unbekannten bedroht und ohne es zu wollen, wird er in eine Reihe gefährlicher Ereignisse gezogen, aus denen es keinen Ausweg zu geben scheint …

Leserstimmen:
Ich habe das Buch in einem Rutsch verschlungen.
Gut fand ich die Zeit-Sprünge in der Geschichte, durch die sie zu etwas Besonderem wird.
Mir hat die Idee gut gefallen, dass man nach dreißig Jahren einen Mordfall lösen kann, indem man alten Spuren neu aufrollt und mit der Moderne verknüpft.

Schon lustig, wie man vor nicht allzu langer Zeit Mordfälle lösen musste, so ganz ohne Internet und Mobiltelefone. Obwohl ich die Zeit noch selber erlebt habe, habe ich mich immer wieder gewundert, wie umständlich die Polizeiarbeit damals war.

Ich habe mich gut unterhalten gefühlt und werde die Geschichte weiterempfehlen.

Entführt : Chromosom 21

Ein spannendes Weltraumabenteuer für Liebhaber des klassischen Science-Fiction Genre!!!

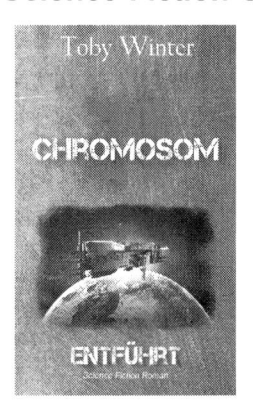

Sci-Fi Abenteuer
349 Printseiten
ebook: **2,99 €**
Taschenbuch: **12,50 Euro**

Der Krieg gegen die Koltar, ein aggressives Insektenvolk, läuft schlecht für das Zentralkomitee.

Zwar ist man den Aliens technisch weit überlegen, aber die schiere Anzahl der Feinde, die im Verhältnis 1:100 steht, lässt einen Sieg immer unwahrscheinlicher werden.

Um dennoch siegen zu können, braucht es eine neue Strategie.

Man schickt die Triton, unter dem Kommando von Kapitän Gorman, mit einem Geheimauftrag in ein kleines Sternensystem am Rande der Galaxie.

Nach Erfüllung ihres Auftrags ist die Triton auf dem Rückweg zu ihrem Heimatplaneten. Auf halbem Weg, mitten im Vakuum zwischen zwei Sternen-Systemen, wird sie von Unbekannten angegriffen und ihr Antrieb sabotiert. Noch ehe Kapitän Gorman und sein Führungsstab die Situation richtig begriffen haben, kämpfen sie längst um ihr nacktes Überleben.

Wer sind die unheimlichen Angreifer, die systematisch alle Besatzungsmitglieder töten, um in den Besitz der Triton zu gelangen? Sind es die Koltar oder gar ein neuer unbekannter Feind?

Können Kapitän Gorman und seine Männer das Ruder noch herumreißen und die Triton vor dem übermächtigen Feind retten? Gibt es noch eine Chance, den Krieg gegen die Koltar zu gewinnen, oder war letztendlich alles umsonst?

Die Bestie in mir

Die große Mystery Thriller Serie von Toby Winter

Bisher sind folgende Bänder erschienen:
Band 1: Erwacht
Band 2 : Zwiespalt
Kurzgeschichte Jagdzeit
Kurzgeschichte: Erkenntnis
Alle Bücher sind exclusive bei Amazon erhältlich.

Erwacht

Band 1 : **Erwacht**
352 Seiten
eBook: **2,99 Euro**
Taschenbuch: **11,99 Euro**

Ich kann Blut riechen!
Blut!
Warum kann ich plötzlich so gut riechen...?

Mein Name ist Julien Da Costa!

Durch den plötzlichen Tod meines Vaters erbe ich eine unheimliche Wolfsfigur.

Seitdem erlebe ich seltsame Veränderungen an mir, habe Visionen aus der Vergangenheit und mein Leben hat eine neue Aufgabe erhalten!

Ich bin dazu berufen, einer von acht Beschützern zu sein.

Mit Hilfe der anderen Beschützer versuche ich, hinter das Geheimnis meiner Familie zu kommen und das Rätsel meiner Vergangenheit zu lüften.

Der Erde steht ein neuer Feldzug bevor, ein Feldzug des Bösen, in dem Millionen von unschuldigen Menschen sterben könnten.

Dies ist meine Geschichte und sie wird bestimmt von Macht, Lügen und Gewalt.

Ela (Leserin) - *mich hat die Geschichte vom Anfang bis zum Ende gepackt. Die überraschenden Wendungen ließen mich das Buch nicht mehr aus der Hand legen. Ich konnte einfach nicht mehr aufhören zu lesen. Bitte mehr davon…*

Zwiespalt

Band 2: **Zwiespalt**
412 Seiten
eBook: **2,99 Euro**
Taschenbuch: **12,49 Euro**

Ich kann Blut riechen!
Blut!
Warum kann ich plötzlich so gut riechen…?

Ich, Julien Da Costa, bin wieder zurück!
Ich stehe vor der schwersten Entscheidung meines Lebens.

Soll ich mich für die Wolfs-Seite meiner geliebten Mutter oder lieber für die verhasste Seite meines Vaters, einem Baldur-Wissenschaftler, entscheiden?

Was ich auch mache, es wird nicht nur mein Leben radikal verändern.

Der Feldzug des Bösen geht weiter – spannender, brutaler und noch viel unglaublicher als in Band 1.

Julien wird von den Baldur entführt und erfährt mehr über seine wahre Herkunft.
Er muss sich für eine Seite entscheiden.
Wird er alles verraten, was ihm bisher wichtig war, und schließt er sich den verhassten Baldur an?

Kristin versucht verzweifelt, eine Spur des verschwundenen Julien zu finden.
Dabei hilft ihr Vivien, die Kristin von früher zu kennen scheint.
Aber ist Vivien wirklich eine so gute Freundin, wie sie Kristin glauben lässt?

Laura, ein Mädchen von gerade mal 13 Jahren.
Sie wohnt in einer fünfhundert Jahre alten Eliteschule.
Das Leben ist hier hart und ungerecht.
Freunde helfen ihr und Feinde machen ihr Leben zur Hölle.

Was hat sie mit dem Krieg zwischen Baldur und Fendor zu schaffen?

Brann, ein Mönch aus Überzeugung, der ein altes Buch findet und fortan sein Leben der Erforschung des Buches widmet.
Einem Buch, das einen beim bloßen Lesen töten kann.
Blut und Schmerzen pflastern seinen langen Weg auf der Suche nach der Wahrheit.
Kann er das Geheimnis des Buches lüften, ohne sich dabei zu verlieren?

Alle haben ihre ganz eigenen Probleme und dennoch verbindet sie ein gemeinsames Ziel.

Das Ereignis, das unmittelbar bevorsteht, und die Welt in ein Chaos aus Blut und Tod stürzen könnte.

Der Feldzug des Bösen geht weiter – spannender, brutaler und noch viel unglaublicher als in Band 1.

Leserstimmen:
Ich liebe die vielen überraschenden Wendungen in der Geschichte, man kann gar nicht aufhören mit dem Lesen.
Manuela(Leserin)

Ein sehr gelungenes Buch. Habe es nicht mehr aus der Hand legen können und innerhalb von zwei Tagen verschlungen.
Daniel (Leser)

Jagdzeit - Erkenntnis

Kurzgeschichten:

Beide Geschichten handeln von Ereignissen, die vor den eigentlichen Büchern geschehen sind und sollen Ihnen einen besseren Überblick über die Geschichte geben.

Jagdzeit:
25 Seiten
eBook: **0,99 Euro**

Toby Winter
DIE
BESTIE
IN MIR

JAGDZEIT

Nach einem nächtlichen Kartenspiel macht sich Paul auf den Heimweg.

Schon nach wenigen Metern wird er von Unbekannten angegriffen und schwer verletzt.

Was wollen die unheimlichen Angreifer von ihm?
Sind sie auf Geld und Wertsachen aus oder geht es ihnen um etwas ganz anderes?

Erkenntnis:
35 Seiten
ebook: **0,99 Euro**

Claudia, ein ganz normales achtzehnjähriges Mädchen aus gutem Hause, erfährt durch den Tod ihres Vaters, dass sie zu etwas Großem berufen ist.

Sie muss erkennen, dass ihre Familie seit langem ein dunkles Geheimnis hütet. Ein Geheimnis, das viel größer und gefährlicher ist, als es zuerst den Anschein erweckt.

Begleiten Sie Claudia auf der Jagd nach den Mördern ihres Vaters und der Suche nach ihrem neuen Ich.

Nachwort

Das beste Buch:

Möchte ich für Sie schreiben.
Das geht aber nur mit Ihrer Hilfe!
Ich benötige dazu Ihr **Feedback**.

Ich hoffe, dass Ihnen dieses Buch gefallen hat.
Sollte dies der Fall sein, vergessen Sie bitte nicht,
mir eine hoffentlich **positive Rezession** zu schreiben.
Am besten jetzt.

Sie haben etwas zu bemängeln oder Anregungen!

Kein Problem. Dann schreiben Sie mir doch einfach
eine **Nachricht**. Ich freue mich über jedes Feedback
von Ihnen. Ob positiv oder negativ, hilft Sie mir doch,
noch bessere Bücher zu schreiben.

Whats-App: **01577 / 11 50 119**

Email: **TobyWinter@diwa-marketing.de**

Ihr **Toby Winter**

Über den Autor

Seit Jahren schlummerte in mir der Wunsch, meine Fantasien in einem Buch zu verewigen. Durch Schule und meine spätere Selbstständigkeit fand ich nie Zeit dazu. Bis zu dem Tag, als mich eine hartnäckige Krankheit ans Bett fesselte. Schnell reifte in mir der Wunsch, jetzt, genau jetzt ein Buch zu schreiben. Seitdem kann ich damit nicht mehr aufhören. So viele Geschichten in meinem Kopf wollen noch geschrieben werden…

Schon als Teenager liebte ich das Lesen. Insbesondere Horror-, Fantasy- und Science-Fiction-Bücher hatten es mir angetan. Mein Schreibstil ist deshalb stark von diesen Einflüssen geprägt. Ich liebe es, wenn ich das Ende nicht erraten kann. Eine Geschichte muss für mich spannend sein und zum Mitraten anregen. Sie sollte mit vielen überraschenden Wendungen gespickt sein und einen so fesseln, dass man nicht mehr aufhören kann, zu lesen.

P.S.: Über ein kurzes Feedback per Email würde ich mich sehr freuen.

Email: **TobyWinter@diwa-marketing.de**

Whats-App: **01577/11 50 119**

Homepage: www.diwa-marketing.de

Ihr Toby Winter

Impressum

Dirk Waschik

Am Ballroth 89

44227 Dortmund

E-Mail.: TobyWinter@diwa-marketing.de

Homepage: **diwa-marketing.de**

Lektorat: **AC**

Cover- und Bildgestaltung: **Diwa-Design**

Cover: **Pixabay.com © Comfreak**
Raumschiff : **Pixabay.com © Parker_West**

Schrift: www.fontsquirrel.com/license/Akashi

Copyright © **2019 by Toby Winter**

ISBN – **9781077717015**